neue frau
herausgegeben von
Angela Praesent

Fumiko Enchi
Die Wartejahre

Roman

Aus dem Japanischen
von Otto Putz

rororo
Rowohlt

Die japanische Originalausgabe erschien 1971
unter dem Titel «Onnazaka»
bei Kodansha, Ltd. Tokio
Umschlagentwurf: Isa Petrikat-Velonis
Deutsche Erstausgabe

18.–24. Tausend September 1985

Veröffentlicht im Rowohlt Taschenbuch Verlag GmbH,
Reinbek bei Hamburg, März 1985

Gesetzt aus der Garamond (Linotron 202)
Gesamtherstellung Clausen & Bosse, Leck
Printed in Germany
780-ISBN 3 499 15520 6

I

Erste Blüten

Es war an einem Nachmittag im Frühsommer.

Im Haus der Familie Kusumi, hinter dem sich der Sumidagawa seinen Weg durch das Tokioter Viertel Asakusa-Hanakawado bahnte, stellte Kin, die Hausherrin, weiße Klematis aus ihrem Garten in den Alkoven der zwei ineinander übergehenden Zimmer im ersten Stock, die sie den ganzen Vormittag hindurch gründlich geputzt hatte, und stieg dann die dunkle Treppe hinab. Sie klopfte mit einer Hand gegen ihre Hüfte, so als wollte sie sagen: ‹Na, endlich fertig!›

Kins Tochter Toshi saß unter dem vergitterten Holzfenster des kleinen Raumes neben dem Hausflur, hielt ein Nadelöhr gegen das helle Licht, das die Fluten des Flusses zurückspiegelte, und fädelte einen Faden für eine Handarbeit ein. Als ihre Mutter mit dem festen Ölpapier in der Hand, auf das sie vorhin die Klematis gelegt hatte, ins Zimmer kam, sagte sie zu ihr:

«Die Uhr von unserem Nachbarn hat eben drei geschlagen … unsere Gäste sind spät dran, Mutter!»

«Was?! So spät ist es schon! Na ja, andererseits … sie wollten den ganzen Weg von Utsunomiya bis zu uns mit einer Rikscha zurücklegen und kurz nach Mittag hier sein, aber es dürfte wohl eher Abend werden …»

Kin nahm vor dem länglichen Kohlenbecken im Wohnzimmer Platz und zündete ihre Pfeife mit dem langen Bambushals an.

«Du bist seit dem frühen Morgen so fleißig gewesen, Mutter, du wirst müde sein.» Lächelnd ließ Toshi die dünne Nähnadel in die beiden Haarknoten ihrer halbkreisförmigen Frisur, aus denen einige

Haare lose heraushingen, hin- und hergleiten und steckte sie dann in das rote Nadelkissen auf dem Nähtischchen. Dann nahm sie die Handarbeit, die aus dickem Seidenkrepp zu bestehen schien, von ihren Knien, legte sie sacht auf ein Stück Einwickelpapier und trat neben ihre Mutter. Sie zog beim Gehen ein Bein nach. Auch sie wollte sich jetzt ein paar Minuten Ruhe gönnen.

«Da putzt man jeden Tag, und nichts als Staub überall!»

Kin löste das Band, mit dem sie die Ärmelaufschläge ihres Kimonos zur Hausarbeit hochgebunden hatte, und klopfte mit einer übertrieben wirkenden Geste Staub von ihrem schwarzen Satinkragen. Sie erwähnte ihrer Tochter gegenüber nichts davon, aber insgeheim war sie stolz darauf, jedes Stäubchen entfernt zu haben; sie war sogar auf einen Schemel gestiegen, um auch noch das Oberlicht und die Rille im Holzrahmen, der die beiden Zimmer trennte, zu säubern.

«Ich wüßte nur zu gerne, warum Herrn Shirakawas Gattin nach Tokio kommt!» sagte Toshi, die anscheinend das Interesse ihrer Mutter fürs Putzen nicht so ganz teilte, und rieb sich mit den Fingerspitzen ihre vom Nähen müden Augen.

«Von was redest du eigentlich ...»

Kin musterte ihre Tochter mißtrauisch mit zusammengezogenen Augenbrauen. Kin, die trotz ihres Alters noch jung wirkte, und Toshi, die stets kränkelte und bereits das heiratsfähige Alter überschritten hatte, sprachen nie wie Mutter und Tochter miteinander, sondern eher wie eine ältere und eine jüngere Schwester. Manchmal zeigte sich sogar in Toshis Art zu denken eine größere Reife.

«Hat sie nicht in ihrem Brief geschrieben, daß sie Tokio besichtigen will?»

«Ja, hat sie wohl.» Toshi legte mit einem ominösen Blick ihren Kopf zur Seite.

«Ich frage mich eben, ob eine vielbeschäftigte junge Ehefrau wie sie einfach von zu Hause wegfahren kann, um Tokio zu besichtigen ... Herr Shirakawa ist doch Präfekturrat oder so etwas; damit dürfte er in der Präfekturverwaltung nach dem Präfekten der zweitwichtigste Mann sein, oder!?»

«Ja, ich habe gehört, daß er beträchtlichen Einfluß haben soll», sagte Kin und klopfte mit ihrer Pfeife gegen den Rand des Kohlenbeckens.

«Ja, er hat es weit gebracht. Damals, als er noch bei der Verwaltung von Tokio beschäftigt war und in unserer Nachbarschaft wohnte, hatte ich ja nicht gedacht, daß er einmal ein so großes Tier werden würde ... er war zwar schon damals ziemlich tüchtig, aber ...»

«Genau *das* meine ich ja, Mutter!» rief Toshi. Es klang, als wollte sie sagen: ‹Nun zähl doch mal eins und eins zusammen, Mutter!›

«Es ist doch reichlich sorglos und merkwürdig, einen derart beschäftigten Mann allein zu Hause zu lassen und ein, zwei Monate lang mit der Tochter und einem Dienstmädchen Tokio zu besichtigen. Wenn wenigstens ihr Elternhaus hier stehen würde ...»

«Ja ... das ist nicht der Fall. Frau Shirakawa stammt genauso wie ihr Mann aus Kumamoto ... aber worauf willst du eigentlich hinaus ...»

Kin starrte ihre Tochter an und sagte dann, als übersteige die ganze Geschichte ihr Vorstellungsvermögen:

«Sie werden sich doch sicher nicht scheiden lassen ... im Brief von Herrn Shirakawa steht ja nicht der leiseste Hinweis auf so etwas ...»

«Ja, stimmt schon», erwiderte Toshi und stützte ihr Kinn in die Hände; ihre Augen schienen in die Zukunft zu sehen. Schon öfter hatten sich Toshis Vorahnungen als zutreffend herausgestellt, und manchmal war Kin ihre Tochter unheimlich, obwohl sie doch ihr eigenes Fleisch und Blut war. Sie sah Toshi eine Zeitlang an, als wohne sie einer Geisterbeschwörung durch ein Medium bei. Toshi hob schließlich ihr Kinn von ihren aufgestützten Händen und sagte kopfschüttelnd:

«Ich verstehe es einfach nicht!»

Eine Stunde später stieg dann Tomo Shirakawa in Begleitung ihrer neunjährigen Tochter Etsuko und ihres Dienstmädchens Yoshi vor dem Haus der Kusumis aus dem Wagen. Sie begaben sich ins Bad, das vorsorglich schon vorbereitet worden war, reinigten sich vom Staub der Reise und kamen dann mit Reisegeschenken beladen ins Wohnzimmer hinunter: neben getrockneten Kaki-Früchten und Lackwaren aus Aizu – Fukushima ist berühmt für diese Dinge, sagte Tomo – gab es sowohl für Kin als auch für Toshi passende Kimonostoffe.

Tomo saß würdevoll da, bekleidet mit einem gestreiften Kimono, über dem sie einen Haori aus schwarzem Seidenkrepp trug, der mit ihrem Familienwappen verziert war. Ihre leicht abfallenden Schultern, um die sich die Kleider so elegant schmiegten, hielt sie ein wenig nach hinten gebogen. Eine Aura umgab sie, die Aura der Gattin eines mächtigen Beamten, eine Aura, von der vor vier, fünf Jahren, als sich Tomo und Kin zum letztenmal getroffen hatten, noch nichts zu spüren gewesen war. Ihre durchscheinende, gelbliche Stirn war ein wenig breit; die fleischige, wohlgeformte Nase, ihre Augen und ihr Mund lagen in harmonischem Abstand zueinander, so daß in ihrem Gesicht keine Spur von Überempfindlichkeit zu sehen war. In ihren wie von einem Druck zusammengepreßten schmalen Augen, unter den angeschwollenen Lidern, lag jedoch eine Art brennender Ungeduld darüber, daß ihre Lider den Ausbruch jedes Gefühls, das sich in ihren Augen hätte spiegeln können, vor der Welt abschirmten. Es lag an diesem schweren Blick, an Tomos kultivierter Sprechweise und reserviertem Benehmen, daß Kin in Tomo eine gewisse Zurückhaltung spürte, obwohl das Ehepaar Shirakawa während seines Aufenthaltes in Tokio in engster Nachbarschaft mit den Kusumis gelebt und ein herzliches Verhältnis zu ihnen entwikkelt hatte. Tomos Verhalten war aber weit entfernt von Snobismus oder böser Absicht, und darum auch nicht zu kritisieren. Um es mit den einfachen Worten Kins, einem typischen Kind der Stadt Tokio, zu sagen: Tomo war eben jemand, der niemanden zu nahe an sich heranließ. Jetzt aber, dachte Kin, jetzt, da die gesellschaftliche Stellung von Tomos Gatten bei weitem bedeutsamer als früher ist, wirkt diese Reserviertheit gewichtig und beeindruckend.

Etsuko, deren Haar für eine richtige Frisur noch zu kurz und das darum zu einem kindlich flachen Haarknoten zusammengebunden war, hatte nur noch Augen für den ungewohnten Blick auf den Fluß und sah die ganze Zeit durch das vergitterte Holzfenster hinaus.

«Die Kleine ist ja hübsch geworden!» sagte Kin, und das nicht aus Höflichkeit, denn Etsuko sah mit ihrer weißen Haut und der leicht gewölbten Nase tatsächlich bezaubernd aus.

Toshi fügte hinzu:

«Sie sieht ihrem Vater sehr ähnlich.»

Etsukos schönes Gesicht mit den dünnfleischigen Wangen und ihr Körper mit dem langen Hals glich wirklich mehr ihrem Vater als ihrer Mutter. Als Tomo mit leiser Stimme «Etsuko!» rief, schien diese in sich zusammenzusinken, als hätte sie Angst vor ihrer Mutter; sie trat vom Fenster weg und setzte sich neben Tomo.

«Ich freue mich ja sehr, daß Sie nach Tokio kommen konnten! Ihr Mann soll ja jetzt eine ebenso bedeutsame Stelle wie der Präfekt haben ... und darum werden auch Sie alle Hände voll zu tun haben», sagte Kin, während sie geschäftig fortfuhr, den Tee zuzubereiten und zu servieren.

«Ach nein ... ich habe ja überhaupt keine Ahnung von den Geschäften meines Mannes», antwortete Tomo schlicht. Kin hatte gerüchteweise gehört, daß Herr Shirakawa in seiner Präfektur so luxuriös wie ein Daimyō lebte, in Tomos Stimme aber war keine Spur von Prahlerei oder Eigendünkel, die dies hätte bestätigen können.

Die beiden Frauen unterhielten sich angeregt eine Weile miteinander; ihr Gespräch drehte sich natürlich in erster Linie um Tokio. Sie sprachen über das Aufblühen von Vergnügungsvierteln, wie sehr sich die Haarmoden in den wenigen Jahren, in denen sie einander nicht gesehen hatten, verändert hatten, und darüber, welche Lustspiele am Theater Shintomiza aufgeführt wurden. Und schließlich sagte Tomo:

«Mein Mann ist damit einverstanden, daß ich mich in aller Ruhe in Tokio umsehe und mir mit der Rückkehr Zeit lasse ... aber, nun ja, ich habe auch ein wenig etwas zu erledigen hier ...», und rückte kurz den roten Kamm im Haar von Etsuko zurecht, die neben ihr saß. Ihre Worte waren so beiläufig gekommen, daß Kin ihnen überhaupt keine Beachtung schenkte, aber Toshi fühlte sich in ihrer Ahnung, Tomo käme einer wichtigen Angelegenheit wegen nach Tokio, bestätigt. Auf Tomo, deren Bewegungen frisch und ausgeruht wirkten, schien eine ungewöhnliche Last zu ruhen.

Am nächsten Tag lud Toshi, die eigentlich nur ungern unter Menschen ging, Etsuko zu einem Besuch des Kwannon-Tempels in Asakusa ein, um sich auf diese Weise für die Geschenke vom Vortag zu bedanken. Fröhlich verließen Etsuko und Yoshi in ihrer Begleitung das Haus.

«Kauf auf dem Rückweg bei den Tempelbuden für Etsuko ein Bilderbuch oder sonst was!» sagte Kin zu ihrer Tochter, als sie sie zum Tor brachte, und ging danach in den ersten Stock hinauf. Tomo saß im Nebenzimmer und ordnete Kleider in den Flechtkorb ein, den sie mitgebracht hatte. Der Himmel, über den verstreut weiße Wolken schwebten, spiegelte sich im Fluß, und auch Tomos Zimmer war in weißliches Licht getaucht.

«Ah, schon fleißig an der Arbeit!» rief Kin und kniete sich auf der Veranda nieder, die vor den beiden Zimmern lag. Tomo, die ruhig ein Kleidungsstück nach dem anderen im Korb verstaute, sagte:

«Etsuko ist ja jetzt auch kein kleines Mädchen mehr, nicht. Und da sie immer dies und das mitnehmen will, ist Reisen auch nicht mehr so einfach ... Hätten Sie wohl einen Moment Zeit für mich?»

Kin konnte Tomos Gesicht nicht sehen, da diese, während sie sprach, sich auf den Knien aufrichtete und einen gelb-braunen Seidenkimono Etsukos im Korb verstaute – so tief, als wollte sie ihn darin versenken. Kin war zwar in den ersten Stock hinaufgestiegen, um mit Tomo zu plaudern, aber plötzlich kam in ihr ein peinliches Gefühl auf, und sie bereute, überhaupt in Tomos Zimmer gekommen zu sein.

«Ja, habe ich ... Kann ich etwas für Sie tun?»

«Ich meine, wenn Sie jetzt beschäftigt sein sollten ... es muß ja nicht unbedingt heute sein ... aber nachdem Etsuko schon einmal aus dem Haus ist, dachte ich ... Kommen Sie doch bitte einmal hierher.»

Tomos Stimme war gelassen wie immer. Sie nahm ihr Sitzkissen und setzte sich in die Nähe der Veranda.

«Also ... um die Wahrheit zu sagen, ich muß hier in Tokio etwas erledigen und wäre Ihnen von Herzen dankbar, wenn Sie mir dabei helfen könnten.»

«Ja, natürlich. Um was geht es denn? Wenn ich Ihnen auch nur irgendwie helfen kann, werde ich das gerne tun ...»

Kin versuchte ihre Stimme energisch klingen zu lassen, aber sie hatte nicht die leiseste Ahnung, was ihr Tomo anvertrauen wollte, die mit den Händen auf den Knien und gesenktem Blick sehr formell dasaß.

Von Tomos sanften länglichen Wangen zu den Mundwinkeln hin schwebte eine kaum sichtbare Linie, etwas wie ein kaum geborenes Lächeln.

Tomo hob leicht die Hand zu ihrem Schläfenhaar und sagte:

«Irgendwie ... ich weiß nicht recht, wie ich anfangen soll.» Tomo hielt sehr auf ihr Aussehen, und ihr Haar war immer tadellos hochgesteckt. Sie haßte es, wenn auch nur eine einzige Haarsträhne hervorstand, und so konnte sie es nicht lassen, von Zeit zu Zeit über ihre Frisur zu streichen.

Kin wurde plötzlich klar, daß in diese Angelegenheit eine Frau verwickelt sein mußte. Sie wußte, daß auch schon damals, als Shirakawa noch in Tokio gelebt hatte, in seinem Haus Frauen ein und aus gegangen waren. Und jetzt, da er die Karriereleiter so hoch hinaufgeklettert war, würde dies um so mehr der Fall sein. Kin ließ sich nichts von ihren Vermutungen anmerken, da es der bürgerlichen Etikette von Tokio widersprach, sich in die Angelegenheiten anderer Menschen einzumischen. Sie sah Tomo fragend an:

«Nun, um was geht es? Sie können ganz offen zu mir sein.»

«Hm ... da ich sowieso nicht ohne Ihre Hilfe auskommen werde ...»

Um Tomos Mundwinkel schwebte ein leises Lächeln, das Lächeln einer Nō-Maske.

«Also, um die Wahrheit zu sagen, ich bin auf der Suche nach einem Dienstmädchen für unseren Haushalt. Sie sollte zwischen fünfzehn und siebzehn ... oder achtzehn sein, und ... wenn möglich ... aus einer guten Familie stammen. Und hübsch sollte sie schon auch sein.»

Bei ihren letzten Worten trat das feine Lächeln um ihren Mund deutlicher hervor. Aus ihren Augen unter den dicken Lidern sprach ein Ernst, der nicht recht zu ihrem Lächeln passen wollte.

«Ach, das ist es also ...!»

Kin blickte zu Boden, als ihr die unüberhörbare Frivolität bewußt wurde, die in ihrer Stimme mitschwang. Jetzt war ihr klar, was es mit Toshis Ahnungen vom Vortag auf sich hatte. Kin nahm einen tiefen Atemzug, der beides sein konnte: Zeichen ihrer Zustimmung oder ein Seufzer. Dann sagte sie:

«Nun, ich vermute, daß bei der hohen Position Ihres Gatten so etwas notwendig ist.»

«Vielleicht ... die Leute bei uns daheim billigen es nicht.»

Aber das war eine Lüge. Tomo unterdrückte mit aller Kraft die Gefühle, die in ihrer Brust aufstiegen.

Ihr Mann plante bereits seit einem Jahr, sich eine Mätresse ins Haus zu holen. Untergebene Shirakawas, die sich bei ihm einschmeicheln wollten, hielten sich bei Festen und anderen Gelegenheiten, bei denen auch Tomo zugegen war, mit Andeutungen nicht zurück:

«In Ihrem großen Haushalt gibt es wirklich zu wenig Kammerjungfern, Frau Shirakawa!»

«Der Herr Präfekturrat erstickt ja fast unter einem Berg von Arbeit. Er sollte sich einmal auf einem anderen Kopfkissen ausruhen dürfen!»

Shirakawa, der eigentlich alle Vertraulichkeiten von seiten seiner Untergebenen haßte, wies seine Angestellten wegen dieser Unverschämtheiten niemals zurück, und Tomo wurde klar, daß durch den Mund dieser Männer ihr Mann zu ihr sprach.

Tomo wußte zu diesem Zeitpunkt bereits, wie leicht sich ihr Mann auf sexuelle Abenteuer mit anderen Frauen einließ, und liebte ihn nicht länger mit der Reinheit, von der die erste Zeit ihrer Ehe erfüllt gewesen war; und doch war Shirakawa mit all seinen Fähigkeiten, mit all seiner Männlichkeit für sie als Ehemann noch attraktiv genug.

Tomo war die Tochter eines kleinen Gefolgsmannes des Hosakawa-Clans und hatte früh geheiratet, ohne daß sie in den Wirren, die der Meiji-Restauration vorangegangen waren, eine schulische Erziehung erhalten oder all das gelernt hätte, was man damals von einer wohlerzogenen jungen Frau erwartete. Es war deshalb für sie nicht einfach gewesen, ihrem Mann den gesellschaftlichen Umgang und die häusliche Atmosphäre zu schaffen, die seiner jetzigen Stellung entsprachen. Und doch war es ihr gelungen. Beherrscht von dem strikten Moralkodex, nach dem ihr Ehemann und ihre Familie Vorrang vor allem hatten, hatte sie ihrem leidenschaftlichen Temperament keinerlei Spielraum gelassen und war so völlig in der Sorge um ihre Familie aufgegangen, daß ihr niemand Nachlässigkeit vorwerfen konnte. Alle Liebe und Klugheit, über die Tomo verfügte, galten ihrem Ehemann und den anderen Familienmitgliedern.

Und aus diesem Grund schien Tomo älter zu sein als sie es war. Sie war zwar keine Schönheit, besaß aber ein durchschnittlich hübsches Gesicht und ein angenehmes Äußeres, weswegen auch nichts ausgesprochen Ältliches an ihr haftete. Ihr strenges Naturell jedoch, das ihr all ihre Pflichten zu einer schweren Bürde werden ließ, ließ die reife Leidenschaft, die man oft bei Frauen mittleren Alters antrifft, in ihr nicht aufkommen. Shirakawa bestürzte es, daß seine Frau, die eigentlich zehn Jahre jünger war als er, manchmal wie eine ältere Schwester auf ihn wirkte. Besser als jeder andere wußte er, daß unter Tomos hartem Panzer ihr Blut so kräftig brannte wie eine Ölflamme. Und manchmal spürte er auch das Glühen, das von ihren unterdrückten Gefühlen ausging. Wenn er an dieses Glühen dachte, stieg vor ihm immer die gnadenlose Sommersonne in Kyūshū auf, unter deren sengenden Strahlen sie beide ihre Kindheit verbracht hatten. Einmal – noch während der Zeit seiner Anstellung in der Präfektur Yamagata – war in einer Sommernacht irgendwie eine kleine Schlange in das Moskitonetz gelangt, unter dem die Shirakawas schliefen. Shirakawa wachte plötzlich auf und spürte auf seinem Nacht-Kimono in der Nähe seines Herzens etwas Kaltes, etwas wie Wasser. Merkwürdig, dachte er, und griff danach, und dieses kalte Ding glitt geschmeidig davon.

Als Shirakawa mit einem Schrei aufsprang, erschrak Tomo und richtete sich auf. Sie zog die Lampe neben ihrem Kopfkissen zu sich heran, richtete ihren Schein auf Shirakawa und sah auf seiner Schulter das schleimige Leuchten von etwas, das einem Band glich.

«Eine Schlange!» schrie Shirakawa, und im selben Moment streckte Tomo wie im Traum ihre Hand aus und ergriff dieses lebende Band.

Tomo fiel fast über Shirakawa, als sie zur Veranda lief und die Schlange durch die offenen Fensterläden in den Garten hinauswarf. Tomos Körper bebte; Shirakawa aber spürte beim Anblick ihrer Brust unter dem Nacht-Kimono, der vorne aufklaffte, und ihrer nackten Arme die starke Lebenskraft, die normalerweise, für niemanden sichtbar, in ihr verschlossen war.

Aggressiv wies Shirakawa Tomo zurecht:

«Warum hast du sie hinausgeworfen ... ich hätte sie schon getötet ...»

Er fühlte zwar die Leidenschaft, die in ihr brannte, aber seit diesem Vorfall war es für ihn immer schwieriger geworden, in seiner Frau ein Objekt seiner Liebe zu sehen. Die Kraft, die in Tomo lebte, war ein wenig größer als seine eigene; seine Frau erschien ihm nun unnahbar und fremd.

«Es wäre ziemlich übertrieben, von einer ‹Mätresse› zu reden ... sie soll ja auch für dich als Hausmädchen arbeiten ... Wäre es nicht gut, ein wohlerzogenes, freundliches Mädchen bei uns zu haben? Wenn du außer Haus gehst, wenn du Besuche machst, könntest du alles diesem Mädchen überlassen und müßtest dich nicht um den Haushalt sorgen. Weißt du, ich habe nicht die Absicht, eine Geisha oder dergleichen zu uns zu holen und den guten Ruf unserer Familie aufs Spiel zu setzen! Ich vertraue dir und werde darum alles dir überlassen ... jung sollte sie sein, und wenn möglich ... unerfahren. Sieh dich also um und bring mir so ein Mädchen! Deine Ausgaben kannst du hiermit bestreiten.»

Mit diesen Worten legte Shirakawa vor Tomo eine erstaunlich große Geldsumme hin.

Bisher war es Tomo gelungen, die Unverschämtheiten anderer Leute zu übergehen, indem sie sich taub stellte; dem Ansinnen Shirakawas aber konnte sie sich nicht entziehen. Würde sie es tun, dann würde sich Shirakawa selbst nach einer Frau umsehen und sie ins Haus holen. Hinter seinen Worten ‹Ich überlasse es deiner Wahl!› verbarg sich sein Vertrauen in Tomo, auf Grund dessen er ihr um der Familie willen eine starke Stellung im Haus einräumte. Dieses merkwürdige Vertrauen lag wie ein Stein auf Tomos Brust. Ein Gefühl der Beklemmung war auch auf dem ganzen Weg zum Haus der Kusumis, den sie zusammen mit Etsuko und Yoshi, die voller Freude über die bevorstehende Besichtigung Tokios gewesen waren, in einer schwankenden Rikscha zurückgelegt hatte, nicht mehr von ihr gewichen.

«Ja, das geht schon in Ordnung. Ich kenne da eine Frau recht gut, die einen Kurzwarenladen hat und oft derartige Vermittlungen übernimmt. Ich will sie gleich darum bitten.»

Kins Ton wurde geschäftsmäßig. Sie vermied es geschickt, an die geheimen Sorgen Tomos zu rühren. Kin, geboren als Tochter eines amtlich bestallten Reishändlers des Shogunats in Kuramae und vertraut mit dem Klima, in dem während der vergangenen Feudalzeit reiche Städter und Samurai gelebt hatten, konnte nichts Schockierendes daran finden, daß ein Mann, der es zu etwas gebracht hatte, ein oder zwei Mätressen besaß. Kin kam es im Gegenteil so vor, daß die Ehefrauen solcher Männer – bei aller Eifersucht – auch so etwas wie Triumph verspüren mußten, waren doch die Mätressen das äußerliche Zeichen für den Aufstieg einer Familie.

Als sie an diesem Abend zu Bett gegangen waren und sie die

Geschichte mit gedämpfter Stimme – als wäre Tomo noch im Raum – erzählt hatte, wobei ihre Augen immer wieder zum ersten Stock geirrt waren, war Kin darum eher verblüfft darüber, daß ihre Tochter bedrückt reagierte.

«Ach, die arme Frau! Du sagst, Mutter, daß Frau Shirakawa in der Zeit, in der ihr euch nicht gesehen habt, zu einer beeindruckenden Erscheinung geworden ist; weißt du, ich glaube aber, daß ihre Größe aus einem leidvollen Leben erwachsen ist. Als sie unser Haus betrat und ich ihr Gesicht sah, dachte ich ‹Mein Gott› ...»

«Ja, auch die Leute, die vom Glück begünstigt werden, haben es manchmal nicht einfach!» sagte Kin leichthin.

«Auf jeden Fall will ich dafür sorgen, daß Frau Shirakawa ein vertrauenswürdiges, nettes Mädchen bekommt. Herr Shirakawa soll zwar, wenn wir kein unerfahrenes Mädchen finden sollten, auch mit einer Kinder-Geisha zufrieden sein, solange sie nur unberührt ist ...»

Die kleine, fröhliche Etsuko, die erst vor kurzem von der Dienstwohnung ihres Vaters abgereist war, dessen Zimmer alle frostig und still dalagen wie die Wohnung eines Priesters in einem großen Tempel, war vom ersten Stock des Kusumi-Hauses völlig bezaubert: von ihm aus eröffnete sich der Blick auf die weiten Fluten des Sumidagawa, und man hörte den ganzen Tag lang das Klatschen der Schiffsruder und das an- und abschwellende Rauschen der Wellen. Wenn Yoshi gerade mit irgend etwas beschäftigt war, ging Etsuko oft durch die Hintertür auf die Landungsbrücke hinaus und starrte auf das Wasser, das ruhig die Pfosten unter ihren Füßen umfloß, oder lauschte hingerissen den Anfeuerungsrufen der Bootsmänner, die eilig ihre Lastkähne vorbeiruderten. Etsuko stand wieder einmal auf der Landungsbrücke, als Toshis bleiches Gesicht zwischen den Gitterstäben des Holzfensters hindurchlugte:

«Du gibst acht, ja, Etsuko?! Fall nicht runter!»

Auch an diesem Tag war Kin zusammen mit Tomo ausgegangen.

Etsuko wandte sich um und rief lachend zum Haus hinauf:

«Keine Sorge!» Ihr schmales, regelmäßiges Gesicht, an dem fast nichts Kindliches mehr war, und ihr Haarknoten, den ein rotes Band zusammenhielt, sahen bezaubernd aus.

«Etsuko! Komm mal her! Ich hab was Schönes für dich.»

«Ich komme», antwortete Etsuko gehorsam und ging zum Fenster. Sie ließ ihre gestreiften roten Kimonoärmel im Wind hin und her flattern. Unter dem vergitterten Fenster wuchsen auf einem schmalen, eingeebneten Platz fünf oder sechs von Kin liebevoll gepflegte Trichterwinden, die ihre Ranken um dünne Bambusstangen schlangen. Für Etsuko sahen Toshis Gesicht im Fenster und die Handarbeit auf ihrem Schoß von draußen anders aus als von innen.

Toshi streckte ihre mageren Arme durch das Fenstergitter und ließ einen kleinen Affen aus roter Seide, der an einem Faden an ihren Fingerspitzen hing, vor Etsukos Augen auf und ab tanzen.

«Ach, ist der schön!» rief Etsuko, die mit den Händen das Fenstergitter umklammerte und mit leuchtenden Augen den kleinen Affen am Faden betrachtete. Ihr Gesicht war unbeschwert und heiter, und Toshi dachte bei sich: ‹Die Kleine fühlt sich nicht einsam, wenn ihre Mutter nicht da ist.›

«Wo ist denn deine Mutter hingegangen?» fragte Toshi und ließ den Faden mit dem Affen hin und her baumeln.

«Sie hat was zu tun ...» antwortete Etsuko mit klarer Stimme.

«Du bist doch traurig, wenn deine Mutter nicht da ist, oder?!»

«Mmh ...» sagte Etsuko zustimmend, aber als sie weitersprach, leuchteten ihre Augen fröhlich.

«Weißt du, Yoshi ist ja auch da ...»

«Das ist wahr. Yoshi ist da.»

Toshi nickte.

«Ist deine Mutter auch immer so beschäftigt, wenn ihr zu Hause seid?»

«Ja.»

Wieder antwortete Etsuko mit klarer Stimme.

«Wir haben oft Gäste ...»

«Tatsächlich! Und dein Vater, geht der oft weg?»

«Ja, tagsüber ist er die ganze Zeit in der Präfekturverwaltung. Und abends ist er eingeladen, oder es kommt Besuch zu uns. Oft sehe ich ihn den ganzen Tag nicht ...»

«So ... und wie viele Dienstmädchen habt ihr?»

«Drei ... die Yoshi und die Seki und die Kimi. Und dann haben wir noch einen Pferdeknecht und einen Hausgehilfen ...»

«Ihr habt ja einen ganz schön großen Haushalt. Kein Wunder, daß auch deine Mutter viel Arbeit hat!»

Toshi hörte zu nähen auf und lächelte. Sie mußte an Tomo und deren Suche nach einem Mädchen denken. Vermutlich würde sich auch in Etsukos Leben einiges ändern.

Etwa zu der Zeit, als sich Toshi und Etsuko unterhielten, sprachen Tomo und Kin im ersten Stock des Bootsverleihs Uzuki im Vergnügungsviertel Yanagibashi mit Zenkō, einer männlichen Geisha. Kin verhielt sich völlig unterwürfig, als wäre Tomo ihre Herrin. Zenkō, heruntergekommener Sprößling eines einstigen Vasallen des Shoguns, war ein gewandter Mann, dem auch in entspannter Atmosphäre anzügliche Bemerkungen fremd waren. Er sprach mit Kin, die er schon lange gut kannte, in einem Ton, der frei war von jeglicher Affektiertheit, die man in seinem Gewerbe so oft antraf.

«Ja, also nach dem, was Sie mir gerade erzählt haben, wird es ganz und gar nicht einfach sein. Es werden zwar gleich vier oder fünf recht hübsche Mädchen kommen, aber ...»

Zenkō rollte seine schmale, silberne Pfeife zwischen den Fingerspitzen, als wüßte er nicht recht, was er mit ihr anfangen sollte. Insgeheim aber fragte er sich angewidert, aus welcher Provinz dieser Mann stammen mochte, der seine eigene Frau losschickte, für ihn eine Mätresse zu suchen. Aber, na ja, was sollte man von diesem Landvolk auch schon erwarten. Doch die Reserviertheit Tomos, die ihm gegenübersaß, traf sich irgendwo mit dem Rest traditionellen Stolzes, der noch in ihm saß: ihr Verhalten, an dem weder etwas Hochmütiges noch etwas Umgängliches war, unterschied sich eigentlich in nichts von gewöhnlichem Benehmen, und doch war es außerhalb der Reichweite von Hohn oder Spott.

«Nicht wahr, Frau Shirakawa», sagte Kin, die immer gern redete, mit einem Blick auf Tomo, während sie Zenkō das Sake-Gläschen, das er für sie gefüllt hatte, zurückgab. «Für uns ist das alles nicht so einfach. Selbst wenn wir meinen, daß dieses oder jenes Mädchen geeignet sein könnte, muß unser Urteil noch lange nicht mit Herrn Shirakawas Geschmack übereinstimmen.»

«Na, na ... mein Geschmack wird Ihnen da auch nicht viel weiterhelfen. Wenn ich mir heutzutage diese Studentinnen mit ihrem kurzgeschnittenen Stirnhaar und ihren Schirmen ansehe ... dieselben Schirme, wie sie diese ausländischen Weiber haben ... wenn Sie mich fragen: ich danke bestens!»

«Aber Herr Hosoi! Frau Shirakawa ist schließlich nicht auf der Suche nach einem Flittchen für einen Ausländer! Ich bin sicher, daß es unter den Kinder-Geishas in Daichi immer noch brave Mädchen gibt, die auch Ihrem Geschmack entsprechen ... Sie wissen schon: Mädchen, wie sie Eisen gemalt hat!»

«Ja, mag sein ... aber wissen Sie, ich nehme nie ein Blatt vor den Mund, und die jungen Mädchen sind nicht gerade erbaut von mir», antwortete Zenkō. Im selben Augenblick hörte man auf der Treppe, die vom Zwischengeschoß heraufführte, geräuschvolle Schritte und Stimmengewirr.

«Guten Abend ...»

Vier, fünf Kinder-Geishas drängten sich – bunt wie Spielbälle – in Begleitung einer älteren Geisha zur Tür herein.

«Ich hoffe, wir haben Sie nicht zu lange warten lassen», sagte die ältere Geisha zu Zenkō und begann die Shamisen, die ihr ein Dienstmädchen gereicht hatte, zu stimmen.

Den Mädchen war gesagt worden, daß die Gattin eines Provinzbeamten Tänze von Kinder-Geishas – gewissermaßen als Souvenir aus Tokio – zu sehen wünsche, und so hatten sie besonders prächtige Kleider angelegt, die sie sonst für ein Engagement am Tage nicht getragen hätten. In ihrer Schönheit leuchteten die Mädchen wie Päonien.

Nach dem musikalischen Einleitungsstück begannen jeweils zwei der Kinder-Geishas zu tanzen. Diejenigen, die nicht tanzten, knieten neben Tomo nieder, legten ihr Speisen vor und schenkten ihr Sake ein. Tomo mochte Alkohol nicht; da sie sich aber irgendwie langweilte, führte sie das Sake-Gläschen gelegentlich zu den Lippen, schaute den Tänzen zu oder beobachtete die Kinder-Geisha, die neben ihr mit Zenkō und Kin sprach.

Die Mädchen mochten vierzehn oder fünfzehn Jahre alt sein. Zwei von ihnen erinnerten in ihrer Schönheit an eine Pflaumenblüte und eine Kirschblüte, aber die Arme der einen, die während des Tanzes plötzlich unter den Kimono-Ärmeln zum Vorschein kamen, waren dünn und sahen dunkel und mager aus. Die andere hatte neben ihrer Nase tiefe Furchen, die ihr ein brutales Aussehen verliehen, wenn sie lachte. Wie ein Fischreiher, dachte Tomo. Der bloße Gedanke an die Möglichkeit, daß solche Mädchen in ihr Haus kommen und dort allmählich heranwachsen könnten, jagte Tomo Schauder über den

Rücken. Am liebsten hätte sie ihrem Mann dafür gedankt, daß er ihr die Wahl überlassen hatte.

Nachdem die Kinder-Geishas wieder gegangen waren, teilte Tomo Kin ihre Eindrücke mit, und ehe Kin etwas sagen konnte, bemerkte Zenkō:

«Sie haben wirklich ein Auge für solche Dinge, Frau Shirakawa!»

In den letzten Wochen hatte Kin mit Tomo zusammen die verschiedensten Mädchen begutachtet; und des öfteren hatte Tomos scharfes und genaues Urteil sie mehr mit Furcht als mit Bewunderung erfüllt. Tomo, die bei ihren sonstigen Bekannten niemals über andere klatschte und nur wenig Interesse an ihrer Umwelt zeigte, drang zu Kins Erschrecken jetzt plötzlich in die allergeheimsten Bereiche anderer Frauen vor.

Einige Tage zuvor hatte ihnen Oshige, die Kurzwarenhändlerin, Bun vorgestellt, die jüngere Schwester eines Goldschmieds aus Honjo; das Mädchen hatte ein apartes Gesicht und eine sehr zurückhaltende Art, zu sprechen. Es war ein Mädchen, für das sich Kin sofort entschieden hätte, aber Tomo hatte skeptisch den Kopf zur Seite gelegt und zögernd gesagt:

«Sie haben behauptet, daß das Mädchen sechzehn ist, aber sie ist schon achtzehn … Außerdem glaube ich nicht, daß sie noch unschuldig ist.»

Das darf doch nicht wahr sein, hatte Kin gedacht. Als sie aber genauer nachforschte, erfuhr sie, daß das Mädchen tatsächlich mit ihrem Schwager, einem Handwerker, ein Verhältnis hatte.

«Woher haben Sie nur für solche Dinge einen so scharfen Blick?» Kins Augen waren vor Erstaunen weit aufgerissen, als sie das fragte. Tomo sah zu Boden und antwortete gequält:

«Ich war auch nicht immer so …»

Ein Seufzen, mit dem sie sich selbst zu bedauern schien, drang aus ihrem Mund. Offenbar hatten die vielen Affären Shirakawas ihren Blick für die Wahrheit geschärft. Kin, die sich nie mit zuviel Nachdenken über die Obsessionen und Kümmernisse anderer Menschen belastet hatte, begann in den Wochen, in denen sie zusammen mit Tomo eine Mätresse suchte, langsam Tomos ‹durch Leiden erworbene Größe› zu verstehen, von der ihre Tochter Toshi gesprochen hatte.

Tomo saß neben ihrem Nachttischchen und betrachtete eingehend eine Reihe von Fotografien hübscher Mädchen, als ihre Tochter Etsuko neben sie trat und über ihre Schulter lugte.

«Oh, sind die schön! Wer ist denn das, Mama?»

Das rote Tuch in Etsukos Haar baumelte an einer Seite herunter. Ohne zu antworten, nahm Tomo einige Fotografien und gab sie Etsuko.

«Etsuko, wer gefällt dir von denen?»

«Hm.» Etsuko breitete die Fotografien wie einen Fächer aus und warf einen kurzen Blick darauf. Dann sagte sie mit ihrer kindlichen Stimme:

«Die da.» Sie zeigte auf das mittlere Foto. Es war das Brustbild eines etwa fünfzehnjährigen Mädchens, das mit verschränkten Armen vor einem weißen Hintergrund stand: ihr Haar war in einem Stil frisiert, der damals unter jungen Mädchen Mode war. Ihr Haaransatz in Gestalt eines Dreiecks und die ungewöhnlich großen Augen, in die zwei halbbedeckte, schwarze Edelsteine eingebettet zu sein schienen, entzückten Etsuko.

«Du also auch», sagte Tomo erstaunt, nahm das Foto noch einmal in die Hand und betrachtete es.

«Wer ist denn das, Mama?» fragte Etsuko. Tomo schichtete die Fotografien aufeinander und antwortete ruhig:

«Völlig egal, wer das ist ... Es wird sich bald herausstellen.» Die Fotografien waren ihr vor wenigen Tagen von Hosoi Zenkō aus Yanagibashi zugeschickt worden.

Tomos Suche gestaltete sich schwierig, und so war seit ihrer Ankunft in Kins Haus bereits mehr als ein Monat vergangen, ohne daß sie Shirakawa von einem Erfolg berichten konnte. Mehrmals schrieb Tomo in ihrer unbeholfenen Handschrift Briefe an ihren Mann, in denen sie ihm erklärte, sie wolle auf keinen Fall ein Mädchen, das ihm vielleicht nicht gefallen könnte, nach Hause mitbringen. Shirakawa schrieb ihr jeweils kurz zurück: Es bestehe kein Grund zur Eile, sie solle ihre Auswahl sorgfältig vornehmen. Als sich dann aber die verhangenen Himmel der Regenzeit aufzuklaren begannen und das Bon-Fest von Tag zu Tag näherrückte, wurde Tomos Ungeduld dennoch immer größer. Nicht nur ihres Mannes wegen, auch der Gedanke an ihren verwaisten Haushalt ließ ihr keine Ruhe mehr.

Zu dieser Zeit kam neue Nachricht von Zenkō. Nach allem, was Kin gehört hatte, würde Tomo dieses Mal zufrieden sein. Das Mädchen, um das es ging, hieß Suga, ihre Familie hatte einen Laden für Bambusrinde in Kokuchō. Suga war fünfzehn Jahre alt; ihre Ausbildung umfaßte den Tanz im Stil der Nishikawa-Tokiwazu-Schule, den sie von klein auf erlernt hatte. Sie war hübsch anzusehen, und ihre Auftritte bei Tanzübungen ihrer Schule waren schon in ihrer Kinderzeit beifällig aufgenommen worden. Sowohl ihre Mutter als auch ihr älterer Bruder, das Oberhaupt der Familie, waren Leute von tadellosem Ruf. In den letzten zwei, drei Jahren aber hatte ein unzuverlässiger Angestellter das Geschäft ruiniert, und der Familie blieben schließlich nur noch zwei Möglichkeiten: den Laden zu schließen oder die Tochter an ein Geisha-Haus zu verkaufen. Sugas Mutter hatte zwar nie daran gedacht, ihre Tochter zur Mätresse eines reichen Mannes zu machen, aber nachdem ihre Tanzlehrerin, eine gute Bekannte Zenkōs, von den Shirakawas gehört hatte, war sie zu der Meinung gelangt, es wäre für die Zukunft Sugas vielleicht besser, in einem herrschaftlichen Haus zu arbeiten, als in einem schmutzigen Gewerbe wie dem Geisha-Beruf zu verkommen.

«Das Mädchen ist sehr brav und hat für eine Tokioterin eine außergewöhnlich weiße Haut», hatte die Tanzlehrerin gesagt. «So weiß, daß die Kinder tatsächlich herbeilaufen und sie anstarren, wenn sie ins Bad geht!»

In den nächsten Tagen sollte die monatliche Tanzaufführung stattfinden, bei der Suga ‹Pflaumenblüten im Frühling› tanzen würde. Als es soweit war, machten sich Kin und Tomo unter der Führung von Zenkō zum Haus der Tanzlehrerin auf. Der offizielle Grund ihres Besuchs war die Tanzaufführung, aber insgeheim wollte Tomo Suga beobachten. Das Haus der Tanzlehrerin stand in einem Gäßchen, eingezwängt zwischen die Gebäude der Großhändler von Kokuchō. Seine Vorderfront war schmal, aber im ersten Stock gab es eine Tanzbühne, und als Tomo und die anderen hinaufstiegen, tanzte gerade ein kleines Mädchen zur Shamisen-Begleitung ihrer Lehrerin ‹Gorō›.

Als die Tanzlehrerin Zenkō erblickte, zwinkerte sie ihm zu, ohne ihr Spiel zu unterbrechen, und lachte kurz. Die schwarzen Zähne ließen ihre Mundhöhle dunkel aussehen und verliehen ihren lebendigen Augen einen noch strahlenderen Glanz.

Sie hatten sich den Zeitpunkt ihres Eintreffens ungefähr ausgerechnet; Suga mußte eigentlich schon da sein. Sie beobachteten aus den Augenwinkeln die Mädchen, die dicht zusammengedrängt in dem kleinen Raum saßen und auf die Bühne schauten; alle trugen zu ihren Sommer-Kimonos rote Gürtel. Ein Mädchen, das am Rand saß und gebannt zur Bühne schaute, war von außerordentlicher Schönheit: Sie wußten sofort, daß dies Suga sein mußte. Während die anderen Mädchen sich mit ihren runden Fächern Luft zufächelten, saß Suga kerzengerade da; die Hitze schien ihr nicht viel auszumachen. Das Mädchen war für seine fünfzehn Jahre zwar groß, ihr Gesicht aber war zweifellos jenes, das Tomo auf dem Foto gesehen hatte. Ihre Haut, weiß wie wertvolles japanisches Papier, und ihr schimmerndes Haar, das in überströmender Fülle ihr Gesicht umrahmte, betonten ihre Brauen und Augen. Ihre ganze Erscheinung war so auffallend, als wäre sie für einen Theaterauftritt geschminkt.

Mit einem Gefühl der Bestürzung heftete Tomo ihre Augen auf Sugas Gesicht. Das Mädchen war schön, mehr nicht. Nichts in seinem Ausdruck ließ auf eine seelische Tiefe schließen. Nur eines war sicher: an dem Mädchen war nichts Unreines. Sie sprach mit gedämpfter Stimme mit ihrer Nachbarin, und wie sie mit gesenktem Blick irgend etwas sagte und dann ruhig mit großen Augen der Antwort zuhörte, wirkte natürlich und sanft.

Als ‹Gorō› zu Ende war, reichte die Tanzlehrerin einer Assistentin ihre Shamisen, sagte «du bist die nächste, Suga», stand auf und ging zu Tomo und den beiden anderen.

Wie erwartet, erhob sich das Mädchen, das Tomo die ganze Zeit über betrachtet hatte, hob mit beiden Händen die Schleppe ihres Kimonos an und ging leicht gebückt zur Bühne.

«Das ist das Mädchen», sagte taktvoll die Lehrerin, als die ersten Klänge der Shamisen zu hören waren. «Sie ist wirklich ein gutherziges Mädchen. Meiner Meinung nach werden Sie keinerlei Schwierigkeiten mit ihr haben, Frau Shirakawa, falls Sie sie in Ihrem Haushalt beschäftigen.»

Während sie Sugas Tanz beobachteten, erzählte ihnen die Lehrerin noch einiges über sie. Ihr Gesicht war von auffallender Schönheit, ihr Wesen aber – ganz im Gegensatz dazu – eher düster, weswegen sie zwar in den Tanzstunden rasche Fortschritte machte, ihrem Stil aber irgendwie die fröhliche Unbeschwertheit fehlte. Suga selbst hatte erklärt, daß sie ihre Tänze nicht besonders gern vor Leuten aufführte und das Tanzen nur zur Unterhaltung ihrer Eltern erlernte; sie selbst war sich sicher, daß ein ungeselliges Mädchen wie sie in der vor Leben sprühenden Welt der Geishas verloren wäre. In Wirklichkeit würde die Stadt mit ihrem hektischen Treiben nicht zu ihr passen, und sie sei überzeugt davon, daß sich auch ihr düsteres Wesen verlieren würde, wenn sie an einem ruhigen Ort leben könnte, um den herum sich grüne Felder und Flüsse ausbreiteten. Sugas Mutter hing sehr an ihrer Tochter; als sie von der Tanzlehrerin einiges über die Shirakawas gehört und dabei erfahren hatte, daß Suga nach Fukushima gehen müßte, war sie bei dem Gedanken an die große Entfernung plötzlich in Tränen ausgebrochen. Sie hatte gebeten, falls Frau Shirakawa an ihrer Tochter Gefallen finden und sie einstellen würde, wenigstens einmal mit ihr sprechen zu können, weil so viel davon abhing, wie Frau Shirakawa die Dinge sah, und sie sich große Sorgen um die Zukunft ihrer Tochter machte. Dies alles erzählte die Lehrerin in erster Linie Kin und Zenkō; aber Tomo, die aufmerksam Sugas Tanz verfolgte, hörte genug, um von dieser Geschichte mehr berührt zu sein als von allen anderen, die sie bisher gehört hatte. Diese Mutter liebte ihre Tochter wirklich; ihre Tochter war sicherlich noch völlig unverdorben und würde ihr, dachte Tomo, in allem gehorchen, wenn sie sie nach Fukushima mitnahm.

Tomo verstand nicht viel von Tanz, und doch fühlte auch sie, daß in Sugas Augen und den Bewegungen ihrer Glieder eine drückende Schwere lag. Trotz Sugas technischer Fertigkeiten fehlte es ihr an wirklicher Brillanz. Auch das ist gut, dachte Tomo. Fast unbewußt war in Tomo eine Abneigung bei dem Gedanken entstanden, die Frau, die in ihr Haus eindringen würde, könnte einen bestimmenden, starken Charakter haben. Ein Mädchen mit einem Gesicht voll jugendlicher Frische, dessen Wesen aber bedrückt und furchtsam war … für Tomo war solch ein Mädchen fast die ideale ‹Frau im Schatten›.

Sie machten sich auf den Heimweg. Als sie das Gäßchen verließen, sagte Zenkō:

«Nun, was meinen Sie zu dem Mädchen?»

Zenkō war unfähig zu irgendwelchen Schmeicheleien, wenn er sich mit Tomo unterhielt. Er, der zweite Sohn eines kleinen Vasallen, sprach unaffektiert und natürlich; und auch Tomo fühlte sich wohler, wenn sie Zenkō mit ‹Herr Hosoi› anreden konnte.

«Das Mädchen wird bestimmt keine Geisha werden. Mädchen mit solch düsterem Charakter sind nicht an den Mann zu bringen.»

«Glauben Sie?» fragte Kin. «Das Mädchen ist doch wirklich schön ...»

«Schönheit allein reicht nicht! Aber glauben Sie mir, Frau Shirakawa, in zehn Jahren wird der gute Kern des Mädchens voll entwikkelt sein. Und darauf sollten Sie achten.»

«Ja, vielleicht haben Sie recht.»

Tomos Körper überrieselte eine Gänsehaut, als wäre ihr Körper mit der kalten Klinge eines Schwertes berührt worden. Derselbe Schauder hatte sie auch zuvor schon immer wieder überlaufen, als sie Suga beim Tanzen zusah.

Suga auf der Bühne. Sie legt ihrenKopf zur Seite, sie streckt ihren Körper, eine erotische Pose folgt der anderen: was ihr in Wirklichkeit noch halb kindlicher, unschuldiger Körper darstellt, sind Liebesaffären zwischen Männern und Frauen. Bei dem Gedanken, wie sehr sich dieses unreife Mädchen – sobald sie es erst einmal nach Hause gebracht hatte – unter den geschickten Händen ihres Mannes verändern würde, wie sehr es gefügig gemacht werden würde, schloß Tomo unwillkürlich die Augen und sah mit angehaltenem Atem die ineinander verschlungenen Arme und Beine ihres Mannes und Sugas vor sich. Blut schoß ihr in den Kopf, und sie riß ihre Augen wieder auf, wie um einen Alptraum zu verscheuchen. Überwältigendes Mitleid für das Schicksal des Mädchens, das wie ein großer Schmetterling vor ihren Augen auf und ab tanzte, erfüllte Tomo, zugleich aber wurde ihre Eifersucht zu einem kochenden Strom, der ihren ganzen Körper überschwemmte.

Solange sie noch kein passendes Mädchen gefunden hatte, hatte die Hetze des Suchens ihr keine Zeit für irgendwelche Überlegungen gelassen. In ihrem Herzen war ein Vakuum gewesen, in das nun plötzlich ein Hunger strömte, der dem Hunger am Ende einer Fastenzeit glich. Die Pein, in aller Öffentlichkeit zusehen zu müssen, wie ihr Mann der Besitz einer anderen Frau wurde, fraß sich in ihren Körper. Ein Ehemann, der seiner Frau unbekümmert einen derartigen Schmerz zufügte, erschien Tomo jetzt so gnadenlos wie der Teufel in der Hölle. Nach Tomos Prinzipien stellte ihr Mann den

Mittelpunkt von allem dar, und es war unmöglich, ihm kalt den Rücken zuzukehren: Das hätte den Verlust ihres eigenen Ichs bedeutet. Aber es ging nicht nur um ihre Prinzipien; sie liebte ihren gefühllosen Mann immer noch. Obwohl sie erschöpft war von ihrer einseitigen Liebe, die immer nur gab und gab und nie etwas zurückbekam, fiel es ihr nicht einmal im Traum ein, Shirakawa zu verlassen. Zweifellos waren Shirakawas Stellung und Besitz, Etsukos Zukunft und die Zukunft ihres ältesten Sohnes Michimasa, der bei Verwandten auf dem Land aufwuchs, Fesseln, die sie nicht mehr losließen; andererseits wünschte Tomo inständig, daß Yukitomo ihre eigenen geheimsten Begierden und Gefühle verstehen würde, welche Opfer es sie auch immer kostete. In Tomos Augen konnte niemand anderer als Yukitomo ihren sehnsüchtigen Wunsch erfüllen.

Bei der Vorstellung, daß sich zwischen sie und ihren Mann noch ein Mensch – das kleine Mädchen Suga – drängen würde, kam es Tomo so vor, als würde ihr Mann, zu dem sie mit ihrer Stimme auch in den vergangenen Jahren nicht mehr wirklich vorgedrungen war, an einen noch ferneren Ort entschwinden.

Tomo schickte ihrem Mann ein Foto von Suga. An dem Abend, an dem sie eine positive Antwort von ihm erhielt, tötete sie im Traum ihren Mann und erwachte aufgeschreckt von ihren eigenen Schreien.

Ein Rest der Kraft ihrer Hände, die im Traum ihren Mann erwürgt hatten, war noch deutlich in ihren zusammengeballten Fäusten zu sehen. Entsetzt über sich selbst richtete sich Tomo im Bett auf und preßte einige Zeit ihre Arme um ihren Körper.

Im Schein des kleinen Lampendochts schwebte der weißliche Umriß von Etsukos sanfter Wange, die – auf der Seite liegend – im Nebenbett tief schlief. Etsuko benahm sich im wachen Zustand recht erwachsen; die Unschuld, die ihr schlafendes Gesicht nun offenbarte, ergriff Tomo mit tiefer Rührung. Tomo war bei der Erziehung Etsukos stets bemüht gewesen, ihr Kind nicht zu sehr zu verwöhnen, und so hing Etsuko auch mehr an den Dienstmädchen und Bekannten der Familie als an ihrer Mutter. Um nichts in der Welt hätte Etsuko sich den tränenfeuchten Blick ihrer Mutter vorstellen können, die mitten in der Nacht, am ganzen Körper in kalten Schweiß gebadet, aus einem schrecklichen Traum aufgeschreckt war und sie nun so ansah, als wäre sie die einzige Quelle in einer brennend heißen Wüste.

Als Suga zusammen mit ihrer Mutter zum erstenmal zu Besuch ins Haus der Kusumis kam, schien Etsuko, der von ihrer Mutter und Kin gesagt worden war, daß sie Suga nach Fukushima mitnehmen würden, auf ihre kindliche Art von Suga entzückt zu sein.

«Die ist aber schön! Was macht sie denn bei uns zu Haus?» fragte Etsuko. Tomo wandte kurz ihre Augen ab und erwiderte:

«Sie wird deinen Vater bedienen.»

«Also ... genauso wie Seki?»

«Mm ... ungefähr so ...»

Etsuko hatte das Gefühl, sie würde von ihrer Mutter gescholten werden, wenn sie noch weitere Fragen stellte, und so schwieg sie. Auch Yoshi erzählte Etsuko nichts, weil ihr Tomo strengstes Stillschweigen eingeschärft hatte.

Tomos Gefühle waren äußerst zwiespältig, aber sie mußte mit Sugas Mutter sprechen. Die Mutter, die mit ihrer flachen Nase, ihren runden Wangen und ihrer kleinen Gestalt Suga so gar nicht glich, schien für ihre Tochter, die sie aus finanziellen Gründen fortgab, brennendes Mitleid zu empfinden. Sie sah in Tomo ihre einzige verläßliche Stütze und vertraute ihr sogar an, daß die körperliche Konstitution ihrer Tochter schwach und daß sie noch keine richtige Frau sei.

«Jetzt, da ich sehe, welch großzügige und ehrbare Dame Frau Shirakawa ist, fühle auch ich mich ein wenig beruhigter», sagte sie zu Kin. «Frau Shirakawa hat mir gesagt, daß sie auf meine Tochter schauen wird, auch wenn der gnädige Herr einmal keinen Gefallen mehr an ihr findet.»

Als Tomo, integer wie sie war, in ihrer Gegenwart Sugas Mutter so voller Gottvertrauen mit Kin sprechen sah, schwor sie sich, Suga vor Unglück zu bewahren, was auch immer geschehen mochte. Sie mußte für die Zukunft dieses Mädchens sorgen, das ihr aller Voraussicht nach die Liebe ihres Mannes stehlen würde. Manchmal lächelte Tomo traurig über ihr Schicksal, das so voller Widersprüche war; in solchen Augenblicken konnte sie sich für kurze Momente von den Fesseln, die sie umschlungen hielten, befreien und sich selbst, ihren Mann, Etsuko und Suga mit demselben unpersönlichen Blick betrachten.

Einige Tage nach dem Bon-Fest brach Tomos kleine Gesellschaft, nun um Suga vermehrt, in vier Rikschas vom Haus der Kusumis auf.

Suga, die zu ihrem gesprenkelten violetten Kimono aus feiner Seide einen schweren Kakata-Gürtel trug, fuhr das erste Stück des Wegs in einer Rikscha mit Etsuko, die sich nicht von ihr trennen wollte. Kin und ihre Tochter winkten dem Wagen nach, dessen Passagiere so sehr einer großen und einer kleinen Blüte glichen, und kehrten dann in ihr Wohnzimmer zurück.

«Die Kleine scheint sich in Suga verliebt zu haben; nun ja, das ist auch schon etwas», sagte Kin.

Sie nahm ihr Kimono-Ärmelband ab und sah ihre Tochter an, während sie es zusammenfaltete. Ein Bein leicht nachziehend, ging Toshi zum Erkerfenster und breitete ihre Handarbeit aus.

«Herr Shirakawa ist ein schrecklicher Mensch, nicht?» meinte sie. «Ich habe weinen müssen, weißt du ... Frau Shirakawa, ihre kleine Tochter und Fräulein Suga ... jede von ihnen tut mir so leid ...»

Toshi preßte kurz ihre Fingerspitzen auf die Augen und klemmte dann das Nähtischchen zwischen ihre Knie.

Grüne Trauben

Früher hatte die Herberge Daimyōs gedient, die sich zu Besuch in Utsunomiya aufhielten, und auch jetzt noch war die Pension Kamisuya die beste unter den Herbergen der Stadt; alle Personen von Rang und Namen stiegen dort ab. Im Augenblick saßen sich im ersten Stock dieser Pension in der Nähe des Balkons zwei Gäste an einem Go-Brett gegenüber. Die Bambusvorhänge waren nach oben gerollt, um die kühle Brise hereinzulassen. Auf dem Ehrenplatz saß Yukitomo Shirakawa, Präfekturrat der benachbarten Präfektur Fukushima. Sein Gegenüber war Ono, ein kleiner Beamter, der ihn auf seiner Reise begleitete. Shirakawa war die rechte Hand von Michiaki Kawashima, einer der treibenden Kräfte hinter der Feudalregierung, der damals von der Bevölkerung so gefürchtet wurde, daß die bloße Erwähnung seines Namens ‹Präfekt des Teufels› genügte, um ein weinendes Kind zum Verstummen zu bringen. Shirakawa war auch in der vordersten Front in der Offensive des Präfekten zu finden, die ‹Bewegung für Freiheit und Bürgerrechte› zu unterdrükken, die in der letzten Zeit großen Zulauf hatte.

Shirakawa war erstaunlich dünn. So dünn, daß sich sein Sommerkimono aus Leinen, als würde ein kühler Wind durch ihn blasen, an seinem schmalen, langen Hals aufbauschte und ein Stück seines hellblauen Kragens hervorschauen ließ. Gewöhnlich war er bemüht, seinem schmalen Gesicht mit der gebogenen Nase einen Ausdruck der Milde zu geben, zuweilen aber blitzte in seinen Augen ein heftiges Feuer auf, das für einen Moment seinen monomanischen Charakter offenbarte. Bei flüchtiger Betrachtung freilich war er ein adretter Gentleman, der keinerlei Ähnlichkeit mit der ‹rechten Hand des Teufels-Präfekten› hatte.

«Sie sind noch immer nicht da, was?» sagte Ono und sammelte die schwarzen Go-Steine des eben beendeten Spiels ein.

Shirakawa zog an seiner silbernen Pfeife, die mit feingeschnittenem Tabak gefüllt war, und holte dann gemächlich seine goldene Uhr hinter dem Kimono-Gürtel hervor.

«Schon fast fünf Uhr. Sie werden bald da sein ... der Pferdeknecht ist ihnen bis zum Stadtrand entgegengegangen, und so sollten sie eigentlich den Weg finden», sagte er halb wie im Selbstgespräch. Nach außen hin zeigte er große Gelassenheit, seine wirklichen Gefühle aber verriet er dadurch, daß er kein weiteres Go-Spiel vorschlug.

Ono räumte das Go-Brett zur Seite und vergewisserte sich, daß an der Stelle, an der das Brett gestanden hatte, kein Staub lag. Er wußte, wie penibel Shirakawa in solchen Dingen war.

Shirakawa war am Vortag – unter dem Vorwand, auf dem Amt der Präfektur Tochigi etwas erledigen zu müssen – nach Utsunomiya gekommen, in Wirklichkeit jedoch erwartete er hier das Eintreffen seiner Frau und Tochter, die er vor über drei Monaten nach Tokio geschickt hatte. Von Shirakawas Pferdeknecht, der zusammen mit ihnen gekommen war, hatte Ono bereits gehört, daß Shirakawa den weiten Weg nach Utsunomiya nicht allein eigens deswegen auf sich genommen hatte, um seine langjährige Ehefrau und seine kleine Tochter abzuholen.

«Sie soll ja wahnsinnig schön sein», sagte der Pferdeknecht mit sensationsgierigem Unterton, während in seinem Gesicht eine gewisse Verblüffung stand. «Tja, mein Herr ist schon so einer! Die eigene Frau auf die Suche nach einer Mätresse nach Tokio zu schikken!» Auch Ono waren zwar schon die verschiedensten Gerüchte zu Ohren gekommen – der Präfekt Kawashima sollte gesagt haben: «Wenn sich Shirakawa schon mit Frauen herumtreiben muß, wäre es für seine Familie vielleicht besser, wenn er sich ein oder zwei Mätressen ins Haus holte.» Oder es hieß, Shirakawa halte eine gewisse Geisha in Fukushima aus – aber die Tatsache, daß eine Ehefrau nach Tokio fuhr und dort nach eigenem Ermessen eine Mätresse auswählte, verblüffte Ono denn doch, der im Grunde seines Herzens ebenso ängstlich war wie der Pferdeknecht. Wie und wo sollte denn Shirakawas reservierte Ehefrau in der riesigen Stadt Tokio eine Frau finden, die sich zur Mätresse eignete? Entwickelte eine Frau, deren Ehemann Karriere gemacht hatte, eine Findigkeit, von der er und seinesgleichen nicht einmal zu träumen wagten?

In diesem Augenblick schienen vor dem Eingang Wagen zu halten, Schritte erklangen auf dem Gang, die sich mit den Stimmen von Männern und Frauen vermischten, welche die neuangekommenen Gäste begrüßten.

«Das sind sie wohl», sagte Ono, stand hastig auf und machte sich hastig auf den Weg zur Treppe, die nach unten führte.

Eine Stunde später schob Tomo ein unschuldig aussehendes Mädchen, deren Haar zu einem Knoten aufgesteckt war, vor Shirakawa und sagte:

«Das ist Suga, die ab jetzt bei uns arbeiten wird.»

Bei ihrer Ankunft hatten nur Tomo und Etsuko Shirakawa kurz begrüßt; Tomo hatte Suga unten warten lassen und sie dann zusammen mit Etsuko ins Bad geschickt. Danach hatte sie Suga vor die Spiegelkommode gesetzt und sie frisiert. Sugas Haar glänzte nach dem Bad wie Lack und war so dicht, daß Tomo nur schwer mit dem Kamm durchkam. Tomo fand von neuem, daß das durchscheinende Weiß von Sugas ungeschminktem, unschuldigem Gesicht, umrahmt von Haar, das glänzte wie die feuchten Flügel einer Amsel, fast die Augen blendete. Sie mußte Yukitomo mit seinem scharfen Blick für Frauen davon überzeugen, daß dieses Mädchen, das sie selbst ausgewählt und für das sie dessen Mutter eine beträchtliche Summe gezahlt hatte, ein guter Kauf war. Deshalb richtete Tomo die schöne

Suga noch schöner her und beobachtete dabei mit seltsam gemischten Gefühlen, wie Etsuko, die arglos und ausgelassen um sie herumsprang, Sugas Gesicht im Spiegel anschaute, als würde sie eine Puppe betrachten, und immer wieder rief:

«Dieser bunte Haarschmuck! Ist der schön!»

«Ich bin noch gänzlich unerfahren, aber ich hoffe, daß Sie mit meiner unwürdigen Person zufrieden sein werden», begrüßte Suga stammelnd Shirakawa, Wort für Wort den Gruß wiederholend, den ihre Mutter in Tokio ihr beigebracht hatte. Ihre Schultern unter dem violetten Seidenkimono mit den abgenähten Schulterfalten schienen in sich zusammenzusinken. Man hatte der fünfzehnjährigen Suga, die sich für ihre Familie opfern mußte, zu verstehen gegeben, daß sie ihr Leben lang im Haus der Shirakawas in Fukushima als Dienstmädchen arbeiten würde. Und man hatte ihr zwar auch gesagt, daß sie das Zimmermädchen von Herrn Shirakawa werden würde, aber niemand hatte ihr erklärt, worin ihr Dienst bei ihrem neuen Herrn bestehen würde. «Du gehorchst deinem Herrn in allem! Was auch geschieht, du wirst dich keinem seiner Wünsche widersetzen!» hatte ihre Mutter ihr eingeschärft. Suga hatte nur vor einem große Furcht: daß sie Tadel auf sich ziehen könnte, auch wenn sie die Anweisungen ihrer Mutter genau befolgte. Glücklicherweise hatte sie sich mit der neunjährigen Etsuko in den Tagen, die sie noch zusammen in Tokio verbracht hatten, angefreundet, und zu ihrer Erleichterung erkannte sie auch schnell, daß Frau Shirakawa bei all ihrer provinzlerischen Förmlichkeit kein böser Mensch zu sein schien. Blieb also nur noch die Hauptperson: ihr neuer Herr; er war zweifellos ein Mann, den man fürchten mußte. Viel älter als seine Frau, wie es schien. Hoher Beamter, Präfekturrat oder etwas Derartiges; und in dieser Eigenschaft Vertreter des Präfekten. Was sollte sie tun, wenn er sie mit lauter Stimme ausschelten würde? Ja, in Tokio hätte sie fliehen und nach Hause zurückkehren können, aber bei dem Gedanken, daß ihr das in Fukushima passieren könnte, fühlte sich Suga verzagter und verzagter.

«Du heißt also Suga? Schöner Name ... Und wie alt bist du?»

«Ich bin fünfzehn Jahre alt.»

Die Antwort kostete Sugas ganze Kraft. Sie setzte sich mit angespanntem Gesicht hin und schien jeden Moment in Tränen ausbrechen zu wollen. Ihre zu dicken, schnurgeraden Augenbrauen, die sich ein wenig zusammenzogen; ihre Augen mit den klar gezeichneten Lidern, wie vor Schrecken weit aufgerissen: klar und deutlich schwebte ihr Gesicht im gelblichen Licht der Lampe wie das Gesicht einer Schauspielerin auf der Bühne. Shirakawa erinnerte sich an das unbeschreiblich schöne Gesicht einer Kurtisane namens Imamurasaki, die er in seiner Jugend zur Zeit der Kirschblüte einmal im Freudenviertel Yoshiwara gesehen hatte.

«Du fühlst dich hier auf dem Land wahrscheinlich einsam? Nachdem du Tokio mit seinen vielen Menschen verlassen hast ...»

«Nein.»

«Gefallen dir Theaterstücke?»

«Ja», antwortete Suga, und gleichzeitig versteifte sich ihr ganzer Körper. Hatte sie das sagen dürfen?

«Genau wie Tomo!» sagte Shirakawa lachend. «In Fukushima gibt's auch ein Theater. Ich glaube, zur Zeit spielt dort der Schauspieler Tokizō aus Kamigata. Sobald wir wieder daheim sind, nehme ich dich ins Theater mit.»

Sugas Herr war in bester Laune, trotzdem hallte jedes seiner Worte in ihrer Brust wider wie eine Drohung. Die Steifheit ihres Körpers ließ erst nach, als Shirakawa sie mit den Worten «Heute abend ruhst du dich wohl besser aus» verabschiedete und sie mit Etsuko, die sich fest an sie klammerte, das Zimmer verließ. Suga atmete erleichtert auf.

«Sie scheint ja etwas schwermütig zu sein, aber ...» sagte Tomo zögernd mit einem Blick auf ihren Mann, als sie Suga nachsahen. Unter den gesenkten Lidern leuchteten Shirakawas Augen wie Lichter über einem dunklen, wirbelnden Wasser. Immer wenn Shirakawa von einer begehrenswerten Frau angezogen wurde, trat dieser Ausdruck in sein Gesicht. Auch in der ersten Zeit ihrer Ehe, in der Tomos Leben von einer überwältigenden Freude erfüllt gewesen war, hatte sie mit einer hilflosen Qual, die ihr das Gefühl gab, ihr Fleisch und Blut würde sich in Maden verwandeln, wieder und wieder Yukitomos Blick sehen müssen, der voller Begehren auf anderen Frauen ruhte.

«Ach was! Sie ist einfach nur ein braves Mädchen. Sie wird sicher eine nette Spielgefährtin für Etsuko abgeben», sagte Shirakawa beiläufig. Aber sein scharfer Blick war nicht von Sugas kindlichen Hüften gewichen, als sie vorhin abrupt aufgestanden war und mit gelüpfter Schleppe das Zimmer verlassen hatte. Suga verhielt sich genauso wie Tomo, als sie von Yukitomos Mutter mit vierzehn Jahren zu Besuch in ihr Haus auf dem Land eingeladen worden war. Ihr Körper, noch frei von weiblicher Sinnlichkeit, wirkte fast knabenhaft. Diese Entdeckung erregte Shirakawa um so mehr, als Sugas Gesicht, Schultern und Brust durchaus schon die sanften weiblichen Rundungen aufwiesen. Es stimmte: unter dem Hinweis darauf, daß das neue Mädchen auch Tomo im Haushalt helfen sollte, hatte er ein möglichst unerfahrenes und unverdorbenes Mädchen verlangt; aber daß Tomo seine Wünsche so genau befolgt hatte und daß dieses Mädchen, das sie nach wochenlanger Suche gefunden hatte, über alle seine Erwartungen hinaus einer fest verschlossenen, unversehrten Knospe glich, erfüllte ihn fast mit Beschämung.

«Du sagtest, sie sei die Tochter eines Bambusrinden-Händlers?»

«Ja, aus Kokuchō ... Das Geschäft der Familie scheint früher recht gut floriert zu haben, aber dann sollen sie einen unzuverlässigen Angestellten gehabt haben, und es ist bergab gegangen. Ich habe auch Sugas Mutter getroffen; wirklich ein aufrechter und feiner Mensch ...»

Tomo dachte plötzlich, daß sie jetzt eigentlich über die riesige Geldsumme, die ihr Mann ihr für die Suche gegeben hatte, sprechen müßte. Sie hatte den Preis für Suga und für Sugas neue Kleider bezahlt: 500 Yen. Sie hatte des weiteren, ehe sie Suga gefunden hatte, für den Nachmittag mit den Geishas bezahlt. Und sie hatte für das Zusammentreffen mit Kinder-Geishas und anderen Frauen, das jeweils durch Vermittler zustande gekommen war, bezahlt. Und dennoch war in ihrer Geldbörse noch mehr als die Hälfte der Summe, die ihr Mann ihr übergeben hatte. Tomo wollte ihm dieses Geld sofort nach ihrer Ankunft in der Herberge zurückgeben. Auch jetzt hatte sie sich mitten im Satz unterbrochen, um endlich das Gespräch auf dieses Thema zu bringen, aber sie brachte kein Wort über die Lippen, als hätte sich plötzlich irgend etwas in ihrer Kehle verklemmt. Tomo war bestürzt, und ihr Gesicht überzog sich mit einer tiefen Röte, die Shirakawa aber zu entgehen schien. Er klatschte schallend in die Hände und rief nach Ono:

«He, Ono ... spielen wir das letzte Spiel von vorhin zu Ende. Wir müssen morgen früh raus, und darum ist es am besten, wenn sich Tomo bald unten schlafen legt!»

Tomo erhob sich und warf einen Blick auf Onos kurzen Rücken, der gebeugt das Go-Brett in die Zimmermitte brachte. Sie war erst 30, und die Tatsache, daß ihr Mann, dessen durchdringender Blick eine neue Faszination auf sie ausübte, keinerlei Versuch machte, sich ihr zu nähern, verletzte sie zutiefst. Ihr Schmerz ging um so tiefer, als sie ihren Mann schon seit drei Monaten nicht mehr gesehen hatte. Tomo wußte nicht, ob diese brennende Qual der Liebe zu ihrem Mann entsprang oder ihrem Haß auf ihn. Ihre feste Entschlossenheit, den Schmelztiegel ihrer Gefühle auf keinen Fall zu verlassen, verlieh ihrem Gesicht, als sie langsam den Gang entlangging, die starre Ruhe einer Nō-Maske.

Suga, die in Tokio aufgewachsen war, erschienen die Straßen Fukushimas fast menschenleer, und auch die Läden mit ihren leeren Regalen, die die Hauptstraßen säumten, machten einen höchst langweiligen Eindruck auf sie. Shirakawas Anwesen lag, etwa fünf Blocks von der Präfekturverwaltung entfernt, in einer Gegend, die Yanagi Kōji hieß. Das Haus, früher im Besitz eines Samurais, stand hinter einem mächtigen Tor mit einem langgestreckten Dach. An seine Veranda, die ebenso hoch war wie die eines großen Tempels, schlossen sich weite Räume an – jeder zwischen zehn und zwölf Tatami-Matten groß. Gegenüber den weitgeöffneten Schiebetüren der Abstellräume lag der Hinterhof, in dem sich neben Gemüsebeeten ein Obstgarten befand. Kakifrüchte, Äpfel, Birnen und Weintrauben wuchsen dort in üppiger Pracht.

Der erste Schock erwartete Tomo nach ihrer Rückkehr in ihr Haus in Form eines neuen Anbaus mit drei Zimmern, in denen noch der Geruch von frischem Zypressenholz schwebte. Der Anbau stand direkt vor den Weinspalieren im Obstgarten, an einer nach Süden gerichteten sonnigen Stelle, und war ringsum von einer Veranda umgeben. Vom Haupthaus konnte man den Anbau durch einen überdachten Verbindungssteg erreichen.

«Sie hatten kaum das Haus verlassen, da kamen auch schon die Zimmerleute», sagte das Hausmädchen Seki mit einer gezwungenen Miene zu Tomo. Daß auch die Beziehung zwischen Seki und Shirakawa über die normale Beziehung zwischen einem Dienstherrn und einer Angestellten hinausging, hatte Tomo vor längerer Zeit von Seki selbst erfahren.

Tomo betrat den Anbau und riß erstaunt die Augen auf: da stand ein neuer Spiegeltisch aus Maulbeerholz, dessen Spiegel mit einem

Bezug aus purpurnem Krepp bedeckt war; und im nächsten, sechs Matten großen Zimmer hatte man eine prunkvolle Doppelkommode aufgestellt.

«Auch die Futons sind neu», sagte Seki und öffnete mit bedrücktem Blick die Schiebetür des Wandschranks, um sie Tomo zu zeigen. Im oberen und unteren Fach waren je ein Einwickeltuch mit einem leuchtend grünen Arabeskenmuster ausgebreitet, auf denen zwei gelbe, gesprenkelte Bettgarnituren aus Seide, die mit Baumwolle gefüttert waren, lagen. Die Ärmel der schweren seidenen Schlafröcke, die als Decke verwendet wurden, hingen behaglich herab.

«Wem gehört das Zimmer hier?» fragte Etsuko, die ihnen nachgegangen war. Ihr zur Seite geneigtes Gesicht sah genauso aus wie das Shirakawas.

«Das hat dein Vater gebaut, damit er hier seine Geschäftsbücher lesen kann. Und jetzt geh raus, Etsuko!» sagte Tomo mit harter Stimme, als wollte sie Etsuko beiseite schieben. Man fügte ihr grenzenloses Leid zu, aber Etsuko mußte unter allen Umständen davor bewahrt bleiben. Mit ihrer verzweifelten Fürsorge erreichte sie jedoch nur, daß Etsuko Angst vor ihr bekam. Es war viel netter, bei der schönen Suga zu sein, die immer in einen angenehmen Duft eingehüllt zu sein schien. Und so rannte Etsuko ohne Widerrede den Gang hinunter.

«Ich soll wahrscheinlich von heute nacht an Herrn Shirakawas Bett hier richten, oder?» sagte Seki und starrte Tomo, als wollte sie sie mit ihren Blicken durchbohren, an.

«Ja, mach das.»

«Und Fräulein Suga ... im Zimmer nebenan?»

«Wir wollen Suga sagen, daß sie sich ihr Bett selbst richten soll.»

Während Tomo scheinbar ohne Mißgunst ihre Anordnungen traf, kam ihr plötzlich der Gedanke, daß in Sekis Herz dasselbe leidenschaftliche Feuer brennen mußte wie in dem ihren. Unerträgliche Scham überkam sie, sie wandte sich ab und schaute in den Garten hinaus.

Sie sah Suga und Etsuko unter den grünen, scharf gezackten Blättern der Weinstöcke im Obstgarten beieinander stehen. Etsuko schien Suga, die einen blau-weißen Sommer-Kimono trug, um Trauben anzubetteln. Suga streckte die Arme aus und faßte leicht nach einer Traube. Sonnenlicht fiel durch das Spalier und hinterließ grüne Schatten auf Sugas weißem Gesicht.

«Kann man die denn essen? Die sind ja ganz grün!»

«Die schmecken sehr gut! Das sind grüne Trauben aus Europa!»

Etsukos Stimme hallte hell und klar durch den Garten. Suga pflückte die Traube und steckte eine Beere, die schimmerte wie ein Saphir, zwischen ihre Lippen.

«Schmeckt süß, oder? Wir haben den Baum vom landwirtschaftlichen Forschungsinstitut bekommen ... das ist hier in der Nähe, weißt du.»

«Mmh, wirklich ... Das habe ich noch nie erlebt, daß grüne Trauben so süß schmecken!»

Die beiden Mädchen pflückten weiter Trauben, steckten sie zwischen ihre korallenfarbenen Lippen und lächelten einander fröhlich an. Suga, die sich im Haus so respektvoll und fast erwachsen benahm, war also, bei Licht besehen, nichts als eine kleine Spielgefährtin für Etsuko. Während Tomo Sugas kindliches, unschuldiges Gesicht, das ein befreites Lachen erfüllte, und die entspannten Bewegungen ihrer Arme und Beine betrachtete, ließ sie doch der quälende Gedanke an die gelben Nachtgewänder hinter ihr im Wandschrank nicht mehr los.

Es ist ein Verbrechen, dachte sie. Ein Mädchen, das noch mit Puppen spielt, einem über zwanzig Jahre älteren Mann zu geben, der bereits alle Freuden dieser Welt ausgekostet hat! Und die Eltern des Mädchens sahen zu. Auch wenn sie Suga nicht als Mätresse weggegeben hätten, hätten sie ohne das Geld für Sugas frischen jungen Körper den Ruin der Familie nicht aufhalten können. Es machte keinen großen Unterschied, ob Suga hier oder anderswo mißbraucht werden würde: die leuchtende Schönheit ihres unschuldigen Fleisches war dazu verurteilt, früher oder später besudelt zu werden. Trotzdem fühlte sich Tomo – wie es jemand nicht gelingen will, das Fleisch eines Vogels zu verspeisen, der vor seinen Augen getötet worden ist – durch eine nicht greifbare Schuld an ihren Mann gebunden. Warum hatte sie etwas tun müssen, das ebenso grausam wie Sklavenhandel war?

Beim Anblick von Sugas kühler Haut, in der das Licht von frisch gefallenem Schnee eingeschlossen zu sein schien, und ihrer feuchten, schwarzen Augen, in denen immer ein Schatten lag, den man fälschlich für Melancholie hätte halten können, wurde Tomo zwischen zwei Gefühlen hin- und hergerissen: grenzenlosem Mitleid mit diesem Mädchen, das ihr wie ein schönes wildes Tier auf der Schlachtbank vorkam, und unbeugsamem Haß auf dieses unschuldige Mädchen, das sich vielleicht in ein Monstrum voller Kraft verwandeln, ihren Mann verschlingen und mit seinem Toben das ganze Haus erfüllen würde.

Vom zweiten Tag ihrer Rückkehr nach Fukushima an erschien, beladen mit ganzen Bergen von Waren, täglich ein Mann von Marui, der Kimonoschneiderei, in der die Shirakawas einzukaufen pflegten, im Wohnzimmer. Er kam meist nach Shirakawas Dienstschluß, so daß der Hausherr selbst die auf dem weiträumigen Fußboden ausgebreiteten farbenprächtigen Kleidungsstücke ansehen und unter ihnen wählen konnte. Shirakawa kaufte auch für Tomo und Etsuko Kimonos, aber der Hauptzweck war natürlich, Suga auszustaffieren.

Er kaufte in so reichlicher Fülle Kleidung ein, als wolle er eine Braut ausstatten: schwarze Kimonos mit dem Familienwappen, deren Saum ein farbiges Muster trugen, festliche Gürtel aus Satin, dazu hauchdünne Seide, verschiedene Arten von Seidenkrepp und sogar lange Unterkleider.

Suga selbst konnte all dem nicht viel Freude abgewinnen. Sie lebte erst seit wenigen Tagen bei den Shirakawas, mußte keinerlei Arbeit verrichten, sondern wurde im Gegenteil wie ein Gast behandelt. Daß nun so viele Kimonos für sie gemacht wurden, kam ihr eher fragwürdig vor. Aber das Leuchten in Shirakawas Augen, wie Licht über dunklem Wasser, wurde bei den Anproben intensiver.

«Halt mal die purpurne Seide an deine Schultern, Suga, und dazu den braunweißen Gürtel, damit man sieht, wie das zusammenpaßt!» Shirakawas dünne Wangen färbten sich rosig – genau wie zu Zeiten, wenn er wütend war –, und in seinen Augen funkelte ein merkwürdig helles Licht.

Suga, die sich – furchtsam wie sie war – unbehaglich fühlte, legte gleichwohl mit dem Geschick der Tochter kleiner Leute, die es gewohnt ist, Tanzkleider zu tragen, den halbfertigen Seidenkimono über ihre Schultern und band sich den braun-weißen Gürtel um: sie sah ebenso lebendig und schön aus wie die Frauen in Kobayashi Kiyochikas farbenprächtigen Porträts. Der Geschäftsführer von

Marui und die Dienstmädchen waren sich in ihrer Bewunderung von Sugas Schönheit einig; die meiste Freude aber schien Etsuko zu haben, die sich dicht neben Suga stellte und rief:

«Oh, ist das schön! Ist das schön!»

Neben Suga, die wie eine Päonienknospe aussah, wirkte Etsuko, die mit ihrer weißen Haut und ihrem zarten Körper einem Kranichküken glich, noch edler. Auch das erfüllte Shirakawa mit tiefer Befriedigung.

«Für Etsuko wird das beste wohl ein Muster aus Kleeblättern auf weißem Grund sein», meinte Shirakawa und wandte sich zu Tomo um. «Dazu einen Gürtel aus Satin.»

Shirakawa war ungewöhnlich gut gelaunt, und Suga verhielt sich zwar ängstlich, zeigte aber nicht die geringste Scham vor Shirakawa. Tomo schloß daraus, daß ihr Mann sie bisher noch nicht berührt hatte. Anscheinend mußte Shirakawa, der über zwanzig Jahre älter war als Suga, anders vorgehen als bei Geishas oder den Dienstmädchen, um dieses Mädchen in die Hände zu bekommen. Es gehörte sicher zu Shirakawas Taktik, dieses arme Mädchen mit zahllosen äußerst luxuriösen Kleidern auszustaffieren, um ihr Herz für sich zu gewinnen. Während Tomo ihren Mann aus den Augenwinkeln betrachtete, stieg in ihr die Erinnerung an jene Zeit auf, als Yukitomo seiner jungen Ehefrau – ihr selber! –, die er auf dem Land zurückgelassen hatte, aus Tokio mit großer Sorgfalt ausgesuchte auswechselbare Kimonokragen, Haarschmuck und andere Dinge geschickt hatte.

Shirakawa hielt sein Versprechen, Suga ins Theater mitzunehmen. Fast allabendlich waren die Mitglieder des Shirakawahaushalts – Shirakawa selbst, Tomo, Etsuko, Suga und dazu noch zwei, drei Dienstmädchen – in der Loge von Fukushimas einzigem Theater, dem ‹Chitoseza› zu sehen.

Suga, die zu ihrem neuen Sommerkimono ein dunkelrotes Obi-Band trug, war im Theater eine so auffällige Erscheinung, daß sie sogar unter den Schauspielern in der Künstlergarderobe zum Gesprächsgegenstand wurde.

«Sie soll die Mätresse sein, die seit kurzem im Haus des Präfekturrats wohnt. Sie sieht doch ganz genauso aus wie diese farbigen Brokatbilder auf den Federballschlägern, nicht?»

Die Aktivisten der Freiheitspartei, deren geheime Zusammenkünfte so oft gesprengt wurden und deren wichtigste Mitglieder verhaftet wurden, haßten Shirakawa wie die Pest. Für sie war der Anblick Sugas ein rotes Tuch.

«So einer Hure da verschafft er ein Leben in Saus und Braus, und die freien Rechte der Bürger unterdrückt er. Lumpen wie dieser Shirakawa fressen wirklich den Staat auf!»

Suga und Etsuko waren sich natürlich nicht bewußt, daß die Blicke, die auf sie gerichtet waren, vor Wut und Haß sprühten. Auch Tomo hatte kaum Zweifel an dem, was ihr von ihrem Mann und der Frau des Präfekten erzählt worden war: Gauner, welche gegen die Beamten, die nach den kaiserlichen Befehlen das Land regierten, rebellierten und das ganze Land mit ihrer ‹Freiheit› und ihren ‹Bürgerrechten› in Aufruhr brachten, verdienten dieselbe Bestrafung wie Brandstifter oder Räuber. Tomo zeigte gegenüber dem Kaiser und den Beamten dieselbe vage Unterwürfigkeit wie gegenüber dem Moralkodex für Frauen, der ihr befahl, den Behauptungen ihres Mannes, wie absurd diese auch sein mochten, unter allen Umständen Glauben zu schenken. Wo hätte Tomo, die gegen Ende des Feudalsystems in einer ländlichen Gegend Kyūshūs geboren worden und kaum des Lesens und Schreibens mächtig war, auch Schutz finden sollen, wenn nicht unter dem Schirm der traditionellen Moral?

Die Theaterstücke wechselten jeden Tag. Als sie eines Abends ihre Loge betraten, begann Etsuko zu schreien: «Ich habe Angst, ich habe Angst!» An diesem Abend wurde das Stück ‹*Yotsuya Kaidan*› gezeigt. Dieses Stück war wegen seiner grausigen Szenen bei vielen Zuschauern sehr beliebt und wurde deshalb im Sommer oft gespielt.

«Hab keine Angst, kleines Fräulein! Weißt du, bevor das Gespenst auftaucht, machen wir beide fest unsere Augen zu!» sagte Suga, die jetzt trotz ihres sonst ängstlichen Wesens ohne eine Spur von Furcht gebannt auf die Bühne schaute. In ihrem innersten Kern ist sie eine starke Frau, dachte Tomo.

Nach dem Prolog, der zum Teil auf dem Gelände des Kwannon-Tempels in Asakusa spielt und aus der Szene besteht, in der Oiwas Vater ermordet wird, wechselt der Schauplatz zu Iemons Anwesen, in der ein Diener gerade Oiwa das Haar kämmt. Bei dieser Szene, in der der Darsteller von Oiwa sein ganzes Können zeigen kann, war

Tomo bereits so von dem Geschehen auf der Bühne gefesselt, daß sie ihre Umwelt völlig vergaß.

Auf der Bühne sitzt Oiwa, deren immer noch schönes Gesicht deutlich die Spuren ihrer Schwangerschaft zeigt, mit ihrem neugeborenen Baby im Arm vor einem verschossenen goldgelben Moskitonetz. Bitter klagt sie über ihr unglückliches Schicksal – über ihren entkräfteten Körper und die Grausamkeit, mit der sie ihr Mann seit der Geburt des Kindes behandelt hat; ihr einsamer, klagender Wunsch, solange sie noch am Leben ist, ihrer jüngeren Schwester den von der Mutter erhaltenen Kamm geben zu können, verhallt ungehört. Iemon, ihr Mann, ist bereits von einem Mädchen aus der Nachbarschaft verführt worden und fest entschlossen, Oiwa zu verstoßen. Die Familie des Mädchens schenkt Oiwa eine Medizin, die angeblich die Nachwirkungen der Geburt behebt, in Wirklichkeit aber ihr schönes Gesicht zerstört, so daß sie für Iemon jeglichen Reiz verliert. In ihrer Arglosigkeit nimmt Oiwa, ohne von der Täuschung etwas zu ahnen, immer wieder voller Ehrerbietung die Medizin entgegen und nimmt sie ein.

Während Tomo diese Szene mit einer Pein, die ihr die Luft abschnitt, betrachtete, preßte sie wieder und wieder die Augen zu, um ihrer Erregung, die ihr Blut zum Kochen brachte, Herr zu werden. Das Schicksal Oiwas, die mit ihrem naiven Vertrauen in andere Menschen eine leichte Beute des Verrats wird, kam Tomo wie ihr eigenes vor. Fast zu grell und zu groß schien Tomo die Aufdringlichkeit zu sein, mit der dieses Schauspiel den Verlauf der Liebe zwischen einem Mann und einer Frau darstellte – einer Liebe, die, nachdem sie ihren Höhepunkt erreicht hatte, unaufhaltsam verblaßte und sich in eine Hölle aus Eis und Kälte verwandelte. Es war allzu einfach und schien der Wirklichkeit zu nahe zu kommen, Oume, die Oiwa Iemon entriß, mit Suga zu vergleichen, und Iemon, der trotz seiner Kälte attraktiv auf Frauen wirkte mit Shirakawa; und war nicht schließlich auch Oiwa, die der Groll über den grausamen Betrug in einen monströsen Rachegeist verwandelt, das genaue Gegenstück zu ihr selber?

Tomo fühlte sich wie unter einem Bann, als sie die zahlreichen grotesken Szenen weiterverfolgte, in denen der Geist Oiwas mit grenzenloser Besessenheit Rache nimmt. Etsuko, die halb scherzhaft «Ich hab Angst» gerufen und ihre kleinen Hände über ihr Gesicht gelegt hatte, war irgendwann eingeschlafen, ihre Stirn an Sugas Knie gepreßt. Als Tomo mit Etsuko im Arm in die Rikscha stieg, die sie nach Hause bringen sollte, war ihr kleiner Körper immer noch schlaff und schwer.

Kühl wehte der Nachtwind durch das Verdeck der Rikscha. Etsuko schlief unschuldig, ihren kindlichen Haarknoten gegen Tomos Knie gedrückt. Tomo blickte durchdringend auf Etsukos Gesicht mit den puppenhaft regelmäßigen Gesichtszügen. Auch das Gesicht von Etsukos älterem Bruder Michimasa, der bei ihren Eltern auf dem Land wohnte, stieg wie eine Vision vor Tomo auf. Sie durfte nicht zu einer Frau wie Oiwa in dem Theaterstück werden. Der Wahnsinn, der in ihr schlummerte, war unvergleichlich stärker als der von Oiwa. Tomo schloß ihre Arme noch heftiger um Etsuko: es war, als ob sie betete.

Was sollte aus ihren Kindern werden, wenn sie wahnsinnig würde.

Obwohl sie ihre Anordnungen Seki gegenüber ohne Zaudern getroffen hatte, richtete Tomo wie früher für alle Fälle jede Nacht das Futon ihres Gatten neben ihrem eigenen Futon her. Sie breitete die Futons immer selbst aus, nachdem sich die Dienstmädchen zum Schlafen zurückgezogen hatten, und räumte es früh am nächsten Morgen wieder weg. So lag das Futon jede Nacht ordentlich neben ihr: es blieb leer und eiskalt.

Eines Abends kehrte Shirakawa ungewöhnlich spät nach Hause zurück und trat in Tomos Zimmer, ohne zuvor in dem neuen Anbau gewesen zu sein.

«Schick die Mädchen schlafen! Und bring dann Sake!»

Shirakawas Augen waren blutunterlaufen, bläuliche Adern traten an seinen Schläfen hervor. Es war außergewöhnlich, daß Shirakawa, der Alkohol verabscheute, zu so später Stunde noch Sake wünschte.

«Tomo!» rief Shirakawa, krempelte einen Ärmel hoch und zeigte ihr seinen linken Oberarm, der mit einem weißen Tuch umwickelt war. Blut sickerte durch den Verband. Tomo stand mit dem Sakefläschchen in der Hand da, ihr Körper versteifte sich.

«O Gott! Wo ...»

«Wir haben eine geheime Zusammenkunft der Freiheitspartei auffliegen lassen ... an die zehn Männer haben wir festgenommen; ein paar konnten entfliehen, und die haben uns dann auf dem Heimweg angegriffen ...» Shirakawa lachte schallend. «Na ja, links macht es nichts.»

Shirakawas Stimme bebte. Wenn er lachte, lief ein Zucken über seine Wangen. Diese Leute waren gefährliche Gegner. Er hatte Glück gehabt, nicht ermordet worden zu sein. Daß er gleich zu ihr gekommen war, ohne zu Suga zu gehen, ließ Tomos Hand, in der sie das Sakefläschchen hielt, wie Espenlaub zittern.

«Bin ich froh, daß du nicht schwerer verletzt worden bist...»

Stockend kamen die Worte über Tomos Lippen; ihr Blick hing voller Bewunderung an Shirakawa, seine Augen leuchteten wild und schroff. Mit einem Zug leerte er das Sake-Glas, zog Tomo mit der rechten Hand heftig an sich und umarmte sie ungestüm. Tomos Frisur löste sich. Während Yukitomo ihr Gesicht jäh gegen seine Brust preßte, verlor sie das Gleichgewicht, suchte vergebens einen Moment Halt und fiel dann schwer auf ihn. Aus dem Fläschchen, das Tomo noch in der Hand hielt, ergoß sich Sake über Shirakawas Brust. Der betäubende Geruch von Alkohol hüllte sie ein. Shirakawa drehte ihr Gesicht zu sich und küßte sie so wild, als wollte er ihre Lippen zerbeißen.

In der Morgendämmerung kehrte Shirakawa in den Anbau zurück. Er hatte Suga vor Tomo mit keinem einzigen Wort erwähnt; aber als Tomo wieder allein ins Bett ging, kam es ihr plötzlich so vor, als ob ihr Mann Angst davor gehabt hätte, die noch unberührte, kindliche Suga mit der ganzen Wildheit seiner blutverschmierten sexuellen Gier zu konfrontieren. Tomo biß sich auf die Lippen. Sie hatte sich ihrem Mann, der mit seiner Verwundung ohne Umweg zu ihr gekommen war, mit einer gewissen Leidenschaft hingegeben. Plötzlich haßte sie ihn so sehr, daß sie am liebsten sein Gesicht, das mit einem verachtungsvollen Lächeln auf ihre Dummheit herabzublicken schien, zerfetzt hätte.

Am nächsten Tag stand ein Bericht über den Vorfall in der Zeitung: Präfekturrat Shirakawa sprengte gestern eine geheime Zusammenkunft der Freiheitspartei. Auf dem Heimweg wurde er von mehreren Aktivisten der Partei beschossen. Obwohl selbst leicht verwundet, tötete Herr Shirakawa einen der Angreifer mit einem Pistolenschuß. Daß er geschossen hatte, hatte er Tomo nicht erzählt. Je klarer Tomo wurde, daß Shirakawa nach so vielen Monaten nur zu ihr gekommen war, um die Erregung, die nach dem Mord in seinem Körper und seinem Geist tobte, bei ihr loszuwerden, desto elender fühlte sie sich.

Im Präfekturamt und in der Stadt war der Vorfall Tagesgespräch. Tomo entging nicht, daß weniger Furcht als kindliche Bewunderung in Sugas Augen stand, als sie sich mit Etsuko darüber unterhielt. Die zwei Mädchen unterhielten sich auf der Veranda und spielten dabei mit einem roten Faden, den sie flink zwischen ihren schönen Händen hin- und hergehen ließen.

«Ich finde Herrn Shirakawa großartig!»

«Warum denn, Suga?»

«Na, weißt du, obwohl dein Vater doch kürzlich nachts in diese gefährliche Sache verwickelt gewesen ist, hat er auch nicht ein Wort darüber verloren! Als er sich morgens das Gesicht gewaschen hat, das war recht merkwürdig; er hat nämlich sein Handtuch nur mit einer Hand ins Wasser getaucht. Ich hab ihn gefragt, was er sich denn getan hätte, aber er hat nur gelacht und gesagt, er hätte einen Krampf in der Schulter. Kein Wort über seine Verletzung!»

«Vielleicht hat's ihm gar nicht weh getan?»

«Es hat ihm bestimmt weh getan! Heute morgen hab ich seinen Verband gewechselt, und die Wunde war so lang!»

Suga zog ihre glänzenden Augenbrauen zusammen, verkürzte den roten Faden, mit dem sie eben noch gespielt hatten, zwischen ihren Fingern auf ein handbreites Stück und zeigte es Etsuko. Diese dachte nur, daß eine so große Wunde sicher schmerzen würde, und war froh, daß ihr Vater nicht getötet worden war. Aber Suga erwartete anscheinend noch mehr Anteilnahme und fuhr fort:

«Man sagt ja, daß ein richtiger Mann weder seine Schmerzen noch seinen Kummer vor anderen Leuten zeigt; und Herr Shirakawa hat seine Schmerzen stumm ertragen ... er ist wirklich großartig!»

Tomo nähte etwas im Zimmer und nahm mit Ungeduld die kindliche Sehnsucht wahr, die aus Sugas überschwenglichen Worten sprach. Suga, die normalerweise kaum den Mund aufmachte! Sowohl aus Sugas verträumtem Blick als auch aus ihren sanft gerundeten Körperformen war die Steifheit und Gezwungenheit, die sie anfangs in Shirakawas Haus zur Schau getragen hatte, verschwunden; dagegen war in ihr von Tag zu Tag immer deutlicher eine offenherzige Mädchenhaftigkeit zum Vorschein gekommen; in diesem Punkt war der Unterschied zu Etsuko nicht groß. Shirakawa hatte sich also über einen Monat Zeit gelassen, um in aller Ruhe Breschen in Sugas Abwehr zu schlagen, und jetzt war sie für den Angriff fällig. Noch war Suga unberührt, aber Shirakawa war fast am Ziel. Suga, die bereits vage das Verlangen spürte, sich an Shirakawa zu klammern, der sie verhätschelte und verwöhnte wie ein Vater, entdeckte jetzt einen heroischen Mann in ihm. Die Freude, die nun ihr ganzes Wesen schmelzen ließ, glich jener Freude, die man fühlt, wenn der Nebel dem blauen Himmel weicht. Der Keim der Liebe begann in Suga zu sprießen. So wie das grüne Juwel einer harten Päonienknospe eines Morgens mit einem rötlichen Hauch überzogen ist, so waren auch an Suga die ersten Veränderungen zu erkennen; Tomo war erschüttert über diese Entwicklung. Aber noch hatten sie nicht miteinander geschlafen. Von Frauen, die mit Shirakawa eine sexuelle Beziehung hatten, ging immer irgend etwas Merkwürdiges aus, das Tomo am ganzen Körper frösteln ließ; von Suga ging es noch nicht aus.

Seit Shirakawa sie in ihrem Zimmer aufgesucht hatte, konnte Tomo nur noch schlecht schlafen; und gequält von der Frage, wann und in welcher Weise Suga Shirakawa nachgeben würde, fand sie noch weniger Schlaf. In manchen Nächten konnte Tomo ihre Unruhe nicht mehr ertragen. Sie stand dann auf und öffnete leise, um Etsuko nicht zu wecken, den Fensterladen. Auf dem Gras im Garten, das naß vom Herbsttau war, diffuses Mondlicht, und im runden Fenster des Anbaus der matte Schein einer Lampe mit heruntergedrehtem Docht. Tomo stellte sich vor, wie das Licht dieser Lampe auf das gelbe Bettzeug aus Seide schien, unter dem Suga ruhig schlief, sie stellte sich vor, wie das Licht auf Sugas runde Schultern im violetten Nachtgewand schien, und kam sich vor wie eine Schlange, die mit hochgerecktem Kopf ihren Mann und Suga inmitten dieses Lichtkreises anstarrte. Ohne zu wissen, was sie tat, schlang Tomo die Arme fest um ihre Brust, preßte die Augen zu und schrie mit letzter Kraft: «Oh, hilf mir! Hilf mir bitte!» Oft träumte Tomo, sie werde im Bauch eines Schiffes umhergeworfen, das sich durch einen schrecklichen Sturm kämpfte, und hätte nicht mehr die Kraft zum Atmen.

Eines Morgens sagte Suga, sie habe Kopfschmerzen und blieb im Bett. Als Etsuko von der Schule zurückkam und mit Origami-Papier in der Hand ins Nebenzimmer des Anbaus ging, rief Suga nach ihr. Sie lag im Bett und schien sich zu freuen, daß Etsuko wieder da war. Etsuko sah Sugas verschwollene Lider und fragte arglos:

«Was ist denn, Suga? Deine Augen sind ja ganz dick!»

Suga errötete und preßte, als sei sie vom Licht geblendet, ihre Hände auf die Augen. Ihr war, als hätte Etsuko einen Blick auf die Szene erhascht, die sich in der vergangenen Nacht unerwartet in ihrem Zimmer abgespielt hatte. Suga empfand keinen Haß auf Shirakawa. Tatsächlich war es so, daß sie seit geraumer Zeit in Shirakawa eine unerschöpfliche Zärtlichkeit verspürte, an der sie sich festklammern konnte, und nach dieser Zärtlichkeit hatte sie gehungert, seit sie ihr Elternhaus verlassen hatte. Aber der Schrekken blieb, und die Scham blieb. Dennoch hatte Suga nicht das Gefühl, daß sich ihr Geist und ihr Körper jetzt wie eine Blume entfaltet hätten; in ihrer Trauer darüber, daß etwas in ihr zerbrochen worden war, daß etwas in ihr verletzt worden war, kam sie sich verwelkt vor. War es das, was ihre Eltern mit «Du darfst dich auf keinen Fall den Wünschen deines Herrn widersetzen!» gemeint hatten? Suga begann sogar ihre Eltern zu hassen. Sie hatte nun wirklich erfahren, was es hieß, daß ihr Körper für Geld verkauft worden war, und der Schmerz darüber begann sich langsam in ihre Gesichtszüge einzugraben.

Als Suga voller Melancholie aufblickte, erschien ihr Etsukos schmales, weißes Gesicht, das sie so sehr an Shirakawa erinnerte, so frisch und schön, daß es sie nicht überrascht hätte, wenn es zum Himmel emporgeschwebt wäre. Zugleich wurde Suga von einer vagen Feindseligkeit ergriffen, die ihr selbst nicht als solche bewußt war. Auf Etsukos Betteln hin faltete Suga aus den bunten Papierstücken auf der Bettdecke die verschiedensten Figuren und dachte dabei voller Trauer daran – als dächte sie an etwas, das sich schon vor langer Zeit ereignet hatte –, daß sie selbst bis gestern ein naives Kind gewesen war, das zusammen mit Etsuko an dieser harmlosen Spielerei seine Freude gehabt hatte.

Seit Suga ganz und gar Shirakawas Besitz war, nahm seine Zuneigung zu ihr fast wahnsinnige Züge an. Shirakawa glaubte, alles über das andere Geschlecht – seien es Geishas oder andere Frauen – zu wissen: die väterlichen Gefühle aber, die er für die unschuldige Suga hegte, die um so viele Jahre jünger war als er, gaben ihm, als hätte er zum zweitenmal geheiratet, seine Jugend zurück und verliehen jedem neuen Tag einen strahlenden Glanz. An dienstfreien Tagen fuhr er, begleitet von Untergebenen, mit denen er ständig zusammenarbeitete, und der Wirtin eines Restaurants, in dem er häufig verkehrte, zusammen mit Suga zu den heißen Quellen in Iizaka. Dort nannten Suga dann alle ‹die junge Frau Shirakawa›, und Suga selbst hatte die Möglichkeit, Shirakawa zu umschmeicheln, ohne auf irgend jemanden Rücksicht nehmen zu müssen. Was zur Folge hatte, daß Suga nach jeder Reise zu den heißen Quellen ein wenig mehr aufblühte, einer großen Päonie gleich, deren Blütenblätter sich eines nach dem anderen entfalten. Schließlich war keine Spur jener dienstmädchenhaft reizenden Ängstlichkeit mehr an ihr, die sie am Anfang ausgestrahlt hatte.

Seit Shirakawas Vernarrtheit in Suga keine Grenzen mehr kannte, kam er überhaupt nicht mehr in Tomos Zimmer; und Tomo konnte schließlich das Gefühl der Unsicherheit, das sie immer befiel, wenn sie für ihren Mann das Bett herrichtete und insgeheim auf ihn wartete, nicht länger ertragen.

Es wurde zwar allgemein angenommen, daß Shirakawa infolge seiner sexuellen Ausschweifungen inzwischen zeugungsunfähig war und, nach Michimasa und Etsuko, keine Kinder mehr haben konnte, aber Tomo schauderte es bei der Vorstellung, was werden sollte, wenn Suga wider Erwarten doch ein Kind bekäme. Ehe sie Suga nach Fukushima gebracht hatte, war sich Tomo bewußt gewesen, daß sich das Verhältnis zwischen ihr und Shirakawa ändern würde. Aber der Graben, der jetzt zwischen ihnen klaffte, war tiefer, als Tomo es sich je ausgemalt hatte. Und dieser Graben würde von Tag zu Tag und von Nacht zu Nacht immer tiefer und breiter werden, das durfte sie nicht vergessen. Um diese Zeit wurde es Tomo auch mit erschreckender Deutlichkeit klar, warum sie auf dem Rückweg von Tokio in der Herberge in Utsunomiya trotz ihres guten Willens nicht offen mit ihrem Mann über das Geld hatte sprechen können, das er ihr anvertraut hatte. Tomo verabscheute unaufrichtiges Verhalten gegenüber ihren Mitmenschen; und so hatte sie vor ihrem Mann niemals – und das galt vor allem in Geldangelegenheiten – irgend etwas verheimlicht. Tomo hatte Ehefrauen, die heimlich Geld zur Seite brachten, immer verachtet. Bei dem Gedanken, daß sie nun selbst dabei war, zu solch einer in ihren Augen ehrlosen Frau zu werden, überkam sie Trauer; zugleich aber entdeckte sie eine neue Person in sich, die – innerlich wie durch Drähte verstärkt – nur schwer zu zerbrechen war.

Es war, nüchtern betrachtet, in der sie umgebenden Gesellschaft absolut keine Seltenheit, daß Männer von Rang und Namen ihre vom Land stammenden langjährigen Ehefrauen wie eine kaputte Strohsandale zur Seite warfen und zu ihren Eltern zurückschickten und dann schöne Frauen – Tänzerinnen oder Geishas – zu ihren legitimen Ehefrauen machten. Tomo glaubte zwar nicht, daß sich Shirakawa zu einer derart unvorstellbaren Tat hinreißen lassen würde, da ihre Offenheit und ihr unaufdringliches, kluges Wesen ihr das Vertrauen des Präfekten Kawashima und seiner Frau eingetragen hatten; aber Shirakawa war in der letzten Zeit so sehr von Suga besessen, daß sich Tomo nicht sicher war, welche Pläne er schmieden mochte, um sie davonzujagen. Die Gesetze, die vor der Meiji-Restauration in einer Familie herrschten, errichteten zwischen einer Ehefrau und den Mätressen kaum zu überwindende Schranken. Als jedoch unbedeutende Samurais aus abgelegenen Präfekturen an die Macht gekommen waren und viele Kabinettsminister stellten, hatte sich die Situation geändert. Das Ideal der Männer, die sich vor Ehrgeiz nach hohen politischen Ämtern verzehrten, lautete: ‹In der Nacht eine schöne Frau, am Tag die Macht dieser Welt›; die Stellung einer Ehefrau, die völlig von den Fähigkeiten ihres Mannes abhing, war jetzt so verletzlich wie eine dünne Ranke.

Zu Zeiten, wenn Shirakawa seine Zuneigung für Suga mit einer brutalen Offenheit zeigte, die weder Rücksicht auf Tomos Gefühle nahm, noch sich um die Öffentlichkeit scherte, dachte Tomo manchmal daran, das Geld, das sie ihrem Mann nicht zurückgegeben hatte, zu nehmen und mit Etsuko in ihre ferne Heimat Kyūshū zurückzukehren. Der Gedanke an Etsukos Zukunft, die hier eine behütete Kindheit verbrachte, raubte ihr jedesmal ihre Entschlossenheit. Etsuko verstand sich glücklicherweise gut mit Suga, und auch ihr Vater liebte sie. Wenn nur sie selbst das Leben mit Shirakawa ertragen könnte! Für Etsuko war es zweifellos besser, ohne materielle Sorgen als Tochter eines Mannes von Rang aufzuwachsen, als in einem Provinznest Kyūshūs ein Leben in Armut verbringen zu müssen.

Tomos Vernunft behielt immer die Oberhand über ihre wilden Hoffnungen und Überlegungen. Auch für Shirakawa würde es besser sein. Man billigte ihm zwar große Fähigkeiten zu, aber es war sicher, daß er auch im Amt irgendeinen irreparablen Schaden anrichten würde, wenn er seine fast idiotisch redliche Frau, die niemals eine Nachlässigkeit durchgehen ließ, verlöre. Tomo wußte, daß ihr Mann mit seinem unfreundlichen Wesen sich viele Feinde gemacht hatte; so konnte sie ihn plötzlich mit einem gewissen Abstand betrachten. Das war nicht mehr die Ehefrau, die ihrem Mann bedingungslos vertraute und gehorchte. Allmählich konnte sie ihn so kritisch sehen wie einen fremden Menschen. Tomo war niemals mit Gelehrsamkeit in Berührung gekommen, und so hatte ihr niemand gezeigt, wie man einen anderen Menschen intellektuell erfaßt; sie war aber von Natur aus ebensowenig dazu fähig, sich willig den Instinkten, die aus der Tiefe ihres Körpers hervordrangen, zu überlassen. Deswegen war es Tomo möglich, dem Moralkodex der Feudalzeit zu folgen und – das Ideal der treuen Frau vor Augen, die weder für ihren Mann noch für ihre Familie irgendein Opfer scheut – geradlinig ihren Weg zu gehen. Aber nun begann sich in ihr Mißtrauen an diesem Moralkodex zu regen, der immer ihr Credo gewesen war.

Tag für Tag und Nacht für Nacht mußte sie mit einer Frau, die vielleicht ihre Stellung als Gattin erschüttern würde, unter einem Dach leben. Tag für Tag mußte sie das Gesicht dieser Frau ertragen und mit ihr sprechen, als wäre nichts geschehen. Wie konnte sie da glauben, daß ihr Leben rein und anständig war? Wie konnte sie ihren eingebildeten und ausschweifenden Ehemann respektieren? Wie konnte sie ihn lieben? Ihn, der während ihrer zehnjährigen Ehe in ihrer Selbstlosigkeit und brennenden Leidenschaft nichts gesehen hatte als die Loyalität eines bequemen Dieners. Nein, sie konnte ihren Mann nicht lieben; ihr Leben war nur eine häßliche Lüge. Verzweifelt stand Tomo in einer Wildnis ohne Leben, Etsukos kleinen Körper fest an sich gepreßt, während ihr der Ehemann, dem sie hätte dienen sollen, und der Haushalt, dessen Stütze sie hätte sein sollen, ohne jegliches Erbarmen entrissen wurde. Tomo wußte, daß sie sich nie wieder würde erheben können, wenn sie zusammenbrach. Weder ihr Kimono mit dem Familienwappen, sichtbares Zeichen ihres Reichtums und ihrer sozialen Stellung, noch die glattzüngigen Schmeicheleien der Leute konnten ihr noch Kraft zum Leben geben. Wie gerne hätte sie die Augen vor allem geschlossen! Zurück zu ihrem alten Ich, das unverbrüchlich an Shirakawas Liebe geglaubt hatte, obwohl sie wieder und wieder betrogen worden war!

Aber eine Kraft, die unaufhaltsam wie ein wilder Strom durch ihren Körper floß, trieb sie unwiderstehlich vorwärts und erlaubte ihr nur, mit einem tiefen Seufzen auf ihr früheres Ich zurückzublicken, das sie weit hinter sich gelassen hatte.

Tomo präsentierte sich den Mitgliedern ihres Haushalts energischer denn je; ihre immerwährende Wachsamkeit ließ nicht einmal die geringste Unordnung an ihrer Frisur zu. Man hätte annehmen können, daß Shirakawas Zuneigung für Suga Tomo zu einem Schattendasein verurteilen würde. Aber das Gegenteil trat ein: je schöner Suga wurde, desto mächtiger wurde die Aura von Autorität, die von Tomos Schultern und Rücken ausging, wenn sie bewegungslos im Wohnzimmer saß. Dieser Anblick überraschte manchmal sogar die Hausmädchen und die männlichen Bediensteten, die Tomo so gut kannten. Eine Strenge, die sich über Betrug und Lügen hinweggesetzt hatte, ging von Tomos schweigsamer Gestalt aus; eine Strenge, die mehr Furcht verbreitete als Shirakawa selbst.

Tomo bekam von zu Hause in sehr unbeholfener Handschrift einen Brief ihrer Mutter. Tomo hatte ihr nichts von Suga mitgeteilt, aber einer ihrer Verwandten hatte im Haus eines Mannes übernachtet, der mit Shirakawa verwandt war und in der Präfekturbehörde arbeitete und nach seiner Rückkehr nach Kyūshū allerlei Gerüchte verbreitete. Bestürzt von der Vorstellung, wie für Tomo das Zusammenleben mit der jungen Mätresse ihres Mannes aussehen mochte, hatte sich ihre Mutter an die für sie ungewohnte Aufgabe gemacht, einen Brief zu schreiben.

Unter den Schwiegersöhnen der Verwandtschaft sei keiner, der es so weit gebracht habe wie Shirakawa, schrieb die Mutter; Tomo müsse deshalb für ihr glückliches Schicksal dankbar sein. Auch sei es keine Seltenheit, daß ein fähiger Mann eine Mätresse habe: eine Ehefrau müsse sich in einer solchen Lage um so fester in der Hand haben und sich so die Liebe ihres Mannes bewahren. Sie verstehe, daß Shirakawas Verhalten unbesonnen sei, zumal in Anbetracht von Michimasas und Etsukos Dasein; Tomo dürfe aber nicht die Nerven verlieren und durch ihre Eifersucht sich selbst – und gar die Kinder – ins Unglück stürzen. Der Brief – mit seinen ungleichmäßigen Schriftzeichen; den Stellen, an denen der Mutter die Tusche ausgegangen war, und ihr Pinsel nur noch kaum leserliche Zeichen produziert hatte; den Tuscheflecken – war schwierig zu lesen, trotzdem sprach aus ihm deutlich die liebevolle Sorge einer Mutter für ihre Tochter. Als Tomo den Brief las, glaubte sie fast den Atem ihrer Mutter zu hören, und Tränen traten ihr in die Augen – wie einem Kind, dem man gut zuredet. Der süße Geschmack ihrer Tränen – Tränen, die sie schon seit langem vergessen hatte – brachte ihr die eisige Strenge ihres Lebens wieder zu Bewußtsein. Ließ man einmal das Mitgefühl ihrer Mutter beiseite, so waren all ihre mahnenden Worte nichts weiter als der Bodensatz jener überkommenen Moral, die Tomo unter dem Druck der Verhältnisse bereits durchschaut und von sich gestoßen hatte. Nur die letzten vier, fünf Zeilen des Briefes waren es, die Tomo wirklich berührten.

«Schließlich ist diese vergängliche Welt eine Hölle voller Leiden. Wohin Du auch blickst, nur Schmerz und Bitterkeit. Des Menschen seichtes Wissen enthüllt nur wenig, und in unserer Unwissenheit begehen wir Sünde um Sünde. Vertraue Du deshalb nur unbeirrt in das heilige Versprechen des Amida-Buddha, vergiß weder morgens noch abends, die heiligen Worte ‹Namu Amida Butsu› zu sprechen, und überlasse alles Ihm! Vor meinem Tod möchte ich Dich noch einmal sehen und mit Dir ausführlich über den Glauben sprechen. Komm bitte irgendwann noch einmal nach Hause, wenn Dir Dein Gatte die Reise gestattet!»

Während Tomo den Brief las, erinnerte sie sich deutlich, wie in der längst vergessenen Heimat im Haus ihrer Familie ihre Mutter sich jeden Morgen vor dem Hausaltar verneigt und das ‹Namu Amida Butsu› intoniert hatte. Die kleine Tomo klammerte sich dann an die Knie ihrer Mutter und sah zu ihrem Gesicht auf: ihre Lippen bewegten sich nicht so wie sonst; in fast mechanischer Weise drang unaufhörlich das ‹Namu Amida Butsu› aus ihrem Mund. Tomo hatte ihre Mutter nachgeahmt und ebenfalls die heiligen Worte angestimmt, die sie nun aber seit Jahren schon nicht mehr in den Mund genommen hatte. Das Gerede über Buddha und Amida schien ihr eine Lüge zu sein, mit der man grausam die Kinder betrog. Die Stelle ‹Überlasse alles Ihm› im Brief ihrer Mutter brachte Tomo in Rage: was sollte sie denn Buddha überlassen!? Und wie!? Wenn verehrungswürdige Wesen wie Götter oder Buddhas, die die Welt der Menschen durchschauten, existierten, dann hätten sie einem Menschen wie ihr, einem Menschen, der sich mit aller Kraft um eine aufrechte Lebensweise bemühte, einen weniger düsteren Weg weisen sollen! Tomo entschloß sich trotz dieser Gedanken schließlich doch, wenigstens den Wunsch ihrer Mutter nach einer letzten Begegnung in der Heimat zu erfüllen. Sie mußte unbedingt hören, was ihr ihre Mutter vor ihrem Tod noch sagen wollte und in ihrem Brief nicht hatte ausdrücken können.

Im Frühling des folgenden Jahres wurde Präfekt Kawashima zum Polizeipräsidenten der Hauptstadt ernannt, und auch Yukitomo Shirakawa folgte ihm mit seiner Familie nach Tokio. Ihr neuer Wohnsitz würde die Dienstvilla der Polizeibehörde im Stadtteil Sotokanda sein. Tomo ließ sich wegen Etsukos Schulwechsel eine Kopie des Familienregisters anfertigen. Als ihr Blick arglos über das dünne Papier schweifte, schrie sie unwillkürlich leise auf. Unter Etsukos Namen war Suga als Adoptivtochter des Ehepaares Yukitomo und Tomo Shirakawa eingetragen.

Die Kammerjungfer

Es war an einem schönen, etwas kühlen Nachmittag im Herbst. Kin Kusumi eilte durch das Tor des Polizeipräsidiums in Tokiwabashi. In der Hand trug sie ein Geschenk: ein Körbchen mit Reiskeksen in der Form von Pflaumenblüten, die sie in Asakusa gekauft hatte. Sie war auf dem Weg zum Anwesen des Inspektors 1. Klasse Yukitomo Shirakawa, das sich innerhalb der Umzäunung befand. Sie wollte sich zwar auch heute, wie immer, nach dem Befinden der Shirakawas erkundigen, aber daneben hatte sie noch ein besonderes Anliegen und war über den Ausgang ihres Besuchs ein wenig besorgt.

Shirakawas Anwesen, das erst im Jahr zuvor neu errichtet worden war, sollte Gerüchten zufolge das zweitgrößte Gebäude nach der Residenz des Polizeipräsidenten sein. Mitten auf dem Wendeplatz für die Pferdedroschken wuchs eine Kiefer mit schön gezeichneten Ästen; ihr gegenüber war eine breite Eingangstür zu sehen, und zwei Rikschas, auf die das Familienwappen in Gold aufgemalt war, standen Deichsel an Deichsel davor. Offensichtlich wollte gerade jemand ausfahren. Wahrscheinlich Frau Shirakawa, da Yukitomo um diese Zeit nicht zu Hause war. Um so besser, um so besser, dachte Kin.

Nachdem sich Tomo und Kin schon so lange kannten, hätte man eigentlich erwarten können, daß sie vertrauter miteinander gewesen wären, aber Kin fühlte sich immer in ihren Bewegungen eingeschränkt, wenn sie Shirakawas Frau Tomo gegenübersaß. Sie glaubte dann einen Druck zu spüren, unter dem ihr ganzer Körper hart wurde. Da sie von Sugas Mutter gebeten worden war, Suga, der jungen Mätresse, die durch Kins Vermittlung vor drei Jahren zu den Shirakawas gekommen war, eine geheime Nachricht zu überbringen, beunruhigte sie der Gedanke an die im Wohnzimmer sitzende Tomo noch mehr.

Als Kin im Seiteneingang ihre Anwesenheit ankündigte, erschien ein ihr unbekanntes schönes Mädchen, das eine außerordentlich aufwendige Frisur trug – ein Dienstmädchen? –, und verbeugte sich so höflich, daß Kin ganz verwirrt darum bat, sie möge das Hausmädchen Seki rufen, das sie besser kannte.

«Frau Shirakawa und das kleine Mädchen sind gerade im Aufbruch. Zu einer Wohltätigkeitsveranstaltung. Eine ausländische Schneiderin ist da, um letzte Hand an ihre Kleider anzulegen. Möchten Sie nicht auch einen Blick darauf werfen, Frau Kusumi?»

Kin, immer angetan von ungewöhnlichen Dingen, folgte der Einladung Sekis und folgte dem Hausmädchen eilig den langen, glatt gebohnerten Gang entlang.

«Dieses schlanke Hausmädchen, das jetzt bei euch ist, ist aber wirklich schön! Seit wann …»

«Seit vorletztem Monat. Wir hatten gehört, bevor sie zu uns kam, sie sehe genauso aus wie der Kabuki-Schauspieler Otowaya no Eizaburō, und deshalb …»

Seki wandte sich um und zwinkerte Kin bedeutungsvoll zu. Kin nickte zwei-, dreimal mit dem Kopf. Waren die Gerüchte, die Sugas Mutter, hellhörig wie sie war, zu Ohren gekommen waren und die ihr so viele Sorgen bereitet hatten, also doch keine Lügen?

«Wie alt ist sie? Und woher kommt das Mädchen?» fragte Kin in beiläufigem Ton weiter, war sich aber bewußt, daß ihre Stimme gepreßt klang und daß sie unter ihren Ohren brennend rot wurde. Und das in ihrem Alter! Als ob sie ein junges Mädchen wäre!

«Sie ist sechzehn, soviel ich gehört habe, zwei Jahre jünger als

Fräulein Suga. Sie wirkt aber kaum jünger, da sie ziemlich groß ist. Ihr Vater soll in den Diensten des Herrn von Toda gestanden haben … und, ich kann Ihnen sagen, sie ist ganz schön von sich eingenommen!»

«Na, so etwas.» Kin bog sich, zum Zeichen ihrer Verwunderung, übertrieben weit zurück. «Aber … sie … ist … doch noch …?»

Kins Augen wurden von Wort zu Wort größer, während Seki nach jedem Wort bestätigend nickte.

«Noch … ja … mh … trotzdem, früher oder später …»

Seki stockte und legte plötzlich, als wollte sie sich auf Kin stützen, eine Hand auf ihre schmale Schulter. Ihr heißer Atem drang in Kins Ohr, als Seki flüsternd sagte:

«Hm, dann weiß Frau Shirakawa also Bescheid?»

«Ja, wahrscheinlich … aber hör doch, sie ruft nach dir!»

Seki rannte den breiten Gang hinunter. Ihre Schultern und Hüften schoben sich hin und her, als winde sie sich in Schmerzen.

Tomo stand am Eingang zum Salon: sie trug ein Kleid europäischer Machart mit hellbraunen Stickereien, das wegen ihres Korsetts weit von ihren Hüften abstand, als wäre es mit Papiermaché ausgestopft. Ihr ältliches Gesicht mit der gelblichen, glatten Haut ragte aus einem engen, unbequemen Kragen hervor, ihre Lippen waren fest aufeinandergepreßt: in Kins Augen sah sie aus wie eine Chinesin. Tomos Blick ruhte auf ihrer Tochter Etsuko, die gerade mit Hilfe einer englischen Schneiderin vor einem großen europäischen Spiegel mit verziertem Rand ein Kleid westlicher Machart anzog. Neben ihr kniete Suga. Kin trat ins Zimmer, setzte sich neben Suga und sah fasziniert zu.

Etsuko war groß für ihre dreizehn Jahre, aber neben der Schneiderin mit ihrem flachsgelben Haar und dem giraffenhaft langen Hals wirkte sie nur wie ein kleines Reh. Ihr faltenreiches Samtkleid, dessen Farbe von Lapislazuli nach Indigoblau hinüberspielte, paßte gut zu ihrem Gesicht mit der leicht gebogenen Nase, den Wangen, über denen ein Hauch von Rosa lag, und dem tiefroten Fleck ihrer Lippen. Etsuko wirkte völlig verändert und sah so imposant aus wie der kleine Lord Fountleroy.

«Das kleine Fräulein sieht wirklich wie ein Prinz aus. Schön, so schön!» sagte die Schneiderin mit einem Gesicht, das vor Freude fast zu zerfließen schien, als sie ihr Werk beendet hatte. Sie legte Etsuko ihre Hände auf die Schultern und drehte sie zu Tomo herum. Einen Moment lang schien auch in Tomos Augen Befriedigung aufzublitzen, auf ihren Lippen aber zeigte sich nicht das geringste Lächeln.

Etsuko fühlte sich unter dem starren Blick ihrer Mutter offenbar unbehaglich; verlegen lugte sie von Zeit zu Zeit auf ihr Ebenbild im Spiegel.

«Heute findet eine Wohltätigkeitsveranstaltung des Roten Kreuzes statt. Und die Frau des Polizeipräsidenten hat Etsuko damit beauftragt, an einem Stand etwas zu verkaufen, und deshalb sind wir auf diese ... ich weiß nicht ... doch recht ungewohnte Weise ausstaffiert. Sieht ja schon komisch aus, aber ...»

Tomo war die Angelegenheit offensichtlich unangenehm, aber sie versuchte das Ganze mit Fassung zu tragen. Das Theater, sich in europäischer Kleidung unter die Frauen hochgestellter Persönlichkeiten mischen zu müssen und mit ihnen im Rokumeikan auf und ab marschieren zu müssen, stieß Tomo zutiefst ab; aber da sie auch dies für eine Pflicht hielt, die die Ehe mit einem Beamten mit sich brachte, dachte sie nicht im Traum daran, sich ihr zu entziehen.

«Die Kaiserin wird auch anwesend sein, und unser kleines Fräulein hat die ehrenvolle Aufgabe, ihr den Tee zu servieren ...» sagte Suga stolz, während sie den Kimono zusammenfaltete, den Etsuko zuvor ausgezogen hatte.

«Also, das ist ja ... Etsuko, du wirst dich von deiner besten Seite zeigen, nicht wahr! Du bist sicher ausgewählt worden, weil du gar so lieb bist.»

«Ach was! Das hat damit nichts zu tun!» sagte Tomo. «Also, wir müssen jetzt los. Bis zum Abend sind wir wieder hier. Fühlen Sie sich einstweilen wie zu Hause, Kin.»

Tomo hob ihr langes Kleid etwas an und ging mit Etsuko im Gefolge steif zur Eingangshalle.

Kin blickte den zwei schnell davonfahrenden Wagen mit der Mutter und ihrer Tochter – beide in ihren europäischen Kleidern – nach, unterhielt sich danach in der Eingangshalle eine Weile mit Seki und ging dann zu Sugas Zimmer.

Von Sugas jetzigem sechs Matten großen Zimmer blickte man in den Garten hinter dem Haus, in dem die hellroten Blüten von Sazanka-Kamelien zu sehen waren. Suga trug um ihren dreiteiligen

Haarknoten ein hellrosa gesprenkeltes Band. Auf den Knien hatte sie ihr Nähtischchen, auf dem ein rotes Nadelkissen stand; sie nähte gerade an einem Gürtel aus Yuzen-Seide. Als sie ihre Besucherin erblickte, hörte sie – als hätte sie Kin erwartet – zu nähen auf und zog für sie ein Sitzkissen an das Kohlenbecken heran.

«Haben Sie meine Mutter gesehen, seit Sie das letzte Mal hier waren? Ich habe seit damals nichts von ihr gehört ...»

Das Haus ihrer Mutter in Kokuchō war zwar nur einen Katzensprung von Shirakawas Anwesen entfernt, aber ihre Stellung verbot es Suga, nach Belieben zu kommen und zu gehen. Wie es in ihren eigenen Gefühlen auch aussehen mochte, dem Familienregister nach war sie die Adoptivtochter der Shirakawas, und deshalb gab es offiziell keine Verbindung mehr zu ihrer Familie. Seit Shirakawa mit Suga schlief, die jung genug war, um seine Tochter sein zu können, diente alles, was er tat – dienten seine Liebe und seine Unterweisungen – nur dazu, sie glauben zu machen, er wäre der einzige Mann für sie auf der Welt; insgeheim aber zog er in seiner Grausamkeit, die der eines Henkers ebenbürtig war, die Ketten, deren Ende er nie aus der Hand legte, immer enger um Suga, so daß sie keine Chance hatte, ihm zu entfliehen. Obwohl Suga, gewöhnt an Shirakawas Zuneigung, die gefühllosen Winkelzüge eines männlichen Bewußtseins nicht durchschaute, vermied sie es ängstlich, über ihre Familie zu sprechen, da deren bloße Erwähnung genügte, um Shirakawa irgendwie zu verstimmen. Sugas Mutter erschien zwar am Bon-Fest und am Neujahrstag in der Küche, um ihre Aufwartung zu machen, aber normalerweise erfuhr Suga alle Neuigkeiten über ihre Familie durch Kin, die ihr ihre Anstellung vermittelt hatte.

«Ich habe sie gegen Ende des letzten Monats gesehen. Sie war im Tempel in Hashiba gewesen, sagte sie ... und auf dem Rückweg schaute sie bei mir vorbei. Es ging ihr sehr gut! Sie war sehr glücklich darüber, daß sie in diesem Jahr keine Schmerzen in den Beinen wegen Beriberi gehabt hat. Auch seit Herbstanfang noch keine Schmerzen ...»

«Und was ist mit dem Geschäft? ... Ich habe irgendwo gehört, daß sie sich verändert haben ...»

«Ach das! Na ja, von Geschäftsveränderung kann man nicht gerade reden. Es soll nur so sein, daß sie jetzt nicht mehr nur Bambusrinde verkaufen, sondern von einem Großhändler auch Schachteln und ähnliche Dinge beziehen.»

«Ob das gutgeht?» sagte Suga besorgt. «Mein Bruder ist viel zu vertrauensselig und dadurch immer in irgendwelche Geschichten verwickelt!»

Suga hob ihre Lider, unter denen sich Edelsteine zu verbergen schienen; ihre tiefschwarzen, feuchten Pupillen waren starr und unbeweglich, ihr ganzer Körper verströmte die melancholische Trauer einer schönen Katze. Kin, die Szenen nicht leiden konnte und dieser düsteren Atmosphäre so schnell wie möglich entkommen wollte, winkte leichthin ab und sagte:

«Mit dem Geschäft ist alles in Ordnung. Es gibt überhaupt keinen Grund zur Sorge.»

Sie zog ihre Pfeife aus dem Tabaksbeutel, der an ihrem Gürtel hing, und entzündete sie.

«Wissen Sie, etwas anderes ist viel wichtiger. Ihre Mutter war bei mir, weil sie sich Sorgen um Sie macht, Fräulein Suga.»

«Um mich ... aber warum denn?»

Über Sugas Augen legte sich ein Schleier, und sie neigte mißtrauisch den Kopf. Bei all ihrem frühreifen Aussehen gab es in ihrem Gesicht doch noch Spuren einer kindlichen Unschuld, die sich jetzt deutlich zeigte, als sie zu erraten versuchte, warum ihre Mutter besorgt war.

«Sie überraschen mich wirklich! Ihre Mutter, die ja von all dem nicht direkt betroffen ist, macht sich Sorgen über Sorgen, und Sie läßt das alles gleichgültig ...»

Sugas Mutter hatte, als sie auf Besuch zu Kin gekommen war, tatsächlich ganz krank vor Sorge ausgesehen. Zuerst hatte sie daran gedacht, erzählte sie einleitend, die Shirakawas selbst aufzusuchen und die Herrin des Hauses direkt zu befragen, was ihr dann aber fast unmöglich erschien, da es nur unnötige Schwierigkeiten mit sich gebracht hätte. Schließlich war sie auf die Idee gekommen, Frau Kusumi zu bitten, diskret die Lage auszukundschaften. Sugas Mutter begann dann, ihr eigentliches Anliegen mit einem so ernsten Gesicht vorzutragen, daß sie sogar von Zeit zu Zeit ihr gewinnendes Lächeln vergaß, das gewöhnlich um ihre Wangen spielte.

Wie sie sagte, hatte sie die Geschichte vom Vorarbeiter der Gärtner erfahren, die Shirakawas Garten pflegten. Nach dessen Erzählung waren im vergangenen September zwei Dienstmädchen aus Honjo zu einem Vorstellungsgespräch bei den Shirakawas erschienen. Die beiden Mädchen, angeblich Cousinen, waren von einem Ehepaar Sonoda vermittelt worden, das wie die Shirakawas aus Kyūshū stammte. Frau Sonoda hatte die beiden auf den direkten Auftrag Shirakawas hin, ein hübsches Zimmermädchen zu suchen, ins Haus gebracht, und eine von den beiden war dann auch geblieben.

Die Dienstmädchen hatten dem Gärtner erzählt, daß es bei den Shirakawas drei Dienstmädchen gab, und daß Fräulein Suga für die Bedienung des Hausherrn zuständig war. Bei Festen und ähnlichen Anlässen kamen Geishas und Bedienungen aus Shinbashi und Yanagibashi, weswegen es auch absolut keine Notwendigkeit gab, das Personal zu vergrößern. Frau Shirakawa mit ihrer unendlichen Geduld hatte natürlich über die ganze Angelegenheit kein Wort verloren, und Etsuko freute sich, eine neue Spielgefährtin zu haben. Es war jedoch nicht sehr wahrscheinlich, daß die Neue nur Hausmädchen bleiben würde. Zweifellos würde Shirakawa binnen kurzem mit ihr schlafen und sie zu seiner Mätresse machen. Einmal angenommen, daß dies alles zutraf, wie sah Suga die Angelegenheit? Für Frau Shirakawa, die Hausherrin, machte es wahrscheinlich keinen großen Unterschied, ob neben Suga noch eine oder noch zwei Mätressen im Hause lebten. Aber falls der Hausherr Suga langsam satt bekommen sollte und eine neue Mätresse ins Haus holen würde, wie lange würde Suga ihr bisheriges Leben, das mit so wenig Pflichten belastet war, als wäre sie eine Tochter des Hauses, weiterführen können?

Shirakawa hatte in gewissem Sinn Karriere gemacht, aber zu mehr als einem einflußreichen Posten im Polizeipräsidium hatte es nicht gereicht; trotzdem wetteiferte er mit jungen Adligen um die Gunst von Geishas aus den allerfeinsten Häusern Shinbashis. Und seine Erfolge dabei zeigten deutlich, daß er ein Weiberheld war, der auch zweifellos mit einem weltunerfahrenen, unschuldigen Mädchen wie Suga machen konnte, was er wollte.

Die Gemeinheit, die sich im letzten Teil der Erzählung des Gärtners verbarg, war so groß, daß sie sogar Sugas furchtsame und gutmütige Mutter in Zorn versetzt hatte. Wut kochte in ihr über das eifersüchtige, giftversprühende Geschwätz hinter den Kulissen, mit dem Suga noch einmal in aller Deutlichkeit an ihre Stellung im Haus Shirakawa erinnert werden sollte.

Wie wichtig es ist …

... rechtzeitig Vorsorge für magere Jahre zu treffen, zeigt das Schicksal der jungen Suga, die nichts anderes gelernt hat, als die Mätresse eines wohlhabenden Beamten zu sein.

Was es heißt, mit leeren Händen vor einer ungewissen Zukunft zu stehen, wird ihr schmerzlich bewußt, als eine Nachfolgerin ins Haus steht.

Vorsorge sollte man in guten Zeiten treffen; dann fällt es leicht und macht die Zukunft sicherer.

Manches an Suga war zwar melancholisch und schwerfällig, aber niemals – auch in ihrer Kinderzeit nicht – hatte sie jemand für einen Dummkopf halten können. Suga war die unkomplizierte Tochter kleiner Leute, die ihre Eltern wirklich liebte und ihre rasche Auffassungsgabe in den Tanzstunden bewiesen hatte. Welch gute Partie hätte sie abgeben können, wenn nur ihre Eltern mehr Erfolg im Leben gehabt hätten! Suga war noch nicht einmal eine richtige Frau gewesen, als ihre Mutter sie ohne Erbarmen Shirakawa zur Mätresse gab. Ihre Mutter verdiente den Namen ‹Mutter› nicht. Trotzdem schien Suga für die schmerzlichen Gefühle ihrer Mutter, die keine andere Wahl gehabt hatte, als ihre Tochter zu verkaufen, viel Verständnis zu haben; sie tauchte zwar nie in ihrem elterlichen Haus auf, ließ ihrer Familie aber durch andere Leute fürsorglich Lebensmittel und Geld zukommen.

Im Zuge der Beförderung des Präfekten Kawashima zum Polizeipräsidenten kam auch Shirakawa nach Tokio und erhielt eine einflußreiche Stelle im Polizeipräsidium; Gerüchten zufolge verschaffte er sich allein durch Steuern, die er in den Freudenvierteln Yoshiwaras auf eigene Rechnung kassierte, ein beträchtliches Einkommen. Wenn Sugas Mutter erzählt wurde, daß Suga im Haus dieses Beamten, der jetzt auf dem Höhepunkt seiner Macht stand, so liebevoll wie eine Tochter behandelt wurde und daß sie ein Leben ohne jegliche materielle Sorgen führte, wurde ihr vor Freude warm ums Herz. Aber Geschichten wie jene, die ihr der Gärtner zugetragen hatte ... Sugas Mutter zählte an ihren Fingern die Mitglieder der Familie Shirakawa ab: Frau Shirakawa, die kleine Tochter, die Dienstmädchen und den Hausdiener – vom Hausherrn abgesehen, schienen ihr alle Sugas heimtückische Feinde zu sein. So großes Mitleid überkam sie für ihre Tochter, die von allen Seiten von Dornen umgeben war, daß sie sie am liebsten in den Schutz ihrer Arme genommen hätte.

Was sollte denn aus Suga werden, falls eine neue Mätresse ins Haus käme, und Herr Shirakawa nur noch für diese Frau Augen haben sollte?! Als sie ihre einzige Tochter in diese Umgebung hineingestoßen hatte, hatte Sugas Mutter – da von sonst niemand mehr Hilfe zu erwarten war – Tomo, die Suga von ihr fortbringen würde, darum gebeten, für ihre Tochter zu sorgen.

«Wenn der gnädige Herr irgendwann einmal an Suga keinen Gefallen mehr finden sollte … der bloße Gedanke daran ist so schrecklich, daß ich nachts nicht mehr schlafen kann.»

«Machen Sie sich bitte keine Sorge. Wie sehr sich auch möglicherweise die Gefühle meines Mannes ändern sollten, ich werde streng darauf achten, daß sich nichts zum Nachteil von Suga verändert. Schließlich habe ich so ein anständiges Mädchen bekommen … Bitte, Sie müssen mir vertrauen.»

Jahre danach erinnerte sich Sugas Mutter an diese Szene.

Und empfand das dringende Bedürfnis, Tomo noch einmal zu treffen; sie mußte sich vergewissern, ob Tomo noch zu ihrem damaligen Versprechen stand. Im entscheidenden Moment aber verließ sie der Mut, und sie wandte sich an Kin.

«Sie sprechen wohl von Fräulein Yumi, oder?» sagte Suga, nachdem sie Kins Geschichte zu Ende gehört hatte. Sie blinzelte, als würde sie geblendet.

«Wenn es sich um Fräulein Yumi handelt, dann gibt es nichts, was man mit Frau Shirakawa besprechen müßte! Sagen Sie nur bitte meiner Mutter, daß sie sich nicht zu sorgen braucht.»

«Wirklich nicht? Ja, wenn das so ist!»

Kin legte das Mundstück ihrer Pfeife an ihre Wange und nickte. Sie schien noch nicht ganz überzeugt zu sein.

«Dann haben Sie also bisher kein Anzeichen dafür bemerkt, daß mit Fräulein Yumi so etwas geschehen könnte?»

«Nein, so ist das auch wieder nicht!»

Über Sugas Wangen, die weiß wie handgeschöpftes Papier waren, glitt unwirklich ein Lächeln. Ein Lächeln, das geradezu erschreckend unschuldig war. Kin lief es so kalt über den Rücken, als würde eine eisige Hand sie am Hals streicheln.

«Nein, Herr Shirakawa hat bereits mit Fräulein Yumi geschlafen. Er wird wohl demnächst alles mit ihren Eltern regeln, und Fräulein Yumi wird dann mit mir zusammen hier in meinem Zimmer wohnen», sagte Suga lächelnd. In ihrer Stimme war nicht das geringste Stocken. Kin hörte mit großen Augen zu; die Pfeife an ihrer Wange hatte sie vergessen.

«Ja, aber … dann … hat doch ihre Mutter allen Grund, sich Sorgen zu machen?»

«Aber nein! Ich sage doch, daß es keinen Anlaß zur Sorge gibt!

Fräulein Yumi ist ziemlich gerade heraus ... sie hat etwas fast Männliches an sich. Darum bin ich sicher, daß wir gut miteinander auskommen.»

«Das ist ja alles schön und gut. Aber wenn Herrn Shirakawa Fräulein Yumi plötzlich besser gefällt, dann sieht es schlimm für Sie aus.»

«Keine Sorge!» sagte Suga, und wieder glitt das unschuldige Lächeln über ihr Gesicht. Dieses Lächeln war so leer, als würde es von einer namenlosen Dunkelheit verschlungen.

Kin spürte, wie noch einmal ein kalter Schauder über ihren Rükken lief, und starrte Suga ins Gesicht.

Plötzlich konnte sie ihre Neugierde kaum noch beherrschen: sie wollte wissen, wie Shirakawa Suga kleinbekommen hatte; sie wollte hinter den Vorhang sehen, der alles nach außen abschirmte.

«‹Keine Sorge!› also! ... Heißt das, daß Ihr Herr über all diese Dinge mit Ihnen spricht?»

«Nun, über alles auch wieder nicht ...»

Suga stockte, und Blut schoß ihr in die Wangen. Ihr beschämtes Gesicht war so rot, als säße sie im Schein eines Feuers. Es schien sie verlegen zu machen, daß sie etwas Ungeschicktes gesagt hatte.

«So geht es nicht! Was Sie mir bisher erzählt haben, wird Ihre Mutter kaum überzeugen. Wenn wir Ihre Mutter beruhigen sollen, dann erzählen Sie mir auch etwas, was Ihre Mutter beruhigen wird! Am Ende wird Ihre Mutter Frau Shirakawa noch selbst aufsuchen!»

«Also, wirklich!»

Suga zog ihre Augenbrauen zusammen und zuckte leicht die Achseln, als ginge ihr langsam die Geduld aus. In dem Augenblick kam die gescheckte Katze, die mit rundem Buckel die ganze Zeit auf einem bunt gemusterten Seidenkissen gesessen hatte, zu Suga. Das Glöckchen an ihrem Hals klingelte. Suga hob die Katze hoch und setzte sie sich auf den Schoß. Und sprach, während sie ihr weiches Fell streichelte, langsam weiter, als wäre Kin, deren Blick sie vermied, überhaupt nicht im Zimmer.

«Herr Shirakawa sorgt sehr liebevoll für mich. Er sagt, daß meine Konstitution schwächer sei als die anderer Frauen. Ich würde deshalb früh sterben, sagt er, wenn ich mir körperlich zuviel zumute ... Deshalb ist es mit Fräulein Yumi so gekommen. Herr Shirakawa kennt sich gut mit Geishas und Kurtisanen aus und weiß deshalb genau, wie man mit Frauen umgehen muß ... Ich habe mich von allem Anfang an wie seine Tochter gefühlt; Eifersucht oder so etwas habe ich nie empfunden. Ja, vielleicht auch wegen des Altersunterschiedes? ... Frau Shirakawa weiß aber von alldem nichts, und darum dürfen Sie auch niemand etwas davon weitererzählen!»

Suga verstummte. Jeder kindliche Zug verschwand plötzlich aus ihrem Gesicht, und sie senkte die Lider tief über die Augen. Eine grenzenlose Leere breitete sich, von ihr selbst unbemerkt, in ihrem sinnlichen Gesicht aus und ließ alles Leben darin erlöschen.

Nachdem sich Kin, der es deutlich anzusehen war, daß sie aus Suga nicht klug wurde, auf den Heimweg gemacht hatte, wurde Suga plötzlich traurig und wußte selbst nicht warum. Während sie die Kehle der kleinen Katze streichelte, sah sie eine Weile auf die Sazanka-Kamelien hinaus, deren Blütenblätter so rosig waren wie Kaninchenohren. Ihre Mutter und Kin waren offensichtlich nervös wegen Yumi, und sie selbst verspürte keinerlei Eifersucht: Suga hätte sich am liebsten irgendwo verkrochen.

Suga war zwar zwischen Arbeitern und kleinen Händlern aufgewachsen, wußte aber, da ihre Eltern sittenstrenge Leute waren, nichts von dem, was sich zwischen Männern und Frauen abspielen konnte. In den Tanzstunden hatte sie immer Männerrollen übernommen und war es gewöhnt, in tragischen Liebesszenen aufzutreten: sie war als Kanpei von Ohani umarmt worden, und als Hisamatsu von Osome. Und obwohl sie von ihrer Lehrerin oft angewiesen worden war, mehr ‹sinnliche Leidenschaft› in ihre Darstellung zu legen, bedeutete für Suga ‹Leidenschaft› oder ‹Liebe› die Musik, die die Aufführungen begleitete, und das Tragen prächtiger Tanzkostüme.

Auch nachdem Suga, kurz nach ihrer Ankunft in Shirakawas Haus in Fukushima, in einem Dunkel, in dem es weder Musik noch Farben gab, erfahren hatte, mit ihrem Körper erfahren hatte, was ein Mann war, verlor – gänzlich unberührt von ihrer direkten Beziehung zu Shirakawa – die erotische Welt in ihrem Herzen, in der die zu Tränen rührenden Melodien alter Balladen ununterbrochen erklangen und farbenprächtige Kimonos und lange Ärmel sich ungeduldig ineinander verflochten, nichts von ihrem strahlenden Glanz. Merkwürdig war nur, daß diese Traumwelt den wirklichen Shirakawa nicht aussperrte.

Shirakawa war ein Mann, der sich auch im Kreis seiner Familie mit Unnahbarkeit umgab. Lächeln sah man ihn nicht oft. Es kam auch nie vor, daß er wegen einiger Schälchen Sake die Beherrschung über sich verlor. Seine Haltung rührte nicht nur von dem Wunsch her, sich vor Tomo keine Blöße zu geben; ihn umgab immer eine Aura von Reinheit und Stolz, als würde er das andere Geschlecht nicht einmal wahrnehmen. Er machte mehr Aufhebens um den Schnitt seiner Kimonos als viele Frauen, und oft hörte man ihn mit dem Geschäftsführer der Schneiderei, bei der er seine Kleider fertigen ließ, schimpfen. Seine weißen Socken wiesen niemals eine Falte auf.

Wenn Suga Shirakawas Kleider bereitlegte und ihm beim Anziehen half, wenn sie neben ihm stand und ihm seinen Rasierspiegel so einstellte, wie er es wünschte, oder wenn sie sonst etwas für ihn tat, was ihr Dienst von morgens bis abends mit sich brachte, dann vertrieb die Reinheit und die Jugendlichkeit, die Shirakawa wie einen Schaupsieler umgab, ihre trüben Gedanken, und die Bewegungen ihres Körpers wurden so leicht, wie es nie der Fall war, wenn sie Frau Shirakawa bediente. Und doch: hätte man Suga gefragt, ob sie Shirakawa liebe – sie hätte keine Antwort geben können.

So sehr Shirakawa Sugas Körper auch schätzte wie einen seltenen Edelstein, das bedrückende Gefühl, geraubt worden zu sein und gefangengehalten zu werden, verließ sie nicht; über ihrer Schönheit lag ein Schatten wie über Kirschblüten an einem bewölkten Tag.

Suga streichelte den weißen Bauch der kleinen Katze und fuhr ihr dann gegen den Strich über den Rücken. Winzige Krallen kratzten an ihren Händen, und Suga drückte die Katze so heftig an sich, daß diese kaum mehr atmen konnte und einen unheimlichen Schrei ausstieß.

«Mir geht es genauso wie dir!» murmelte Suga seufzend.

Suga wußte, daß diese kleine Katze, auch wenn sie noch so sehr kratzte und strampelte, einem Menschen hoffnungslos unterlegen war, und intuitiv erkannte sie, wie grausam und gnadenlos Shirakawas Seele war, die sich hinter seiner reinlichen und vornehmen Aufmachung verbarg.

Als sie noch in Fukushima gelebt hatten, war einmal Folgendes passiert.

Einer von Shirakawas Untergebenen in der Präfekturverwaltung, ein junger, kleinwüchsiger Mann namens Kazabaya, der oft bei den Shirakawas anzutreffen war, pflegte Suga, wenn er sie im Gang traf, scheinbar zufällig an den Schultern und Armen zu berühren oder ihr aufdringlich ins Gesicht zu starren. Eines Tages gab es ein Trinkgelage; Kazabaya saß am unteren Tischende und bat Suga aus irgendeinem Grund, ihm ihren Ring mit der goldenen Einlegearbeit zu zeigen.

Nichts Böses ahnend, streifte Suga den Ring vom Finger und zeigte ihn Kazabaya, der ihn in seiner Tasche versenkte und, trotz Sugas inständiger Bitten, nicht mehr zurückgab. Wegen ihrer Tischnachbarn wagte Suga es nicht, laut zu werden, und ließ den Vorfall auf sich beruhen. Bei dem Gedanken aber, was sie tun konnte, wenn Shirakawa es merken sollte, wenn Kazabaya gegangen war, befiel Suga eine unerträgliche Angst.

Natürlich hätte Suga von sich aus Shirakawa gegenüber nichts von dem Vorfall erwähnt, aber Sugas unreifer Körper, der ganz starr war vor Angst, sagte Shirakawa, noch ehe die Nacht vorüber war, daß irgend etwas geschehen sein mußte. In der Dunkelheit griff er nach Sugas kalten und steifen Fingern und sagte dann beiläufig:

«Dein Ring ist weg, oder?»

Sugas weicher, weißer Arm bekam augenblicklich eine Gänsehaut, und sie begann zu beben.

«Hast du ihn jemandem gegeben?»

Sanft wie ein Vater streichelte Shirakawa Sugas bebenden Rücken und ihre Arme; Suga machte sich ganz klein und fing zu wimmern an. Und dann erzählte sie, stockend und unter Schluchzen, wie ihr Kazabaya den Ring weggenommen hatte.

«Ach, du Dummchen! Da gibt's doch nichts zu weinen … Junge Kerle treiben oft solche Späße. Trotzdem mußt du aufpassen, weil solche Dinge zu den unerfreulichsten Schwierigkeiten führen können.»

Während er sprach, legte er einen Arm um Suga, ergriff mit seiner freien Hand den Ärmel seines Nachtkimonos und trocknete damit ihre Tränen. Dann strich er ihr das Haar, das an ihren feuchten Wangen klebte, Strähne für Strähne zurück.

Suga nahm an, die Geschichte sei damit erledigt, erfuhr aber einige Tage später zu ihrem Entsetzen, daß Kazabaya zu einem Bankett der Präfekturverwaltung zu den heißen Quellen in Higashiyama gefahren war und dort während eines Streits, der zwischen den alkoholisierten Gästen ausbrach, von seinen Kollegen verprügelt worden war. Das Bankett endete für Kazabaya mit einem gebrochenen Hüftknochen. Unter den Leuten, die zusammen mit ihm nach Higashiyama gefahren waren, befanden sich mehrere Polizeibeamte, allesamt Shirakawa treu ergeben und Meister im Judo. Jedesmal, wenn Kazabaya in der Folgezeit hinkend ins Haus kam und eingeschüchtert und demütig nach Shirakawas Anweisungen fragte, fühlte Suga so brennende körperliche Schmerzen, als würde sie ausgepeitscht. Von nun an sah Kazabaya Suga nicht einmal mehr an, als wäre schon der Anblick einer ihrer Haarsträhnen zu gefährlich.

Herr Shirakawa ist ein schrecklicher Mensch. Kein Mensch weiß, zu was er fähig ist, wenn er in Wut gerät. Seit Suga davon fest überzeugt war, ging ihr das Bild des niedergeschlagen dahinhinkenden Kazabaya auch in den zärtlichsten Augenblicken nicht mehr aus dem Kopf.

Gelegentlich sagte Shirakawa zu ihr:

«Ich habe mein Leben in jeder Hinsicht recht genossen und kann daher keine Kinder mehr bekommen. Aber du mit deinem Körper, weißt du, du könntest sowieso kein Kind zur Welt bringen.»

Auch diese Worte brannten sich in Sugas Fleisch wie ein unauslöschliches Brandmal ein. Nicht daß sie ein besonderes Verlangen nach Kindern von Shirakawa gehabt hätte; aber die Tatsache, daß sie als eine Frau, die keine Kinder bekommen konnte, abgestempelt wurde, stürzte sie in dieselbe einsame Verlorenheit, die einen Reisenden in der Dämmerung befällt, wenn am Ende seines langen Weges keine Herberge zu finden ist.

Wenn ich auch noch so verwöhnt werde, dachte Suga, was bin ich letzten Endes? Eine Dienerin ohne irgendwelche Aussichten in der Zukunft. Der einzige Sinn meines Lebens ist, daß meine Mutter und mein Bruder es durch mich ein wenig leichter haben. Auch wenn ich von hier weggehe, zu dem unschuldigen Mädchenkörper, mit dem ich geboren wurde, führt doch kein Weg zurück. Und da Herr Shirakawa bereits eine legitime Ehefrau besitzt, ändert sich für mich kaum etwas, ob es in diesem Haus neben mir noch so eine Frau wie mich gibt oder nicht. Seit Suga spürte, daß Yumi vielleicht Shirakawas Mätresse werden würde, empfand sie sogar fast eine Art Sehnsucht nach deren jungenhaftem, etwas dunklem Gesicht und ihrer hochgewachsenen Gestalt.

Wo und wie hatte Shirakawa es getan – eines Tages fand Suga im

Schatten der schweren Doppeltür des Vorratshauses Yumi, deren schmale Schultern von einem Tränenausbruch zitterten.

«Was ist denn los ... Fräulein Yumi, was ist denn nur los?»

Suga legte Yumi von hinten eine Hand auf die Schulter und versuchte, sie anzuschauen, aber Yumi verbarg ihr Gesicht schluchzend im Kimonoärmel. Das Beben ihrer Schultern löste in Sugas Körper eine Art Echo aus, das ihr deutlicher als Worte den Grund für Yumis Schmerz sagte.

«Ich weiß ... Fräulein Yumi ... ich weiß! Bei mir war es ja dasselbe», sagte Suga mit verschleierter Stimme, und Tränen quollen unter ihren Lidern hervor. Yumi sah zu Suga empor, als wäre sie von ihrer Stimme aus einem Traum gerissen worden; beim Anblick von Sugas großen verweinten Augen schien sie der Schmerz plötzlich von neuem zu überwältigen; sie vergrub ihr Gesicht an Sugas Brust und begann wieder heftig zu weinen. Mit Tränen in den Augen streichelte Suga über Yumis schmale Schultern. Yumis Körper war stark und biegsam wie junger Bambus; ihr zartes Knochengerüst war von einer dünnen Schicht festen Fleisches umgeben. Die Berührung ihrer ein wenig rauhen, hellbraunen Haut, die irgend etwas Männliches an sich hatte, erfüllte Suga mit Freude.

«Vater und Mutter werden böse mit mir sein ... daß mir das passiert ist ... ich schäme mich ja so», sagte Yumi weinend. Trotzdem schien Yumi irgendwie mit dem Vorfall besser fertig zu werden, als es Suga damals – in der gleichen Situation – gelungen war; Suga fand das anziehend. In ihr war keine Eifersucht, nur das unwiderstehliche Bedürfnis, Yumi nahe zu sein, sie in ihre Arme zu schließen und mit ihr über das Schicksal, das sie teilten, zu weinen.

«Fräulein Yumi, wir könnten uns doch gegenseitig helfen! Ich bin zwar nicht viel wert, aber lassen Sie mich bitte Ihre Schwester sein!»

«Wollen Sie das wirklich? Oh, Fräulein Suga ... ich ... ich ...»

Yumi drückte ihren Kopf, ohne auf ihre Frisur zu achten, an Sugas Knie.

Am Abend desselben Tages kam Yumi in Sugas Zimmer und erzählte ihr alles über ihre Kindheit und ihre Familie. Sie waren arm. Das einzige Mitglied ihrer Familie, das noch Arbeit hatte, war der Mann ihrer älteren Schwester, der in einem Bezirksrathaus angestellt war. Ihr Vater war früher in den Diensten eines kleinen Daimyōs gestanden, in dessen Haushalt auch ihre Mutter gearbeitet hatte. Sie war auf Frau Sonodas Vorschlag – in der Absicht, hier feine Sitten zu lernen – zu den Shirakawas gekommen, aber wenn man bedachte, was dann wirklich passierte, war es nicht auszuschließen, daß die verantwortlichen Personen schon von Beginn ihrer Vermittlung an insgeheim gewußt hatten, wie sich die Dinge entwickeln würden. Shirakawa sagte zwar, daß er ihre Eltern bitten würde, sie genauso wie Suga adoptieren zu dürfen, aber es war fraglich, ob ihr starrsinniger Vater seine Zustimmung dazu geben würde. Es wäre unerträglich für sie, wenn ihr Vater wutschnaubend ankommen würde, weil der Körper seiner Tochter besudelt worden war. Bei dem bloßen Gedanken daran, sagte Yumi mit einem versunkenen Blick, möchte ich mich am liebsten irgendwo verstecken.

Yumis tränennasses, erregtes Gesicht mit den zusammengezogenen Augenbrauen sah jetzt noch schöner aus. Die Tatsache, daß Yumis Trauer frei von Haß auf den gewalttätigen Shirakawa war, stimmte auch Suga milder und erweckte ein Gefühl der Verbundenheit mit Yumi in ihr.

Der Erfolg der Wohltätigkeitsveranstaltung an jenem Tag schien alle Erwartungen übertroffen zu haben. Am Abend kehrten Tomo und Etsuko nach Hause zurück, ein wenig früher als Shirakawa, der ebenfalls die Veranstaltung besucht hatte. Sie brachten Süßigkeiten und Kosmetikbeutel mit, die Shirakawa für die Daheimgebliebenen gekauft hatte.

Etsuko hatte ihr unbequemes europäisches Kleid ausgezogen und trug nun, als sie in Sugas Zimmer trat, einen gelben Seidenkimono und darüber ein bunt gemustertes Seidenjackett. Suga wollte natürlich wissen, wie es im Rokumeikan gewesen war, als Etsuko Ihrer Majestät der Kaiserin den Tee serviert hatte, und Etsuko antwortete ausführlich auf all ihre Fragen.

«Du, das ist eine schöne Frau … sie sieht ein bißchen wie die Yumi aus.»

Kaum war Etsuko das entschlüpft, zog sie die Schultern ein und blickte hinter sich. Wäre ihre Mutter im Zimmer gewesen, wäre sie wegen dieses respektlosen Vergleichs zweifellos heftig gescholten worden. Tomo hatte eine strenge Hand, und Etsuko wagte es eigentlich nur in der Gesellschaft Sugas und der Dienstmädchen, das lebenslustige Mädchen zu sein, das sie war. Suga war die unschuldige Art, mit der Etsuko an ihr hing, sympathisch. Da sie selbst von ihrer Mutter – was hatte sie für Suga nicht alles getan, ihr das Haar geflochten, ihr bunten Haarschmuck gekauft – in jeder Hinsicht verwöhnt worden war, kam ihr das kleine Mädchen manchmal bedauernswert vor. Obwohl Etsuko noch so jung war, konnte sie sich weder in der Gegenwart ihres Vaters noch ihrer Mutter frei bewegen und war ständig auf völlig unkindliche Art und Weise auf der Hut.

«Etsuko, hast du Fräulein Yumi gern?»

«Hm, ich hab sie gern! Sehr gern sogar!»

«Lieber als mich?»

«Also, nein! Das wirklich nicht! Du bist mehr ... ach, eigentlich hab ich euch beide gleich gern.»

Etsuko senkte verlegen den Kopf. Suga verzog schmollend ihr Gesicht, fand aber gleichzeitig Etsukos Offenheit und Unkompliziertheit süß. Wirklich frei und unbeschwert – so als wäre sie wieder zu einem Kind geworden – fühlte sich Suga nur, wenn sie, wie jetzt, mit Etsuko scherzte.

An diesem Abend meldete Suga Tomo, sie solle in Shirakawas Schlafzimmer kommen. Tomos Herz wurde zu einem Eisklumpen.

Shirakawa war noch in bester Laune gewesen, als er Tomo im Rokumeikan befohlen hatte, schon vor ihm nach Hause zu gehen und das Paket mit den Dingen, die er auf der Wohltätigkeitsveranstaltung gekauft hatte, mitzunehmen. Tomo wußte aber, daß er später am Abend angespannt und schrecklich mißlaunig nach Hause zurückgekehrt war. Das kam bei ihm, dessen Stimmung von einem Moment zum anderen umschlagen konnte, zwar öfter vor, Tomo war jedoch aus langjähriger Erfahrung zur Genüge bekannt, daß Shirakawas Laune dann am übelsten und kaum noch zu berechnen war, wenn trotz seines kalten, ruhigen Blicks dicke blaue Adern an seinen Schläfen pochten, die Knöchel seiner Finger starr und seine Daumen nach innen gekrümmt waren. Shirakawa hatte in solchen Momenten – und nur in solchen Momenten – die üble Gewohnheit, anstatt in Sugas Gesellschaft Linderung für seine schlechte Laune zu suchen, Tomo kommen zu lassen und sie peinlich genau über die Haushaltsführung und die Verwaltung ihrer Besitztümer auszufragen. Tomo war es zwar recht, daß er ihr so Gelegenheit gab, mit ihm in Abwesenheit der Mätressen reden zu können, weil es jeden Monat ein oder zwei Dinge gab, die sie mit ihm besprechen und entscheiden mußte. Es erfüllte sie aber mit Bitterkeit, daß er immer an ihr seine Wut ausließ, wenn ihm etwas Unerfreuliches zugestoßen war. Ängstlich wie ein kleiner Buchhalter, dessen Rechnungen von einem Vorgesetzten überprüft werden, betrat Tomo das Schlafzimmer ihres Mannes, in dem zwei Futons nebeneinander ausgebreitet lagen. Ausgerechnet heute, da er besonders leicht reizbar zu sein schien, mußte sie unbedingt mit ihm über ein Problem reden – über Yumi.

Einige Tage zuvor hatte Tomo ein Schreiben von Yumis Vater erhalten. Der Brief war im eleganten Stil der Chikage-Schule geschrieben. Nach einigen einleitenden Worten, mit denen sich der Vater respektvoll nach dem Wohlergehen der Familie Shirakawa erkundigte, kam er, in einem Ton, als würde er zur Hälfte Tomo die Schuld geben, auf die völlig unerwartete Änderung in Yumis Leben zu sprechen. Herr Shirakawa habe eine Gattin, er habe eine Mätresse, warum mußte er sich auch noch an Yumi vergreifen? Er würde nie bestreiten, daß Herr Shirakawa der Herr seiner Tochter sei, aber das gebe diesem noch lange nicht das Recht, seiner Tochter die Unschuld zu rauben, ohne es auch nur für nötig zu halten, die Zustimmung ihrer Eltern einzuholen. Schließlich sei die Unschuld seiner Tochter ein für allemal dahin; was gedenke man also zu tun? Er werde selbst in den nächsten Tagen Herrn Shirakawa aufsuchen, um festzustellen, wie er zu dem Vorfall stehe – so höflich der Brief abgefaßt war, so wenig konnte man seinen vorwurfsvollen Ton überhören.

Tomo wußte aber durch Frau Sonoda, daß Yumis Vater wohl bewußt war, was geschehen würde, und daß er sogar insgeheim darauf gehofft hatte, als er seine Tochter zu den Shirakawas in Dienst gab. Daß Yumis Vater, der mit großer Wahrscheinlichkeit erwartet hatte, Yumi würde neben Suga Shirakawas Mätresse werden und ihm dann mit finanziellen Unterstützungen das Leben erleichtern, einen derart formellen Brief geschrieben hatte, hing vermutlich mit dem Prestigedenken eines alten Mannes zusammen, der aus einer Samurai-Familie stammte; Tomos Sympathie aber lag bei Sugas Mutter, die ihr mit schlichter Offenheit das Geschick ihrer Tochter anvertraut hatte, ohne dabei die Standesunterschiede aus den Augen zu verlieren. Die Begehrlichkeit, die sich hinter den eleganten Schriftzeichen und dem elaborierten Stil verbarg, erfüllte Tomo im Gegenteil mit

Widerwillen. Sie stand eine Weile mit dem Brief in der Hand da, und ein kaltes Lächeln umspielte ihre Mundwinkel.

Tomo betrat das Schlafzimmer: Shirakawa saß im Nachtkimono neben der Stehlampe, einen Ellbogen auf ein kleines Tischchen aus Rosenholz gestützt, und korrigierte mit roter Tusche amtliche Dokumente. Er wandte sich um, schaute Tomo mißmutig an und sagte:

«Wie wäre es, wenn du dich umziehen würdest?»

Ruhig ging Tomo wieder in den Vorraum hinaus. Sie schien ihren Gürtel zu lösen – das Rascheln von Stoff war merkwürdig deutlich zu hören. Shirakawa legte den Schreibpinsel zur Seite und lauschte auf die Geräusche, die ihre langsamen, schweren Bewegungen verursachten. Bewegungen, die so melancholisch und monoton waren wie die Wellen eines Wintermeeres. Bewegungen, die zugleich jedoch voller Kraft waren und sein ganzes Bewußtsein mit dem seit fast zwanzig Jahren vertrauten Bild ihres Körpers und ihrer Stimme erfüllten. Erinnerungen an Landschaften ließen diese Bewegungen vor seine Augen treten und wieder verblassen: die Berge und Flüsse in ihrer Heimat Kyūshū ... die unter tiefem Schnee begrabenen Orte in Tōhoku, zu denen sie sein Beruf geführt hatte. Tomo würde wie ein Schatten, von dem er sich aller Versuche zum Trotz nie würde lösen können, ihr restliches Leben in diesem Haus verbringen und älter und immer älter werden, sie würde wie ein Gespenst im Haus umhergehen und schließlich sterben. Vage wurde Shirakawa bewußt, daß Tomo sich nicht aus Liebe oder Selbstaufopferung so demütig seinen Launen unterwarf, sondern daß ein eiserner Wille sie dazu trieb. Ein wildes Gefühl, das an Haß grenzte, stieg in Shirakawa auf. Tomo erschien ihm – ganz anders als Suga oder Yumi – wie ein unbesiegbarer Feind, der sich in einer nicht einnehmbaren Festung verschanzt hat. Heute fühlte sich Shirakawa jedoch so schwach, daß er am liebsten die Maske, mit der er Tomo sonst gegenübertrat, zur Seite geworfen und sich mit ihr genauso vertraut unterhalten hätte wie in früheren Tagen.

Was war vorgefallen? Er hatte heute bei hellichtem Tag ein Gespenst gesehen.

Nach der Wohltätigkeitsveranstaltung war im Saal des Rokumeikan ein Ball veranstaltet worden, an dem er zusammen mit Kawashima, dem Polizeipräsidenten, teilgenommen hatte. Da er aber an westlicher Musik und westlichen Tänzen gänzlich uninteressiert war, setzte er sich im Vorzimmer auf ein Sofa und löschte seinen Durst mit Weißwein, den ihm ein Kellner gebracht hatte.

Jemand klopfte ihm auf die Schulter. Shirakawa wandte sich um: hinter ihm stand ein Mann in einem Gehrock. Ein Mann mit einem Schnurrbart und einem scharfen Blick. Auf seinem harten Mund lag ein Lächeln, das zwischen Liebenswürdigkeit und Haß schwankte.

«Hallo, Shirakawa! Ich muß mich doch mal für deine freundlichen Bemühungen in Fukushima bedanken, nicht!»

Der junge Mann, ein Anhänger von Takanaka Unno, hieß Hanashima. Als Shirakawa damals in Fukushima auf Befehl des Präfekten Kawashima die ‹Bewegung für Freiheit und Bürgerrechte› grausam unterdrückt hatte, war auch Hanashima festgenommen, brutal verhört, in Tokio verurteilt und dann ins Gefängnis geworfen worden. Dort war er an irgendeiner Krankheit verstorben, wie man Shirakawa berichtet hatte.

Hanashima sollte auch damit geprahlt haben, er könnte Shirakawas Fleisch essen und wäre immer noch nicht satt. Aber welche Veränderung! Die damalige Erscheinung Hanashimas – schäbig und abgerissen; und jetzt stand vor Shirakawa ein eleganter Mann, dessen dichtes Haar akkurat in der Mitte gescheitelt war und dessen Gestalt der Duft eines Parfüms umhüllte, der darauf schließen ließ, daß Hanashima erst kürzlich im Westen gewesen war. Shirakawas tiefer Schrecken war nicht verwunderlich.

Hanashima warf sich in die Brust und lachte brüllend, anscheinend aus purem Vergnügen darüber, Shirakawa, den so leicht nichts erschütterte, erschreckt zu haben.

«Schau nicht so erschreckt! Du hast gedacht, ich sei tot, wie! Aber, warum denn, mein Lieber! Das Volk würde nie seinen Frieden finden, wenn ich sterben würde und so miese Beamte wie deinesgleichen weitermachen könnten. Schau mal, diese Stadtviertel mit dem hellen Schein der Laternen, diese Stadt, in der es nie wirklich Nacht wird – weißt du, was das ist? Der Todesschrei der Clan-Regierung! Ein letztes Aufflackern der Kerze kurz vor dem Erlöschen! Und ihr könnt euch ruhig dagegen wehren! Nützt alles nichts. Übernächstes Jahr wird die Verfassung proklamiert. Und dann wird, ob es dir paßt oder nicht, das Parlament eröffnet! Das Volk wird Abgeordnete wählen; mit den von der Regierung selbstherrlich eingesetzten Beamten wird es aus sein! Die Zeit, wo ihr etwas zu sagen hattet, du und deinesgleichen, ist vorbei. Auch dem Despotismus der jetzigen Clan-Regierung, die jetzt an Stelle der Feudalverwaltung der Tokugawas die Regierungsgewalt hat, ist kein langes Leben mehr beschieden. So willige Werkzeuge der Bürokratie wie dich und deine Freunde wird es bald nicht mehr geben. Du wirst die immer stärker werdende Kraft der Massen sehen, du, der gestützt auf seine Macht immer nur eines im Kopf hatte: deinen eigenen Profit!»

Lauthals lachend verschwand Hanashima, und Shirakawa saß eine Zeitlang wortlos da, als hätte er die Sprache verloren. Er kannte sich selbst nicht mehr: so kraftlos, so erschöpft. Die Grüppchen von Leuten, die in seiner Nähe herumstanden, mochten ihn und Hanashima vielleicht sogar für intime Freunde halten, so heiter war Hanashimas Gesprächston gewesen. Wohin war nur die abgezehrte Gestalt Hanashimas verschwunden, der hilflos geschrien hatte, die engen Fesseln würden ihm den Atem abschnüren – damals, als sie den Gefangenen von Shirakawa durch den Schnee nach Ōtawara geschleppt hatten. Shirakawa schaute in den Saal: über den funkelnden Parkettboden glitten unter den Gaslampen zu den Klängen westlicher Musik festlich gekleidete Männer und Frauen Arm in Arm dahin wie ein endloser Reigen von Blumensträußen. Hanashima, der ihn gerade verlassen hatte, hielt bereits eine schöne Frau mit langem Hals, die ein schulterfreies purpurfarbenes Abendkleid aus Satin trug, in den Armen. Er schien sich beim Tanzen zu vergnügen. Der Anblick genügte, um in Shirakawa ein seltsames Gefühl der Verlorenheit und Isolation aufkommen zu lassen.

Erst vor vier, fünf Tagen hatte Polizeipräsident Kawashima, der immer so voller Energie gewesen war, mit ihm gesprochen. Der Blick seiner von großen Lidern überschatteten Augen war mürrisch gewesen.

«Wenn es uns in den nächsten ein, zwei Jahren nicht gelingt, uns die Kontrolle über das ganze Land zu sichern, dann ist das Spiel für uns aus! Aber ich habe sowieso kein Verlangen danach, dann noch am Leben zu sein.»

War sich der Polizeipräsident des Teufels, der mit aller Kraft Bestrebungen nach freien Rechten für das Volk unterdrückt hatte, etwa bewußt geworden, daß er nicht imstande sein würde, das wie eine Flut immer näher rückende Gespenst des neuen Zeitalters aufzuhalten? Enttäuscht starrte Shirakawa auf den kaum mehr heilbaren

Riß im Charakter dieses unbeugsamen Mannes, der mit Methoden, die sich von denen eines Räubers nicht unterschieden, Privathäuser konfisziert und zerstört hatte, um den Bau von Präfekturstraßen zu ermöglichen, der, um die Erträge der Kupfermine in Ashio zu steigern, unbekümmert die Verseuchung der Flußufer des Watarasegawa durch giftige Abfallstoffe hingenommen hatte ... und der dies alles in unverbrüchlicher Loyalität zum Staat getan hatte.

Shirakawa hatte in der Menge der Ballbesucher Taisuke Itagaki erspäht, den Präsidenten der Freiheitspartei – wahrscheinlich war Hanashima in seinem Gefolge zum Ball gekommen. Shirakawa dachte an den Tag der Parlamentseröffnung; Unno und Hanashima würden Sitze erringen und weiter für die Rechte des Volkes kämpfen. Widerwillig wurde ihm klar, daß die Zeit der unangefochtenen Herrschaft von Beamten wie seinesgleichen bald der Vergangenheit angehören würde. Die Gefahr, daß er dasselbe Schicksal erleiden könnte wie Yōzō Torii, der während der Tempō-Reform als rechte Hand von Tadakuni Mizuno auf dem Höhepunkt seiner Macht gewesen war und am Ende seines Lebens vor dem Nichts stand, oder wie Shuzen Nagano, ein Vertrauensmann von Naosuke Ii, der später enthauptet wurde, nahm langsam immer bedrohlichere Gestalt an.

Shirakawa fühlte sich so verzagt, daß er sich nach Tomos tröstender Umarmung sehnte. Seine Gefühle waren kaum dazu angetan, daß er sie mit Suga oder Yumi teilen konnte, die er schätzte wie Goldfische oder kleine Vögel. Nur Tomo, die größere Willenskraft besaß als er selbst, konnte seinen Schmerz lindern und das Blut, das aus seiner Wunde sickerte, stillen. Das mütterliche Bild, das er mit Tomo verband, hatte jedoch mit der wirklichen Tomo nichts gemein. In ihr war die Sensibilität der Liebe, die auch noch der winzigsten psychischen Verletzung ihres Mannes auf die Spur gekommen war, schon vor langer Zeit zu grauer Asche geworden. So hatte Tomo denn auch, als sie das mürrische Gesicht ihres Mannes sah, nur das Bedürfnis, sich selbst zu schützen. Sie verschränkte die Arme vor der Brust und behandelte ihn so vorsichtig wie nur irgend möglich. Daß nun neben Suga eine weitere Mätresse im Haus lebte, erweckte nicht die geringste Eifersucht in Tomo; ihre einzige Sorge war, wie sich Yumis Charakter unter den gegebenen Umständen entwickeln würde.

So berichtete Tomo auch ruhig und zurückhaltend, als würde sie eine unsinnige Bitte vorbringen, von dem Brief von Yumis Vater. Sie war bemüht, alles zu vermeiden, was ihren Mann aufbringen und die Dinge verschlimmern konnte.

«Ihre Eltern stammen von Samurai ab; ich mache mir deshalb Sorgen, daß wir Schwierigkeiten bekommen könnten ...»

«Ach was! Nach dem, was diese Sonoda erzählt hat, war es Mitsu – das Mädchen, das zusammen mit Yumi gekommen ist –, die insgeheim befürchtet hat, zur Mätresse zu werden. Yumis Mutter soll ja im Haushalt der Familie Toda gearbeitet haben, sie müßte eigentlich an so etwas gewöhnt sein. Wenn es überhaupt um etwas gehen sollte, dann doch darum, daß sie ihr Gesicht wahren – ja, und dann natürlich um Geld!»

Shirakawa sah Tomo scharf an; sein Ton war so gleichgültig, als hätte das alles mit ihm nichts zu tun. Das Problem mit Yumi berührte ihn kaum. Provozierend wirkte allerdings Tomos Ruhe auf ihn. Wie aufgeregt war sie gewesen, als sie Suga ins Haus brachte!

«Wieviel?» fragte Tomo ruhig und blickte ihren Mann abschätzend an. Sie verabscheute sich selbst wegen ihrer Verkommenheit. Sie verabscheute die Kälte, mit der sie Yumis Verlust der Unschuld hinnahm.

«Soviel wie damals bei Suga. Das müßte reichen. Oder eher weniger. Schließlich wird alles billiger.»

Shirakawas Ton war kalt und entschieden. Der Spott in seiner Stimme schien zu sagen, daß Yumi im Vergleich zu Suga unkomplizierter war und einen weniger ausgeprägten Charakter hatte. Er hatte außer Tomo Suga geliebt und außer Suga Yumi: hatte sich deshalb in seiner Welt etwas geändert? Mit einem Gefühl der Verlassenheit verschränkte Shirakawa seine Arme und wappnete sich gegen die Einsamkeit, die wie ein schwarzer Wind durch seinen Körper fuhr.

II

Der Mond der 26. Nacht

Trauer und Vergänglichkeit:
kurzer Taumel eines Schmetterlings.
Matsuo Bashō (1644–1694)

«Die Wagen kommen … Die Braut ist da … die Braut!» rief mit lauter, durchdringender Stimme einer der Arbeiter, der am Tor stand, bekleidet mit einem traditionellen Arbeitskittel, auf dem das Familienwappen der Shirakawas zu sehen war. Männer, die die Rikschas zogen, kamen kraftvoll den von Büschen gesäumten Hügelweg heraufgelaufen. Im Hauseingang, wo verschiedene Familienmitglieder auf die Braut warteten, entstand eine Aufregung, die an das gleichzeitige Auffliegen Hunderter von Vögeln gemahnte.

Maki, die Amme, die irgendwo im Inneren des Hauses eben das Baby gestillt hatte, richtete sich auf, als sie diese Geräusche hörte. Sanft zog sie ihren Arm, der dem schlafenden Takao als Kopfkissen diente, unter seinem kleinen Kopf hervor und raffte, während sie aufstand und zur Veranda ging, den Kimono über ihrer entblößten Brust zusammen. Tomo, die ihren Enkel sonst nie aus den Augen ließ, hatte rücksichtsvollerweise für diese eine Nacht Takao und Maki in einem abgelegenen Zimmer im ersten Stock untergebracht, damit die junge Braut, die Takao zweifellos eines Tages ‹Mutter› nennen würde, wenigstens an ihrem Hochzeitsabend nicht das Weinen des Babys hören mußte.

Das Meer an der Küste von Shinakawa war bei Tageslicht vom ersten Stock des Hauses, das auf einem weiten, sanft abfallenden Hügel stand, mit einem Blick zu überschauen. Jetzt am Abend aber zogen die Nebelschleier eines späten Frühlingstages darüber hin; auch das Grün der Gartenbäume war zu einer dunklen Masse geronnen, in der nur noch hier und dort an beiden Seiten des Hanges voll erblühte Kirschblüten zu sehen waren, Kirschblüten, die im Dämmerlicht wie große blaßviolette Schirme wirkten. Gerade jetzt schlängelte sich die Rikscha mit der Braut – vor ihr der Wagen des Heiratsvermittlers – unter den geöffneten Schirmen der Kirschblüten hindurch und kam den Hang herauf. Die Braut saß unter der zurückgeschlagenen Plane, den Kopf tief gesenkt. Auch von Makis Platz aus war ihre schwer hin und her schwankende festliche Frisur mit der Brauthaube, über der Kämme und Haarschmuck befestigt waren, und ein rotes aufgesticktes Muster – wahrscheinlich ihr langes Oberkleid – deutlich zu erkennen. Das Licht der Lampions, die zum Teil am Eingang an langen Stangen hingen, zum Teil von denen in der Hand gehalten wurden, die auf die Braut warteten, durchdrang das Zwielicht noch nicht; ihr verschwommener, aprikosenfarbener Schein tauchte die Prozession der Braut und der anderen Gäste in einen Glanz von überirdischer Schönheit. Mit dem Gefühl, einen solchen Traum schon einmal gehabt zu haben, verfolgte Maki hingerissen das Geschehen. Plötzlich aber kam ihr etwas in den Sinn, und die Szene verlor für sie all ihren Glanz: die festlich geschmückte Braut kam ihr wie ein Mensch vor, der auf sein Unglück zugeht.

Sie wußte sicherlich noch nichts über den wahren Charakter des jungen Herrn. Die arme Frau, dachte Maki, deren eigene Ehe in die Brüche gegangen war. Nachdem Michimasas erste Frau an Kindbettfieber gestorben war, war Maki als Amme für den mutterlosen Takao angestellt worden und arbeitete nun schon seit einem Jahr bei den Shirakawas. Trotz ihres gutmütigen, zurückhaltenden Wesens waren auch ihr die ungewöhnlichen, verwickelten Verhältnisse in der Familie Shirakawa nicht entgangen.

Yukitomo Shirakawa hatte sich sofort nach der Proklamation der Verfassung von seinem Amt zurückgezogen. Der direkte Anlaß für seinen Rücktritt war der plötzliche Tod seines langjährigen Gönners, des Polizeipräsidenten Kawashima, der mit fünfzig Jahren unverhältnismäßig jung an einer Gehirnblutung gestorben war. Shirakawa war es während seiner Dienstzeit gelungen, ein großes Vermögen anzuhäufen, mehr als genug für sein restliches Leben; und er hatte keine Lust, nach Kawashimas Tod noch einem anderen Herrn zu dienen. Freilich gab es noch einen Grund für seinen Rücktritt: seine Ausbildung umfaßte Fächer, die für einen kleinen Samurai des Hosogawa-Clans als angemessen empfunden wurden: sinologische Studien und verschiedene martialische Künste. Er fühlte sich ohnmächtig angesichts der immer stärker werdenden Tendenzen, die sich bei jungen Beamten in ihrem Interesse an Kenntnissen, die aus dem Westen kamen, niederschlug, in ihrer Beherrschung der englischen Sprache und ihren Versuchen, juristische Theorien nach westlichem Muster in Japan einzuführen.

Sein Stolz hätte es ihm verboten, hinzunehmen, daß seine Untergebenen ihn nicht ganz ernst nahmen. Darüber hinaus war es nicht ausgeschlossen, daß er sich, da Kawashima seine Hand nicht mehr über ihn halten konnte, noch demütigenderen Situationen ausgesetzt gesehen hätte, wäre er im Dienst geblieben. Und wenn erst das Parlament eröffnet und das neue Regierungssystem mit gewählten Abgeordneten in Kraft treten würde, dann war es absehbar, daß Aktivisten wie jener Hanashima, den er im Rokumeikan getroffen hatte, als Repräsentanten der neuen staatlichen Macht auf der politischen Bühne erscheinen würden. Um diesen künftigen Schwierigkeiten, die Shirakawa voraussah, aus dem Weg zu gehen, war er freiwillig aus dem Regierungsdienst ausgeschieden. Auch der Kauf des weiträumigen Hauses in der Nähe von Gotenyama in Shinakawa, das einst einem Ausländer gehört hatte, war für Shirakawa mit der Absicht verbunden gewesen, hier sein restliches Leben nach Lust und Laune und ohne Störungen durch Außenstehende zu verbringen. Dieses Anwesen war gewissermaßen Shirakawas Burg; zugleich war es das Grab seiner Machtgier, der ein so jähes Ende bereitet worden war.

Shirakawa war ein Despot, der sich zu Hause benahm wie ein Clan-Fürst des Feudalzeitalters, und sowohl seine Frau Tomo als auch seine Mätressen Suga und Yumi hätten keinen einzigen ruhigen Tag im Haus verbracht, wären sie nicht bemüht gewesen, sich den Launen ihres streitsüchtigen und jähzornigen Herrn anzupassen. Etsuko war mit einem Juristen, der im vorletzten Jahr aus dem Westen zurückgekehrt war, verheiratet worden.

Der einzige im Hause, der nicht mit Shirakawa auskam, war sein ältester Sohn Michimasa.

Michimasa war, nach der frühen Heirat seiner Eltern, noch in deren Heimat zur Welt gekommen. Er verbrachte seine ganze Kindheit bei einem Onkel und einer Tante in Kumamoto, während seine Eltern in Tokio und später in verschiedenen Präfekturen Tōhokus lebten.

Als sie sich dann endlich in Tokio niederlassen konnten und ihren Sohn aus Kyūshū zu sich holten, war dieser bereits fünfzehn oder sechzehn gewesen. Shirakawa hatte versucht, Michimasa eine Schulausbildung zu ermöglichen: er ließ ihn Englischstunden nehmen, er schickte ihn auf die kurz zuvor gegründete Tokio-Akademie ... Michimasa verfügte zwar über ein durchschnittlich gutes Gedächtnis, aber sein zurückgebliebenes Wesen verhinderte, daß er mit irgend jemand vertraut geworden wäre. Sowohl beim Englischunterricht als auch in der Akademie wurde er von allen geschnitten, mit denen er sich vielleicht hätte befreunden können. Letzten Endes blieb nur noch die Möglichkeit, ihn zu Hause das Leben eines Frührentners führen zu lassen.

Shirakawas Stolz ließ ein Bedauern für seinen entarteten Sohn nicht aufkommen. Im Gegenteil: er verabscheute ihn zutiefst, er hätte jeden, der ein so unverträgliches Wesen wie Michimasa besaß, verachtet; daß aber dieses verachtenswerte Wesen sein eigener Sohn, sein eigenes Fleisch und Blut war, erfüllte ihn mit unerträglicher Scham.

«Sinnlos, ihn wie einen Mann zu behandeln, solange er nicht auf eigenen Füßen stehen kann», meinte Shirakawa, der sich auch im Hause zum Essen mit seinem Sohn nicht an einen Tisch setzte. Michimasa wohnte zusammen mit einem Neffen, der vom Lande gekommen war und bis zu seiner Verheiratung blieb, im Zimmer des Hausjungen.

Dies war für Tomo um so bitterer, da Suga und Yumi, die ja zumindest zur Hälfte nur Dienstmädchen waren, vor aller Augen zusammen mit ihrem Ehemann in dessen Zimmer lebten, während Michimasa, der Stammhalter der Familie, im Zimmer des Hausjungen mit seinen billigen, verschossenen Tatami wohnte. Beim Anblick Michimasas, der Seizō, ihrem Neffen, gegenübersaß und Reis in sich hineinschlang, wobei er die Eßstäbchen ungeschickt in den Händen hielt, hätte sich Tomo oft aus lauter Elend am liebsten die Augen mit den Händen zugehalten. Der Blick seines Vaters wurde jedesmal, wenn Michimasa ein Zimmer betrat, in dem er sich aufhielt, schlagartig schroff. Unendlich angewidert wanderte sein Blick über Michimasas Gesicht, das mit seiner vorgewölbten Stirn und der großen Nase so sehr den grotesken Masken glich, die in uralten Tänzen verwendet wurden, und über die unbeholfenen, geräuschvollen Bewegungen seines Körpers. Tomo wurde nervös, wenn Michimasa im Raum war, aus Angst, er könnte wieder etwas Unsinniges sagen und seinen Vater damit in Wut bringen.

Wäre Michimasa ein normaler junger Mann gewesen, der von seinem Vater abgelehnt wurde, Tomo hätte ihn natürlich in Schutz genommen, und die Liebe zwischen Mutter und Kind hätte sich so vertieft. Wenn sie aber hörte, was er sagte, wenn sie seine Bewegungen sah, dann geschah es oft, daß sie ebenso wie ihr Mann von heftiger Abscheu ergriffen wurde.

Bei dem Gedanken, daß sie es war, die Michimasa zur Welt gebracht hatte, und daß sein Vater zweifellos Yukitomo Shirakawa war, erschien es ihr unerträglich absurd, daß es in Michimasa kein Fünkchen Liebe für andere Lebewesen außer ihm selbst gab – und daß er mit dem Schicksal geschlagen war, von niemandem geliebt zu werden.

«Warum ist dieses Kind geboren worden? Ja, wir haben es nicht bei uns aufwachsen lassen. Daß er zu solch einem Menschen wurde, ist das die Strafe dafür?»

Wenn Tomo die Söhne ihrer Bekannten und Verwandten zu jungen Männern heranwachsen sah, die, wenn sie schon nicht herausragend waren, zumindest über durchschnittliche Gaben verfügten, stellte sie Vergleiche mit Michimasa an und ließ ihr eigenes Verhalten in der Vergangenheit Revue passieren. Abgesehen davon, daß sie ihn seine Kindheit im Haus des Onkels und der Tante in der alten Heimat hatte verbringen lassen, war sich Tomo sicher, daß sie – zumindest sie, seine Mutter – ihn nicht derart schlechten Einflüssen ausgesetzt hatte, daß sich sein Charakter in diese besondere Richtung hätte entwickeln müssen. Da sie jede Auswirkung von Yukitomos zügellosem Lebenswandel auf ihre Kinder hatte verhindern wollen, hatte sie bei Michimasa und Etsuko nie eine Klage über ihren Vater laut werden lassen. An Michimasas Wesen, der niemals erwachsen werden würde, trug, so glaubte Tomo, allein ihr unreifer Körper die Schuld – sie hatte Michimasa mit fünfzehn Jahren zur Welt gebracht.

Von einer viel zu jungen Mutter geboren, kam Michimasa mit einer Psyche zur Welt, die zu keiner Entwicklung mehr fähig war. Konnte es ein unglücklicheres Kind geben als ihn?

Obgleich Michimasa von allen gehaßt wurde, hätten, vernünftig betrachtet, zumindest sein Vater Yukitomo und seine Mutter Tomo ihn mit all ihrer Kraft lieben und schützen müssen. Aber nicht einmal seine Mutter konnte ihn, der wie ein Waisenkind durch die Welt irrte, seine verkümmerte Seele im Körper eines Erwachsenen steckte, wirklich lieben. Aber zumindest wollte sie dafür sorgen, daß er eine Frau und Kinder bekam und ein Leben führen konnte wie andere Männer auch. Vielleicht hatte sich Tomos geheimer Wunsch Yukitomo auf irgendwelchen verborgenen Wegen mitgeteilt; jedenfalls hatte Michimasa vor einigen Jahren seine erste Frau geheiratet und wurde zumindest nach außen hin seit dieser Zeit zum erstenmal so behandelt, wie es ihm als Stammhalter der Familie zustand. Dies geschah zweifellos auch, um vor seiner jungen Frau den Schein zu wahren.

Maki kannte all diese Geschichten nur vom Hörensagen; Seki und die anderen Hausmädchen, die schon lange bei den Shirakawas arbeiteten, hatten sie ihr erzählt. Anfangs hatte Maki diese Familie, die in ihrer ziemlich seltsamen Art dem ältesten Sohn, nur weil er gewisse menschliche Schwächen hatte, den ihm zustehenden Platz nicht einräumte, mit Verwunderung und Verachtung betrachtet. Nach einiger Zeit allerdings änderte sich ihre Einstellung, und plötzlich kam es ihr nicht mehr so unverständlich vor, daß sich sogar seine leiblichen Eltern von Michimasa distanzierten. Je vertrauter sie mit den Hausbewohnern wurde, desto leichter fiel es ihr, in jedem von ihnen (ganz gleich, ob es sich um den despotischen Yukitomo, um Tomo mit ihrem starken Charakter oder um Suga und Yumi handelte), bei all ihrer Willkür, ihrem steifen Benehmen, ihrer femininen Düsterkeit und Launenhaftigkeit, etwas finden, das ihrem eigenen Wesen entgegenkam. Die einzige Ausnahme bildete Michimasa: je länger Maki bei den Shirakawas wohnte, desto mehr erfüllte sie der Gedanke, welche Erleichterung es wäre, wenn es ihn nicht gäbe. Michimasa war ein fürchterlicher Geizkragen und Vielfraß, der für die Bediensteten nie ein gutes Wort fand. Wurde das Essen aufgetragen, dann schlang er es gierig wie ein ausgehungertes Kind in sich hinein; und wenn er den Mund öffnete, um etwas zu sagen, dann übertrug sich auf seine Umgebung ein derart unangenehmes Gefühl, als würde ihr ein fauliger Geruch entgegenschlagen. Seine bloße Anwesenheit genügte, um die Atmosphäre zu verpesten.

Michimasa wurde auch wütend, wenn Yukitomo oder Tomo zärtlich zu Takao, seinem kleinen Sohn, waren. Erblickte er Takao in Makis Armen, dann sah er ihn oft an wie ein Tier, das unfähig ist, Freude zu zeigen, dafür aber über einen unbegrenzten Vorrat an Wut und Eifersucht verfügt.

«Meine Güte! Zu was soll es gut sein, diesem Baby da ständig neue Kleider anzuziehen – was für eine Verschwendung!» und starrte dem Kind mit weit aufgerissenen, drohenden Augen ins Gesicht, als würde er es jeden Augenblick schlagen. Maki hatte in solchen Momenten das unheimliche Gefühl, daß sich sein Haß auch auf sie erstreckte, und fragte sich, ob es nicht für Takaos Mutter ein Glück gewesen war, daß sie gestorben war. Nach Makis fester Überzeugung würde keine Frau – mochte sie ein Engel sein oder ein Teufel – in einer Ehe mit diesem Mann glücklich werden können.

Miya, die Braut, die heute ins Haus gekommen war, war die älteste Tochter eines Pfandleihers, der am inneren Tor des Tempels Sōjōji lebte. Tomo hatte entschieden, daß für jemanden wie Michimasa als Braut nur eine Frau in Frage kam, die von Geschäftsleuten abstammte. Was solche Leute am meisten interessierte, war nicht der Charakter des Bräutigams, sondern sein Besitz und die gesellschaftliche Stellung seiner Familie. Auch der Vater der ersten Frau, die sie für Michimasa ausgewählt hatte, war Geschäftsmann gewesen, ein Kimonohändler aus Nihonbashi. Die Familie Miyas hatte sich durch einen Heiratsvermittler nach dem Vermögen der Familie Shirakawa und Yukitomos Karriere erkundigt; als sie erfahren hatten, daß Takao, Michimasas Sohn aus seiner ersten Ehe, von den Großeltern aufgezogen wurde und somit für Miya keinerlei Belastung darstellte, hatten sowohl Miyas Mutter als auch ihr älterer Bruder, der Vorstand der Familie, schnell Interesse an einer Heirat gezeigt. Das junge Paar würde zwar vorläufig kein eigenes Haus besitzen, sondern bei den Shirakawas wohnen müssen, aber nach Yukitomos Tod würde der größere Teil des riesigen Einkommens aus den verschiedenen, über ganz Tokio verstreuten Grundstücken und Mieteinnahmen Michimasa zufließen. Das allein genügte, um Miyas Mutter, die Luxus liebte, alles andere völlig vergessen zu lassen: die Tatsache, daß Miya Michimasas zweite Frau sein würde; die Tatsache, daß sie einen Stiefsohn haben würde; und die Tatsache, daß Michimasa keiner Arbeit nachging. Auch das Angebot der Shirakawas, auf jegliche Mitgift verzichten zu wollen, tat es Miyas Mutter an. Das Brautkleid, das Miya in dieser Nacht trug, war ein langes, rotes Überkleid – ein Stück aus dem Pfandleihhaus, das nicht ausgelöst worden war. Es war zu kurz, und der weiße Unter-Kimono stand eine Handbreit vor. Tomo, die sich, als sie ihre einzige Tochter verheiratet hatte, selbst mit großer Sorgfalt um Etsukos Kleider – vom Kimonokragen bis zum letzten Zipfelchen Unterwäsche – gekümmert hatte, damit Etsuko nicht zum Gespött ihrer Schwiegermutter und der Verwandten werden würde, war schockiert, daß eine Frau wie Miyas Mutter, deren äußere Erscheinung ebenso elegant war wie ihre Sprechweise, das erste beste für die Kleidung ihrer Tochter gut genug fand. Daß es aber gerade dieser Charakterzug war, der es Miyas Mutter erlaubte, ihre noch unverheiratete Tochter einem Mann wie Michimasa zur zweiten Frau zu geben, verstärkte Tomos Mitleid mit Miya noch mehr.

«Frau Shirakawa», sagte Suga, nachdem Miya aus einem der hinteren Zimmer, das als Umkleideraum für die Braut diente, in den Salon gegangen war. Suga hatte Miya beim Umkleiden geholfen und deutete nun verstohlen auf einen hellbraunen Fleck auf dem weißen Unter-Kimono, den sie soeben zusammengefaltet hatte. Tomo runzelte die Stirn und sagte, ehe sie Miya folgte, beschwörend:

«Kein Wort zu den Dienstmädchen, ja? Du und Yumi, ihr legt bitte die Sachen zusammen. Es täte mir zu leid für Miya, wenn sie erfahren würde, daß wir das bemerkt haben!»

Suga faltete gehorsam den Unter-Kimono zusammen und schaute dann plötzlich hinter sich. Erschrocken sah sie Yumi, die ihr Haar zu einem runden Knoten zusammengesteckt hatte,vor dem Spiegel stehen: über ihren Schultern hing das lange, rote Überkleid, das Miya kurz zuvor ausgezogen hatte.

«Was in aller Welt machst denn du da?»

Im Spiegel Yumis große Gestalt. In ihrem Gesicht mit den kräftigen, jungenhaften Augenbrauen und den weit aufgerissenen Augen ein freundliches Lächeln.

«So würde ich wahrscheinlich als Braut aussehen. Ganz schön grimmig, was! Als ob ich gleich eine Hellebarde oder so was in Anschlag bringen würde.»

«Mmh, wie diese Shizuka in dem berühmten Kabuki-Stück!»

Suga, sonst eher schwerfällig, ging auf Yumis scherzhaften Ton ein.

«Jetzt zieh das aber schnell aus! Wenn Frau Shirakawa dich sieht, gibt's ein Donnerwetter.»

«Keine Sorge! Keine Sorge! Kotsune und Eikichi aus Shinbashi haben eben den Tanz ‹Tsurukame› begonnen, und alle sehen ganz gebannt zu. Komm, Suga, jetzt zieh du mal bitte den Kimono um. So wie es aussieht, werden wir bis an unser Lebensende keine Gelegenheit haben, Hochzeitskleider zu tragen», sagte Yumi, zog flink das langärmlige Oberkleid aus und legte es um Sugas Schultern. Suga lief ein Schauder über den Rücken. Sie machte aber keinen Versuch, den Kimono schnell wieder auszuziehen, sondern trat, nachdem sie sich verstohlen umgeblickt hatte, vor den Spiegel wie zuvor Yumi.

«Der ist aber schwer ... Weißt du, ich bin nicht so anmutig wie du, und darum steht er mir auch nicht so gut wie dir.»

«Überhaupt nicht! Du siehst sehr hübsch aus. Dir steht der Kimono viel besser als vorhin der Braut.»

«Ich weiß nicht recht», sagte Suga, schien aber mit ihrem Aussehen gar nicht so unzufrieden zu sein. Sie ließ den Kragen des Kimonos durch ihre Hände gleiten und starrte weiter auf ihr Gesicht, das durch das purpurne bestickte Kleid so frisch wirkte wie eine kolorierte Illustration. Die glanzvolle Hochzeitszeremonie erregte in beiden Mädchen einen unerträglichen Neid, der um so heftiger war, als beide nichts von der Welt wußten. Als unschuldige Mädchen waren sie zu den Shirakawas gekommen, Yukitomo hatte sie zu Frauen gemacht, und die entscheidenden Jahre ihrer Jugend hatten sie in den Mauern seines Anwesens verbracht.

«Dieser Kimono scheint ebenfalls aus dem Pfandleihhaus zu sein – schau mal! Das rote Seidenfutter der Ärmel ist ganz ausgebleicht!»

«Ja, den hat schon mal jemand getragen. Die Braut, die den Kimono zuerst getragen hat, ist bestimmt nicht glücklich geworden ... sonst hätte sie ihn sicher wieder ausgelöst!»

«Die jetzige Braut wird auch nicht glücklicher werden», warf

Suga ein und ließ seufzend den schweren Kimono von ihren Schultern gleiten. Ihr war bewußt, daß sie so etwas am Hochzeitstag nicht sagen durfte, aber sie konnte nun einmal den Widerwillen gegen Michimasa nicht unterdrücken, der sie stets so herablassend behandelte, als wäre sie ein Hund oder eine Katze.

«Du hast recht.» Yumi stimmte ihr sofort zu. «Einen Mann wie ihn zu heiraten ... und obendrein ist er noch Witwer. Kaum erstaunlich, daß sie alte Kleider tragen muß. Ich würde mich bestens bedanken! Gut, sie haben eine Menge Geld, und er ist der einzige Sohn, aber mich schaudert beim bloßen Gedanken, einen derartigen Halbidioten, der bei allen verhaßt ist, heiraten zu müssen!»

Sie schnitt eine Grimasse und schüttelte sich, als kröchen Raupen auf ihrem Körper herum.

«Fräulein Seki sagt: es rächt sich am Sohn, wenn der Vater ständig Frauen betrügt.»

«Sag nicht so was Schreckliches!»

Suga zog ihre dichten Augenbrauen zusammen, und ihr Gesicht verdüsterte sich. Sekis Worte waren Yumi leicht über die Lippen gegangen und hinterließen keine Spur in ihr. Suga aber konnte sie nicht mehr vergessen: die Worte mit ihren geisterhaften Untertönen von ‹Fluch› oder ‹Haß› gruben sich in ihr Herz ein. Suga sah Yumi an, die ohne Gemütsbewegung Sekis krassen Ausspruch wiederholt hatte, und ihr eigenes Ich, durch das nichts hindurchgehen konnte, ohne Spuren zu hinterlassen, kam ihr so schmutzig vor wie ein verstopfter Abflußkanal.

Die Tage nach der Hochzeit beobachtete Tomo mit Besorgnis, wie Miya still und ungesprächig durch das Haus schlich. Ihr Gesicht: weiß und verwelkt wie eine vom Wind zerstörte Blume. Auch Yukitomo mit seiner großen Erfahrung in Frauenangelegenheiten schien sich Sorgen zu machen, daß Michimasa in der Stille des Brautgemachs irgend etwas Rohes sagen oder tun könnte, was Miya zutiefst verletzen würde. Obwohl er gewöhnlich unverhohlen angewidert zur Seite sah, wenn er Michimasa erblickte, schenkte er ihm nun zur Erinnerung an die Hochzeit, wie er sagte, eine goldene Schweizer Uhr mit Platinarmband, die Michimasa schon lange hatte haben wollen; oder er ließ, zur Freude seines Sohnes, aus einem fernen Restaurant eigens europäisches Essen bringen, um seine Vorliebe für exotische Dinge zu befriedigen. Yukitomo wußte, daß es wenig Sinn hatte, seinem Sohn zu sagen, er solle zärtlich zu seiner neuen Frau sein; zweckmäßiger war es, ihm durch Geschenke und Essen Freude zu bereiten, weil sich seine Laune so augenscheinlich besserte. Und wenn er dadurch auch nicht gerade zu einem angenehmen Umgang wurde, so verstörte er wenigstens seine Frau nicht durch sein sinnloses Geschwätz.

Es geschah wie erwartet: je mehr Michimasa auf seine merkwürdige Art seine gute Laune zurückgewann, desto öfter hörte man Miyas fröhlich perlendes Lachen. Ihre Augen verengten sich dabei zu Schlitzen und schienen in ihren weichen Wangen zu versinken.

Nahm man Fotografien von Miya zur Hand, war offensichtlich, daß sie mit der Schönheit von Suga oder Yumi nicht konkurrieren konnte. Ihr Fleisch jedoch, das geschmeidig war wie das der Fische im Fluß, schmiegte sich auf delikate Weise um ihren zarten Knochenbau; und ihr Gesicht, ihre Arme und Beine waren gleichmäßig vom Hauch eines zarten Rosa umgeben, das der Farbe von Kirschblütenblättern glich. Wenn Miya lachte, spiegelte sich in ihren Augen und auf ihrem nachgiebigen Mund, dessen Unterlippe ein wenig vorstand, ein Liebreiz, der ihr eine fast ätherische Schönheit verlieh. Ihre Bewegungen waren – vielleicht ihres zarten Körperbaus wegen – schwerelos und geschmeidig. Ihre etwas nasale, übersprudelnde Art zu sprechen, der man noch ein wenig ihre kleinbürgerliche Herkunft anhörte, brachte eine ungewohnt heitere Note in die steife, beamtenhafte Atmosphäre, die in Shirakawas Haus herrschte.

Es war Tomo, die sich als erste in Miyas bezaubernde Weiblichkeit verliebt hatte. Sie war gerade dabei gewesen, von einem Zusammentreffen, das der Heiratsvermittler arrangiert hatte, aufzubrechen, als Miya sagte: «Mutter, dein Haori ...» Die familiäre Art, mit der Miya um sie herumging und ihr den Kragen richtete, war so voller Wärme, daß sich in Tomo Hoffnung zu regen begann; immer mußte sie in ihrer Familie auf der Hut sein, nie konnte sie ihre Gefühle zeigen. Vielleicht würde das Eis schmelzen, wenn dieses Mädchen ihre Schwiegertochter werden würde. Ergriffen von der unentrinnbaren Verzauberung, die auch einen Mann in dem Augenblick befällt, in dem er sich in eine Frau verliebt, betete Tomo aus ganzem Herzen um das Zustandekommen der Heirat. Sie hatte ihre Tochter Etsuko, die im vergangenen Jahr geheiratet hatte, wie eine makellose Perle aufgezogen, aber Tomo spürte etwas von der Kälte und Härte eines Kristalls in ihr. Sugas melancholischer, stets mißtrauischer und versunkener Blick glich dem einer schönen Katze, wurde Tomo aber, je älter sie wurde, immer unheimlicher. Und von Yumi, der Unbeschwertesten von ihnen allen, ließ sich nur eines sagen: sie war frei von jeglicher Zurückhaltung, jedoch ebensowenig wie die kalte Schönheit der Blüten und Zweige eines Pfirsichbaums dazu geeignet, Tomos Hunger nach romantischen Gefühlen zu befriedigen.

Zwischen Yukitomo und Tomo standen die beiden jungen Mätressen, so daß sie mit ihm schon lange nicht mehr geschlafen hatte. Und obwohl in ihr der Glaube der Jōdoshinshū-Sekte an die Rettung durch Buddha, die ihr ihre Mutter in der Heimat ans Herz gelegt hatte, langsam stärker zu werden begann, gelang es ihr trotz aller Kämpfe nicht, in ihrem kaum vierzigjährigen gesunden Körper das Verlangen nach der Wärme eines menschlichen Körpers abzutöten.

Da es nach ihrem Moralkodex eine Sünde war, einen anderen Mann zu lieben, solange Yukitomo ihr Ehemann war, war möglicherweise ihre sexuelle Begierde unbewußt auf Frauen gelenkt worden. Tomo sah andere Frauen nicht mit den Augen einer Frau; ohne es zu wissen sehnte sie sich – genauso wie ein Mann, der auf der Suche nach einer Frau ist – nach der kantenlosen, unerschöpflichen Sanftheit des weiblichen Geschlechts. Und Miya entsprach zufällig genau demTyp der femininen Frau, nach dem Tomo suchte.

Auch wegen Takao hatte Tomo sich Miya als zweite Frau für Michimasa gewünscht. Takao hatte seine Mutter kurz nach seiner Geburt verloren; Tomos unbefriedigte Liebe hatte sich ganz auf ihren unglücklichen kleinen Enkel, den sie nun selbst aufziehen mußte, konzentriert. Das unschuldige Gesicht des lachenden Kindes, das seine Mutter nicht kannte, erfüllte sie mit grenzenlosem Mitleid, zugleich ließ sie die Faszination über das neu entstandene Leben nicht mehr los.

Tomo, die ihren eigenen Sohn Michimasa nicht lieben konnte und sich deswegen ständig quälte, betrachtete manchmal versunken die Ärmchen und Beinchen ihres Enkels, wenn er voller Lebenslust im Zimmer herumsprang, und fragte sich verwundert, warum sie so sehr an Michimasas Sohn hing. Und nicht nur Tomo war vernarrt in

Takao, sondern auch Yukitomo, der Michimasa und Etsuko, als sie noch klein waren, zusammen mit ihrer Mutter oft in einen entfernten Teil des Hauses geschickt hatte, weil ihm das Weinen der Babys lästig war. Oft nahm er Takao aus Makis Armen, hielt ihn hoch über seinen Kopf und rief laut lachend:

«Flieg Takao! Flieg hoch, hoch wie ein Falke!»

Weil Yukitomo Takao liebte, machten auch Suga und Yumi viel Aufhebens um ihn: ständig hieß es ‹Takao hier› und ‹Takao da›. Er wurde von einem Arm zum anderen weitergereicht und war der ständige Mittelpunkt. Wenn Takao bei ihnen war, sprach Yukitomo wie früher ohne Reserve mit Tomo, und auch Tomo war es dann möglich, sich unbefangen mit ihm zu unterhalten. Takao, das Kind ihres unfähigen Sohnes Michimasa, war ein wortloses Zeichen für die Bande des Blutes, die zwischen Yukitomo und Tomo – jetzt nur noch dem Namen nach ein Ehepaar – bestanden. Für Tomo bedeutete Takao ein Geschenk ihrer Mutter, die im vergangenen Jahr in Kumamoto kurz vor Takaos Geburt gestorben war; ein unschätzbares Geschenk für ihre einsame Seele. Yukitomo liebte Takao und hatte ihn deswegen zum Erben seines Besitzes, von dem er ihm bereits einen Teil überschrieben hatte, eingesetzt, ohne Rücksicht darauf, ob ihm durch Michimasa noch weitere Enkelkinder geschenkt werden würden. Solange Takaos Großeltern noch am Leben waren, sprach also nichts dafür, daß seine Stellung im Haus Shirakawa gefährdet werden könnte. Aber Tomo hatte wegen Takao instinktiv Angst gehabt, daß sie unerwartet sterben und Michimasas zweite Frau eine dominierende Persönlichkeit sein könnte.

Aber die Wahl Miyas hatte ihr auch diese Sorge genommen.

Noch ehe ein Monat vergangen war, stand Miya bereits mit allen Hausbewohnern auf freundschaftlichem Fuß. Sie hatte sich darum nicht einmal besonders bemüht, verströmte aber einen Duft, süß wie eine Blüte, daß ihr nicht nur Yukitomo und Tomo, sondern auch Suga und Yumi, bei denen eigentlich Eifersucht auf die junge Frau zu erwarten gewesen war, mit einem freundlichen Lächeln begegneten. Miya sah in Takaos Gesicht, der in Makis Armen lag, und rief:

«Ach, ist der lieb ... laß ihn mich einen Moment halten ...» Sie schloß ihn in ihre geschmeidigen Arme, küßte ihn einfach auf die Wangen und lachte, bis ihre Augen schmal wurden wie ein Faden. Es erfüllte Yukitomo und Tomo mit Freude, daß Miya offenbar nicht einmal im Traum über Takaos Mutter, Michimasas erste Frau, nachdachte.

An schönen Tagen betrachtete Miya vom ersten Stock aus das Meer vor der Küste von Shinakawa und war dabei so ausgelassen wie ein Kind. Hier in diesem Haus auf dem Hügel fühlte sie sich, wie sie sagte, viel unbeschwerter als im Haus ihrer Eltern, das zwischen anderen Gebäuden eingepfercht war.

Wie es hieß, besaß Miya große Fertigkeiten im Tokiwazu-Stil, und so ließ man sie eines Abends die tragische Ballade über Osono und Rokusa auf dem Weg zu ihrem Liebestod vortragen. Yumi, die im selben Stil ausgebildet worden war, begleitete sie auf der Shamisen. Als Miya den Dialog des Paares kurz vor seinem Doppelselbstmord mit ihrer kräftigen, jedoch reizvollen Stimme sang, zog sie ihre Augenbrauen immer mehr zusammen, ihre weiße Kehle bebte, und ein Schluchzen war in ihrer Stimme: gefangengenommen von einer bezaubernden Melancholie, erlagen alle der Illusion, daß Miya sich in Osono verwandelt hatte. Miya kam zum Ende der Szene, kämmte sich einige lose Haarsträhnen hoch und wischte sich mit einem Taschentuch die schweißbedeckte Stirn ab. In dem Moment erbrach sich Michimasa, der zuviel Sake getrunken hatte, geräuschvoll auf die Tatami, und wurde ins Zimmer nebenan getragen.

Als Miya sich mit gerunzelter Stirn widerwillig erheben wollte, sagte Yukitomo zu ihr, sie solle Michimasa den Dienstmädchen überlassen. Miya lächelte erfreut und setzte sich glücklich neben ihren Schwiegervater.

«Jetzt werde ich dir einschenken», sagte Miya. «Mein ungeschickter Vortrag hat Michimasa zum Kotzen gebracht.»

Tomo, die neben ihr saß, bemerkte zu ihrem Schrecken, wie sehr Miya mit der koketten Art, wie sie das Sake-Fläschchen in der Handfläche hielt, einer jungen Geisha glich.

«Unsinn!» meinte Yukitomo. «Dein Vortrag war so gut, daß ich selbst fast in der Stimmung bin, einen Selbstmord aus unglücklicher Liebe zu begehen. Alle sitzen doch ganz ruhig da, oder? Also komm, trink ein Gläschen! Irgendwie habe ich das Gefühl, daß du dem Trinken nicht abgeneigt bist.»

Yukitomo drückte Miya sein eigenes Sake-Gläschen in die Hand. Miya mochte Sake, hatte sich jedoch seit ihrer Heirat zurückgehalten. Nun, da sie von Yukitomo zum Trinken aufgefordert wurde, trank sie zwei, drei Gläschen. Ihre Augenwinkel röteten sich leicht, und ihr Gesicht glich plötzlich so sehr einer voll erblühten Blume, daß Suga unwillkürlich Yumi zuzwinkerte.

Yukitomo, der in der Folgezeit – eigentlich eher absichtslos – Miyas Verhalten beobachtete, wurde allmählich klar, daß nur dann kein Schatten auf der für sie typischen unbeschwerten Jugendlichkeit lag und sie nur dann so sorglos war wie ein Schmetterling, wenn sie nicht mit Michimasa zusammen war. Wenn er sich bei ihr aufhielt und Tomo, Suga oder die Hausmädchen sich rücksichtsvoll zurückzogen, um das junge Paar allein zu lassen, wurde ihr Gesichtsausdruck mißvergnügt. Sie verließ ihn dann immer über kurz oder lang und schloß sich Suga und den anderen an, die bei Yukitomo saßen.

Versuchsweise schickte Yukitomo einmal Michimasa in Vertretung seiner selbst zu der Gartenparty einer Zementfirma und nützte seine Abwesenheit dazu, in Begleitung von Suga, Yumi und Miya die Wasserlilien im berühmten Garten in Horikiri zu besichtigen, während er Tomo das Haus hüten ließ.

Den großflächigen Teich im Lilien-Garten überspannten zahllose, aus schmalen Planken errichtete Brücken, die in zickzackförmigen Linien über das Wasser führten. Die gesamte Teichfläche war bedeckt mit den dunkelgrünen Blättern der Wasserlilien, deren purpurne, weiße und rot-weiß gesprenkelte Blüten sich sanft im Frühsommerwind wiegten. Schwalben schossen über das Wasser dahin, kippten im Flug und zeigten ihre weißen Unterleiber. Die Schönheit der drei Frauen mit ihren verschiedenen aufwendigen Frisuren und ihren luxuriösen Kimonos zog die Blicke der Leute auf sich, denen sie am Ufer des Teiches begegneten.

«Ach, es ist wie auf einem alten Farb-Holzschnitt!» sagte eine alte Frau, gefangen von ihrem Anblick. «Drei so schöne Frauen inmitten der Wasserlilien!»

Von den dreien genoß Miya mit kindlicher Freude den Ausflug am meisten. Knarrten die Planken unter ihren Holzsandalen, dann schrie sie übertrieben furchtsam auf: «Hilfe, sie brechen gleich ... ich habe Angst ...», und klammerte sich an Suga oder Yumi. Als sie ans Ufer stiegen, zog Yukitomo Miyas zierlichen Körper wie in einer Umarmung nach oben und erinnerte sich plötzlich, daß vor langer Zeit unter den jungen Geishas in Shinbashi ein Mädchen gewesen war, dessen Haut sich ebenso weich angefühlt hatte.

«Die junge Frau Shirakawa scheint sich ja, auch wenn ihr Gatte nicht bei ihr ist, nicht im geringsten einsam zu fühlen», sagte Suga beiläufig am Abend in Yukitomos Schlafzimmer. «Im Gegenteil: sie wirkt dann jünger und könnte fast Ihre Tochter sein.»

Während der zehn Jahre, in denen Suga Yukitomo als Mätresse diente, hatte sie irgendwann den Weg zu seinen allergeheimsten Gedanken gefunden, ohne daß er selbst gemerkt hätte, daß er ausgeforscht wurde. Hatte Yukitomo die verstohlene Frage, die sich hinter ihren Worten verbarg, verstanden oder nicht? Auf jeden Fall antwortete er ihr nicht, sondern lächelte nur mysteriös.

«Worüber lächeln Sie denn? Ich mag das nicht.»

«Ach, nicht über dich! Es ist wegen Miya ...»

«Die junge Frau Shirakawa? Was ist mit ihr?»

«Wenn Miya lacht, erinnert dich dann ihr Gesicht nicht an etwas?»

«Nicht, daß ich es bemerkt hätte.»

«Auch nicht an die Frauen auf diesen erotischen Drucken? Ich hab sie dir doch auch einmal gezeigt, oder?»

«Was! Diese scheußlichen ...» rief Suga und wurde rot.

«So eine dürfte schon die passende Frau für einen Halbidioten wie Michimasa sein, aber ...»

Ohne den Satz zu Ende zu sprechen, legte Yukitomo einen Arm um Sugas Schultern, die so kalt waren wie frisch gefallener Schnee. Fügsam schmiegte sich Suga an ihn, offenbar davon überzeugt, daß sich aus seiner undeutlichen Antwort seine Verachtung für Miya ablesen ließ.

Tomos Besorgnis war anscheinend doch nicht unbegründet gewesen.

Es lag möglicherweise an dem ungewöhnlich heißen Sommer, daß Miya, die als Kind Rippenfellentzündung gehabt hatte und Hitze überhaupt nicht vertrug, von Tag zu Tag mehr abmagerte, als sei sie krank, und das Wohnzimmer im ersten Stock kaum noch verließ. Als dann allmählich ein kühlerer Wind aufkam, war eines Morgens vom ersten Stock, wo das junge Paar wohnte, Lärm zu hören, der nichts Gutes verhieß: Miya kam im Schlafgewand halb fallend die

Treppe heruntergestürzt und stieß im Flur auf Tomo. Sie schrie keuchend «Mutter!» und begann heftig zu weinen. Im ersten Stock hörte man Michimasa wie einen Verrückten vor Wut herumstampfen und brüllend Schmähungen ausstoßen, aber niemand ging hinauf zu ihm. Tomo war darauf gefaßt gewesen, daß früher oder später ein solcher Tag kommen würde. Sie nahm die von Schluchzen geschüttelte, zitternde Miya in ihre Arme und brachte sie in ein Zimmer im hinteren Teil des Hauses, wo sie sie tröstete – es klang fast, als wollte sie sich entschuldigen – und sich nach den Einzelheiten ihres Streits mit Michimasa erkundigte.

Anfangs stieß Miya nur immer wieder weinend dasselbe hervor: «Ich könnte wahnsinnig werden vor Wut ... diese Gemeinheit ... ich halte es mit diesem Menschen nicht mehr aus!» Als sich dann aber ihre Aufregung ein wenig gelegt hatte, beklagte sie sich bitter über Michimasas gefühlloses Verhalten. Wie Tomo schon vermutet hatte, war Miya von Anfang an nicht besonders gut mit Michimasa ausgekommen, aber das wirkliche Ausmaß seiner Grausamkeit war ihr erst seit ihrer Erkrankung im Sommer klargeworden. Die körperliche Schwäche seiner Frau war Michimasa völlig gleichgültig. Aber nicht nur das: er verlangte auch noch jede Nacht, daß sie mit ihm schlief. Im Bewußtsein, daß er nur noch zudringlicher werden würde, wenn sie sich weigerte, hatte sie ihm schließlich nachgegeben. Vor einigen Tagen jedoch hatte sie ihre Periode bekommen, und in dieser Zeit hatte sie es schon immer abgelehnt, mit ihm zu schlafen. Dieses Mal jedoch hatte er, trotz ihrer inständigen Bitten, nicht verzichtet. Nachdem sie ihm schließlich die vergangene Nacht hindurch kalt den Rücken zugekehrt hatte, hatte er ihr am Morgen mit einer fürchterlich schlechten Laune unter anderem erklärt, daß eine Frau, die den Befehlen ihres Mannes nicht gehorcht, gesetzlich bestraft werden könnte, und sie dann mit allen möglichen Gegenständen, die in seiner Reichweite lagen, beworfen. Wenn ich bei diesem Menschen bleibe, sagte Miya, wird er mich noch töten; und deswegen kehre ich noch heute zu meiner Familie zurück. Möglicherweise übertrieb Miya wegen ihrer hysterischen Verfassung ein wenig, aber Michimasa war ein derartiges Verhalten durchaus zuzutrauen; und so hörte Tomo Miyas Klagen mit uneingeschränktem Mitgefühl an. Aber sie beschwor sie auch verzweifelt, die Familie, in die sie eingeheiratet hatte, nicht zu verlassen, und versicherte ihr, sie würde Michimasa ihre Meinung sagen, so daß sich ein derart brutaler Vorfall nicht wiederholen würde.

Die Miya, von der Tomo geträumt hatte, war eine von zärtlichen Gefühlen geleitete, sanftmütige Frau und hatte mit der Miya, die jetzt vor ihr stand, nichts gemein. Ihr Gesicht war fahl und hart, und die äußeren Winkel ihrer schmalen Augen, die sonst immer so sanft lächelten, waren nach oben gezogen. Tomo gab ihre gewohnte Zurückhaltung auf und versuchte, in Miya Mitgefühl für das schicksalhafte Unglück zu wecken, das allen Frauen gemeinsam ist, indem sie ihr sogar davon erzählte, was sie ständig unter Yukitomo erdulden mußte. Aber Miya schien für diese düstere und unangenehme Geschichte taub zu sein und beklagte sich nur mit immer größerer Gereiztheit über die Unannehmlichkeiten ihres eigenen Ehelebens, als trüge Tomo an allem die Schuld. Tomo fühlte, daß Miya sie, je länger sie sprach, desto mehr für eine provinzielle, altmodische Frau hielt, und tiefe Enttäuschung ergriff sie. Der äußere Anschein hatte getrogen: Miya war nicht die warmherzige Frau, die ein wenig Freude in das Leben anderer Menschen hätte bringen können. Je deutlicher dies Tomo wurde, desto größer wurde ihr Ärger auf die Leichtfertigkeit, mit der sie sich hatte täuschen lassen.

Tomo bat Miya, sich die ganze Geschichte noch etwas durch den Kopf gehen zu lassen, und verließ das Zimmer. Ihr wurde übel bei der Vorstellung, Yukitomo könnte auf Michimasa und Miya wütend werden und seinen Ärger wieder an ihr auslassen. Jedesmal, wenn Michimasa etwas Unerfreuliches anrichtete, verhielt sich Yukitomo so, als wäre Michimasa ausschließlich Tomos Kind und nicht auch seines.

Yukitomo aber, der ungewöhnlich gut gelaunt vorgeschlagen hatte, Takao die jungen Ähren des Stielblütengrases zu zeigen, um die Libellen herumschwirrten, stand jetzt mit Maki im Garten. Als er Tomos Gesicht erblickte, reichte er den Kleinen Maki und kam zurück zur Veranda.

«Michimasa, dieser Kerl, hat es nun doch endlich zu weit getrieben, was! Stimmt es, daß Miya wieder zu ihren Eltern will?» sagte Yukitomo mit einem bitteren Lächeln, noch ehe Tomo etwas bemerken konnte. Anscheinend wußte Yukitomo in groben Zügen bereits durch Suga oder Yumi Bescheid, aber Tomo berichtete ihm pflichtbewußt alle Einzelheiten des Vorfalls.

Yukitomo hörte nickend zu. Als sie geendet hatte, meinte er ruhig, es sei vielleicht besser, ihn – statt ihn mit Vorwürfen zu überschütten – für ein paar Wochen zur Besichtigung der Ölfelder in Echigo zu schicken, damit sich die Wogen des Ehestreits glätten könnten. Einer seiner Verwandten, ein Angestellter der Ölfirma, führe gerade morgen nach Kashiwazaki, und mit ihm könne man Michimasa doch fahren lassen. Unterwegs hätte Michimasa Gelegenheit, Niigata oder auch Sado zu besichtigen, und der Verwandte, ein Mann von Welt, könne ihn nach und nach darüber aufklären, wie man seine Ehefrau behandelt. Vielleicht würde sich dadurch auch Michimasas Einstellung ein wenig ändern, und Miya hätte Zeit, ihren Entschluß noch einmal zu überdenken. Michimasa, der gerne in Gegenden fuhr, die er noch nicht kannte, würde sich über die Reise zweifellos freuen. Tomo war voller Bewunderung für den umsichtigen Plan ihres Mannes. Und noch etwas erfüllte sie mit Freude: Jetzt, da sie für Michimasa eine Ehefrau gefunden hatten, schien auch Yukitomo, der seinen Sohn sonst nur verachtete und als den Fluch seines Lebens betrachtete, allmählich väterliche Gefühle für ihn zu entwickeln.

Die Tage nach Michimasas Abreise blieb Miya in ihrem Zimmer, weil sie sich nicht wohl fühlte, wie sie sagte. Auf eine Rückkehr zu ihren Eltern kam sie aber nicht mehr zu sprechen, vielleicht auch, weil sie seit Michimasas Abreise kein direktes Angriffsziel mehr hatte.

«Hallo, Miya!» sagte Yukitomo vergnügt, als er schwungvoll die Schiebetür öffnete und ihr Zimmer betrat. «Ich will mit Maki und Takao für zwei Tage nach Enoshima fahren. Wie wäre es, wenn du mit uns kämst?»

Er setzte sich zu Miya ans Bett, deren kleines, ungeschminktes Gesicht auf dem Kopfkissen ruhte. Miya richtete sich halb auf, als fühle sie sich von der Jugendlichkeit seiner Stimme mitgerissen.

«Oh, nach Enoshima ... das ist fein! Ich bin ganz vernarrt in die Perlmutter-Geschäfte dort», rief Miya und war bereits dabei, den Gürtel um ihre mädchenhaft schmale Taille zuzubinden.

Nach ihrer Rückkehr aus Enoshima sprühte Miya wieder vor Lebenslust. Mit lächelndem Gesicht, in dem sich jetzt wieder ihr besonderer Charme zeigte, erzählte sie lustig und unterhaltsam, wie in Chigogafuchi ein Fischer geschickt ins Meer getaucht war und Seeohren und Kreiselschnecken gefangen hatte, oder wie sich Takao in einem Andenkenladen das allergrößte Tritonshorn gewünscht hatte, es an seinen Mund gehalten und mit seinem Blasen tutende Töne erzeugt hatte.

Sie kam sogar zu Tomo ins Zimmer und bat sie auf den Knien um Verzeihung.

«Es ist wirklich unverzeihlich, wie ich mich neulich aufgeführt habe!» sagte sie demütig. «Aber von nun an werde ich dir keinen Grund zur Sorge mehr geben ...»

Tomo wiegte gerade Takao in ihren Armen, als auch Yukitomo von sich aus auf Miya zu sprechen kam.

«Miya scheint jetzt doch bei uns zu bleiben. Ich hab ihr einmal vorsorglich gesagt, daß wir ein Auge auf Michimasa haben werden.»

Zehn Tage später kam auch Michimasa wieder nach Hause, und sogar er schien freundlicher zu Miya zu sein als zuvor. Oftmals drang Lachen aus ihrem Zimmer, wenn sie sich allein dort aufhielten. Allem Anschein nach freute sich auch Yukitomo darüber, daß sich das junge Paar so gut verstand.

Der Sturm hatte sich, wie es schien, vorläufig gelegt. Tomo aber konnte den Tag, an dem sie von Miya so heftig angegriffen worden war, nicht vergessen. In ihrem Herzen haftete das dumme und häßliche Bild von Miyas aufgewühltem Gesicht mit den nach oben gezogenen Augenwinkeln. Und dieses Bild war um so unauslöschlicher, als Tomo noch immer das liebe, anscheinend warmherzige Mädchen von früher vor Augen hatte.

Nach einer alten Überlieferung werden diejenigen Menschen, die in der 26. Nacht des siebten Monats der alten Zeitrechnung als erste die schmale Mondsichel am östlichen Himmel entdecken, von einem glücklichen Schicksal begünstigt; und es war Sitte, daß sich auf Hügeln und anderen hoch gelegenen Orten, von denen aus der Mondaufgang gut zu sehen war, große Menschenmengen versammelten, um auf den Mond zu warten. Es hieß, daß im Licht dieses Mondes mit seinem schiffsförmigen Leib die drei buddhistischen Gottheiten Amida, Kwannon und Seishi sichtbare Gestalt annahmen.

An diesem Abend scharten sich in den zwei ineinander übergehenden Zimmern im ersten Stock, dessen Außen-Schiebetüren weit geöffnet waren, mehr als ein Dutzend männlicher und weiblicher Gäste. Zum einen war Shirakawas Anwesen, das nach Osten einen freien Blick über das Meer an der Küste von Shinakawa erlaubte, ein idealer Ort, um auf den Mondaufgang zu warten; zum anderen genoß es Shirakawa mit seiner Vorliebe für Luxus, für Verwandte und Freunde ausgelassene Feste zu organisieren, sie mit Sake und Fisch zu bewirten und zu ihrem Vergnügen Spiele zu veranstalten. Einige Gäste spielten Karten, andere Go, und wieder andere tauschten Klatschgeschichten aus, während sie dem Sake und den Speisen reichlich zusprachen: unter dem Vorwand, auf den Mond zu warten, beteiligten sich alle mit Vergnügen und ohne Zurückhaltung an diesem berauschenden nächtlichen Treiben.

Ab und zu spähten einige Gäste – als hätten sie sich plötzlich an den eigentlichen Grund ihres Kommens erinnert – zum dunklen Himmel hinauf, nur um dann gleich wieder geräuschvoll mit dem Kartenspiel fortzufahren.

«Ist es nicht langsam Zeit, daß der Mond in Erscheinung tritt? … Es ist doch bestimmt schon nach ein Uhr, oder?»

«Das dauert noch … In der Zeitung stand, daß der Mond um 1 Uhr 35 aufgeht.»

«Ich hoffe nur, daß dann keine Wolken am Himmel sind …»

Tomo ging nach unten, um in der Küche für Nachschub an Speisen zu sorgen. Als sie gerade auf dem Weg zur Küche war und einen Blick in das Zimmer warf, in dem Takao schlafen sollte, sah sie Maki neben dem Futon hocken, auf dem Takao friedlich schlief, und mit gedämpfter Stimme Suga und Yumi eifrig etwas erzählen.

Als die drei Tomo erblickten, unterbrachen sie sofort ihr Gespräch. Die Bestürzung und Verwirrung in ihren Gesichtern war so groß, daß es fast komisch wirkte, und Tomo erkannte plötzlich, um was es ging. Wie ein Stromschlag durchfuhr sie diese intuitive Erkenntnis.

Nachdem Tomo den Mädchen in der Küche Bescheid gegeben hatte, ging sie wieder zurück und traf am Treppenaufgang zum ersten Stock Suga, die dort wie ein Schatten stand.

«Frau Shirakawa …» rief Suga. Ihre Stimme klang so verzerrt, als kämpfe sie mit Schmerzen.

«Was ist los? Worüber habt ihr mit Maki gesprochen?» fragte

Tomo, und wie auf eine stillschweigende Vereinbarung hin traten beide auf die menschenleere Veranda hinaus.

Licht fiel vom Zimmer im ersten Stock in den Garten, und hier und dort tauchten die grünen Silhouetten der Büsche aus dem Dunkel auf; das Lachen und Lärmen der Gäste drang mit großer Deutlichkeit bis zu Tomo und Suga. Die Luft in dieser späten Herbstnacht war fast wie Wasser und bedeckte ihre Haut mit einem feuchten Film.

«Frau Shirakawa, ich war wirklich bestürzt ... also, die junge Frau Shirakawa ...»

Sugas Atem stockte, und ein dünner japsender Ton drang aus ihrem Mund .

Tomo, der schwarz vor den Augen zu werden drohte, kämpfte um ihre Fassung und legte beide Arme um Sugas zitternde Schultern.

«Ich verstehe schon ... du willst sagen, daß damals in Enoshima irgend etwas passiert ist, ja?»

«Ja, Fräulein Maki ... Fräulein Maki hat ganz bestimmt ...»

Während Sugas Zähne wild aufeinanderschlugen, wiederholte sie, was sie kurz zuvor von Maki gehört hatte. Miya hatte an jenem Abend mit Yukitomo in seinem Zimmer fast bis zur Besinnungslosigkeit Sake getrunken und ließ sich danach im Nachbarzimmer, in dem Maki und Takao schliefen, ihren Futon ausbreiten, weil sie, wie sie sagte, vor dem Tosen der Wellen Angst hatte. Miya war zu betrunken gewesen, als daß man sie ausziehen und ihr ihren Nacht-Kimono hätte anziehen können; Maki und ein Dienstmädchen der Pension steckten sie schließlich einfach so ins Bett, damit sie die Unordnung im Hauptzimmer beseitigen konnten.

Yukitomo schlief allein im hinteren Zimmer, von Makis Zimmer nur durch eine dünne Schiebetür aus Papier getrennt. Maki schlief tief, erschöpft von der Tagesarbeit, wachte aber plötzlich auf: die Morgendämmerung war noch fern, und das wütende Brüllen der Wellen, die gegen die Felsen schlugen, klang wie das Brausen eines Sturms. Maki blickte im schwachen Licht der Bettlampe zu dem Bett neben sich hinüber, in dem eigentlich Miya volltrunken hätte schlafen sollen, aber es war leer. Aus dem hinteren Zimmer war zwischen dem Rauschen der heranrollenden und wieder zurückgleitenden Wellen Miyas nasale Stimme zu hören, die seltsam abgehackt klang ... ob sie weinte oder lachte, war nicht zu unterscheiden. Maki, die ihren eigenen Ohren nicht traute, fragte sich mehrmals, ob sie träumte, aber das sanfte Liebesgeflüster im hinteren Zimmer dauerte fast bis zum Morgengrauen an ...

«Auch heute abend ... die junge Frau Shirakawa sagte, sie sei erkältet, und ist allein im Seitenflügel ...»

Wieder fehlten Suga die Worte. Yukitomo hatte gerade zuvor wahrscheinlich deshalb seine Gäste verlassen, um zu Miya zu schleichen.

Michimasa spielte oben mit einem Gast Go, und Tomo stellte sich einen Moment lang die starren, leeren Augen in seinem flachen, weißen Gesicht vor: ein Schauder überlief ihren Körper. Nicht auszudenken, zu was Michimasa fähig wäre, wenn er von dieser Sache Wind bekam! Tomo war entsetzt über ihre eigene Dummheit: wie viele bittere Erfahrungen hatte sie nicht schon mit Yukitomos Geilheit gemacht, und doch hatte sie geglaubt, daß er immer noch an derselben Moral festhielt wie sie selbst. Seelenruhig hatte er die eigentlich unüberwindbare Barriere zwischen der Frau eines Sohnes und ihrem Schwiegervater durchbrochen. Für Yukitomo war keine Frau etwas anderes als eine Hündin. Und aus seiner Sicht war Miya, verglichen mit Suga oder Yumi, natürlich die weitaus attraktivere Hündin ... Während Tomo Sugas Klagen zuhörte, wurde sie dennoch nicht von Eifersucht überwältigt, so wie damals, als Yukitomo Suga und Yumi zu lieben begonnen hatte, sondern versank in einer kochenden Woge von Empörung. Diese Wut, die nichts mit ehelicher Liebe oder ehelichem Haß zu tun hatte, war ein Aufstand gegen das unbezwingbare Tier in Yukitomo und gleichzeitig ein Schutzwall um Suga und Yumi und sogar um Miya.

«Da ist er ... da ist er ...»

«Dort drüben! Der Mond der 26. Nacht!»

Stimmen, die durcheinanderriefen, und das lärmende Geräusch von Schritten auf der Veranda im ersten Stock. Tomo blickte zum Meer hinüber: sogar von der Veranda im Erdgeschoß war die schmale Mondsichel zu sehen, die mit schwachem Schimmer wie eine umgedrehte Augenbraue aus dem Meer emporschwebte. Tomo dachte mit einem mysteriösen Gefühl daran, daß man ihr als Kind gesagt hatte, die Gestalten Amidas und seiner zwei göttlichen Begleiter wären auf diesem schmalen, goldenen Halbkreis zu sehen.

War es wirklich nur eine Lüge, daß die strahlenden Gestalten der drei Gottheiten im Mondlicht über den Himmel glitten und für Menschen sichtbar waren? Nein, dachte Tomo, vielleicht geschieht dieses Wunder nur selten, aber eine Lüge ist es nicht. Es mußte wahr sein, denn die Welt, in der sie lebte, war zu häßlich. Zu traurig. Aus dem Mondlicht, auf das Tomo starrte, stieg jedoch nicht die Gestalt Buddhas hervor, sondern zwei weiße Schmetterlinge, die im fahlen Dunst einander umflatterten.

Das purpurne Haarband

Vielen Besuchern der Shirakawas kam in Anbetracht der Größe des Anwesens der buddhistische Hausaltar armselig klein vor.

Möglicherweise war der Altar ein Relikt aus der ruhelosen Anfangszeit von Shirakawas Beamtenleben, als Yukitomo in den verschiedensten Präfekturen arbeitete und das junge Ehepaar bei jeder Versetzung Yukitomos die Urne mit der Asche seiner Mutter mit sich führte, die im Schneeland, wo er damals Dienst tat, verstorben war. Wie dem auch sein mochte: hinter der Schiebetür, die sich neben dem Schränkchen befand, in dem der Hausaltar aufgestellt war, stand ein schwarz lackierter Geldschrank, den das Familienwappen in Gold schmückte, und Tomo hatte sich schon vor langer Zeit dieses abgelegene Zimmer mit dem Hausaltar ausgesucht, um hier alle Geschäfte und Berechnungen zu erledigen, die im Zusammenhang mit ihrem Grund- und Hausbesitz anfielen. Sie besaßen in Shiba, Nihonbashi und Shitaya jeweils ein Grundstück in der Größe von ungefähr 30 Ar, wovon etwa 70 Prozent mit Mietshäusern bebaut waren. Durch die Pacht- und Mieteinnahmen kam eine beträchtliche Summe zusammen; da sich aber unter ihren Mietern natürlich viele säumige Zahler befanden, ließen sich manche Fälle nur durch komplizierte Gerichtsprozesse beilegen. So war für Tomo die Verwaltung ihres Besitzes alles andere als eine leichte Aufgabe. Natürlich gab es für jedes Mietshaus einen Verwalter; aber alles konnte Tomo denen nicht überlassen; sie wäre sonst zweifellos hintergangen worden. Daher war es Tomos Gewohnheit, unter allen Umständen einmal im Monat das Haus zu verlassen, jeden einzelnen der Verwalter aufzusuchen und sich eingehend über den Zustand des verpachteten Landes und der Mietswohnungen zu erkundigen.

Der Mann, der jetzt Tomo gegenüber am Schreibtischchen vor dem Geldschrank saß, war keiner der Verwalter, sondern Tomeji Iwamoto, der Tomo als eine Art Sekretär diente. Er war der Sohn ihrer Stiefschwester und war im Jahr zuvor im Vertrauen auf die Hilfe der Shirakawas von Kumamoto nach Tokio gekommen.

Er war recht gewandt im Schreiben und Rechnen und ein durch und durch ernster Mensch, der auf Äußerlichkeiten keinen Wert legte. Vor allem letzteres hatte ihm das Vertrauen von Yukitomo und Tomo eingetragen. Iwamoto wurde von ihnen immer mit besonders komplizierten Verhandlungen und Gerichtsangelegenheiten betraut, die sich allein mit Hilfe der Verwalter nicht beilegen ließen.

Er hatte gerade einen Brief an einen Mieter fertiggeschrieben, der mit mehr als einer Jahresmiete im Rückstand war und jetzt auch noch eine Entschädigung für seine zwangsweise Ausquartierung forderte.

Tomo las sorgfältig den Brief mit seinen feingestochenen Schriftzeichen, deren Schönheit in einem merkwürdigen Gegensatz zu Iwamotos plumper, untersetzter Gestalt stand, und sagte dann:

«Herzlichen Dank. Es ist für mich wirklich eine Entlastung, daß du in der letzten Zeit meine Briefe geschrieben hast. Ich als Frau bin mit Briefen dieser Art einfach überfordert, und deinem Onkel darf man mit derlei lästigen Dingen überhaupt nicht kommen ...»

Sie verzog einen Mundwinkel zu einem Lächeln und griff zum erstenmal, seit sie ihr Gespräch begonnen hatten, zu ihrer Pfeife.

«Wie geht es denn mit deinem Laden? Irgendwelche Anzeichen, daß die Kunden allmählich mehr werden?»

«Ja, doch, es scheint aufwärtszugehen. Kürzlich habe ich vom ‹Referat für Innenausstattung› des Finanzministeriums einen ziemlich großen Auftrag bekommen – Körbe für Schriftstücke. Meine zwei Lehrlinge und ich haben geschuftet wie die Verrückten, und irgendwie haben wir die Körbe rechtzeitig fertigbekommen.»

Iwamoto antwortete Tomo schwerfällig in seinem unüberhörbaren Provinzdialekt, und die ganze Zeit lag ein sympathisches, leises

Lächeln auf seinem Gesicht. Auch den kleinen Laden in Tamura-chō, in dem Iwamoto seit dem vergangenen Jahr Kästen und Flechtkörbe herstellte und vertrieb, verdankte er den Shirakawas. Er war ungewöhnlich geschickt mit seinen Händen und hatte auch schon, als er noch in der Provinz lebte, sämtliche Körbe für die Aussteuer von Bräuten in seiner Gegend hergestellt. Die Shirakawas wußten dies und hatten ihm in der Annahme, daß in einer Branche, in der es noch kaum Konkurrenz gab, ein nicht allzu magerer Gewinn möglich sein müßte, den Laden finanziert.

«So ist das also – das freut mich. Angeblich dauert es ja zwei, drei Jahre, bis man unter den Kunden genügend Vertrauen genießt. Sei also bitte so fleißig, wie es nur irgend geht.»

«Selbstverständlich! Schließlich verdanke ich alles deiner Familie, und zumindest kann ich hart arbeiten, um mich für eure Güte zu revanchieren.»

Ohne die kurze Pfeife aus dem Mund zu nehmen, hatte Tomo die ganze Zeit Iwamoto scharf beobachtet, der die Hände auf den Knien gefaltet hatte und immer wieder wie ein Bär mit dem Kopf nickte. Schließlich sagte sie fast wie zu sich selbst: «Es wird wirklich Zeit, daß du heiratest und eine Familie gründest.»

«Einer wie ich bekommt keine Frau!» antwortete Iwamoto lachend und wand sich, als sei er von Juckreiz geplagt. Die plötzliche Röte, die sein dunkles Gesicht überzog, zeigte aber auf plumpe Weise seine wirklichen Gefühle.

«Und ob du eine bekommst! So viele, wie du willst, wenn du dich nur umschaust ...»

Tomo stockte und verzog nachdenklich das Gesicht. Unschlüssig zog sie einige Male an ihrer Pfeife. Nach einer Weile schichtete Iwamoto, dem das Schweigen peinlich zu werden schien, die Papiere auf dem Tischchen ordentlich übereinander und verbeugte sich steif mit abgewinkelten Ellbogen.

«Also, Tante, ich gehe jetzt ... Wenn du wieder etwas für mich zu tun hast, dann ...»

«Warum denn so eilig ... Bist du sehr beschäftigt heute?»

«Nein, im Laden ist eigentlich nicht viel los.»

«Dann setz dich doch wieder ... Weißt du, ich wollte mit dir etwas besprechen ... Ich habe doch gerade von einer Frau für dich gesprochen, und darum geht es ...»

Tomo rückte das Tischchen beiseite und schob das Kohlenbecken ein Stück zu Iwamoto hin.

«Wärme dich ein wenig auf.»

«Ja, danke.»

«Die Sache ist die ... das bleibt natürlich unter uns ... wäre es dir zuwider, wenn deine Braut kein unschuldiges Mädchen wäre?»

«Was?» Iwamoto zwinkerte verwundert mit seinen großen Augen und starrte Tomo ins Gesicht.

«Also, hättest du etwas gegen eine Frau aus zweiter Hand?»

«‹Eine Frau aus zweiter Hand› – meinst du eine Frau, die schon einmal verheiratet gewesen ist?»

«Nun, wirklich verheiratet war sie eigentlich nicht ...»

Tomo unterbrach sich, strich eine Weile mit einem Messing-Schäufelchen die Asche im Kohlenbecken glatt und sah schließlich wieder auf.

«Um die Wahrheit zu sagen, es geht um Yumi.»

«Fräulein Yumi ...», wiederholte Iwamoto wie ein Papagei und sah verdutzt irgendwohin ins Leere.

Als Iwamoto einige Stunden zuvor das Haus durch den Nebeneingang betreten hatte und den Gang entlanggegangen war, der an den nach vorne liegenden Zimmern vorbeiführte, hatte er Suga und Yumi getroffen, die sich gegenübersaßen und Schildblumen in einer flachen Bronzevase arrangierten.

«Ist Herr Shirakawa ausgegangen?» fragte Iwamoto, und Yumi antwortete mit ihrer hellen Stimme, während sie weiter die Blumenschere klappern ließ:

«Er ist zum neuen Haus in Tsunamachi, zusammen mit Takao und seiner Amme. Sie werden heute dort übernachten, glaube ich.»

Im Haus in Tsunamachi lebten seit letztem Jahr Shirakawas Sohn Michimasa und dessen Frau. Suga murmelte nur irgend etwas und verbeugte sich, hob aber den Blick nicht von den dunkelgrünen Blättern der Schildblumen. Fräulein Yumi fehlt vielleicht Sugas Liebreiz, dachte Iwamoto. Dafür ist sie viel lebendiger und offener. Fräulein Suga wirkt immer irgendwie müde und befangen. Dieser Eindruck von vorhin wurde plötzlich wieder lebendig in Iwamoto, der auf Tomos überraschenden Vorschlag hin keinen klaren Gedanken mehr fassen konnte.

In Iwamotos Gesicht stand immer noch Erstaunen, als Tomo wieder auf Yumis Herkunft und auf die Umstände, die ihre Verheiratung ermöglichten, zu sprechen kam.

Yumis Familie, die die Vögte für einen kleineren Daimyō namens Toda gestellt hatte, lebte seit der Meiji-Restauration in ärmlichen Verhältnissen. Yumi war mit sechzehn Jahren als Kammerzofe zu den Shirakawas gekommen, wurde dann aber von Shirakawa verführt und – genauso wie Suga, die schon länger bei ihnen arbeitete – zu seiner Mätresse gemacht. Dafür war ihrer Familie, wie Tomo vermutete, eine angemessene Geldsumme übergeben worden. Im Gegenzug hatte dann Yukitomo – wieder genauso wie zuvor Suga – Yumi als seine Adoptivtochter in das Familienregister der Shirakawas aufgenommen. Yukitomos Handlung war wohl eine Art Versprechen, das unbescholtene Mädchen nicht fortzuwerfen wie eine Blume, an der man eine Weile sein Vergnügen gehabt hat. Aber einerseits war es natürlich ein Schandfleck im Familienregister, daß dort ein Mädchen stand, das zwar dem Namen nach seine Adoptivtochter war, in Wirklichkeit aber seine Mätresse; und andererseits sah Tomo in diesen Adoptionen eine grausame Vorsichtsmaßnahme Yukitomos, Sugas und Yumis Freiheit – für den Fall, daß sie sich einmal in einen anderen Mann verlieben sollten – von vornherein zu beschneiden.

Am diesjährigen Neujahrstag war Yumis ältere Schwester Shin, deren Mann kurz nach der Adoption verstorben war, zu Besuch gekommen. Sie hatte im Vertrauen darauf, daß Tomo ihren Einfluß geltend machen würde, das Thema von Yumis Freilassung angeschnitten. Shin hatte, wie sie erzählte, keine Kinder, so daß der Familienname aussterben würde, wenn sie nichts unternahm. Yumi würde ja nun schon seit zehn Jahren bei ihnen im Haushalt arbeiten, und Shin wollte sie – falls ihr Vorhaben die Billigung von Herrn Shirakawa fand – zunächst zu sich nehmen, sie dann mit jemandem verheiraten und später eines ihrer Kinder als ihr eigenes aufziehen.

«Eigentlich sollte ich ja ein fremdes Kind adoptieren, aber das ist bei unseren Familienverhältnissen nicht möglich», fügte Shin hinzu. «Letzten Endes erscheint es mir am besten, Yumi zu verheiraten.»

«Und Yumi», fragte Tomo, «ist sie mit Ihren Plänen einverstanden?»

«Ja, ich glaube schon ...» Shins Antwort klang vage. Aber Tomo konnte sich ungefähr vorstellen, was Yumi zu ihrer Schwester gesagt hatte.

Am Nachmittag des nächsten Tages trug Tomo Suga auf, ihr dabei zu helfen, Möbel und Geschirr aus dem Vorratshaus zu holen. Yumi rieb für Yukitomo, der im Wohnzimmer etwas schreiben wollte, Tusche an, und so sah es ganz natürlich aus, daß Suga aufstand und Tomo half.

Nachdem Suga nach Tomos Anweisungen die Schachteln mit den Eßtischchen und den Suppenschüsseln vom Regal heruntergeholt hatte, versuchte Tomo sie über Yumi auszuhorchen. Es wäre nicht erstaunlich gewesen, wenn die beiden Mätressen aufeinander eifersüchtig gewesen wären, aber es hatte niemals – und das lag vielleicht auch an dem großen Altersunterschied zwischen ihnen und Yukitomo – ein Anzeichen dafür gegeben, daß sie miteinander um die Gunst ihres Herrn kämpften. Tomo war zwar froh darüber, daß es im Haus, auf Grund des fast schwesterlichen Verhältnisses der beiden, nie zu Szenen gekommen war, aber manchmal betrachtete sie die zwei jungen Frauen, die wie kastriert wirkten, doch voller Verwunderung. Wie die Dinge im Haus lagen, kam es Tomo auch in dem nun anstehenden Fall eher erfolgversprechend vor, mit Sugas Hilfe Yukitomos und Yumis wirkliche Gefühle zu sondieren, als die beiden direkt zu fragen.

Suga hielt ihre dichten Wimpern gesenkt, während sie auf der Binsenmatte vor der Schachtel mit einem Eßtischchen kniete und Tomo zuhörte. Schließlich antwortete sie bedrückt:

«Herr Shirakawa wird sicher seine Zustimmung geben. Ich glaube, er hat sogar als erster gesagt, daß Fräulein Yumi ruhig ihr Arbeitsverhältnis beenden und eine Familie gründen könnte.»

Von hinten fiel Sonnenlicht durch ein Fenster auf Sugas Rücken, und in ihrem Gesicht, das im Schatten lag, leuchteten schwermütig nur ihre großen Augen. Tomo glaubte fälschlich, einen vorwurfsvollen Ton in Sugas Stimme zu hören, und sagte:

«Weißt du, ich glaube, daß mein Mann Yumi von Anfang an nicht so sehr geschätzt hat wie dich ... und daran dürfte sich auch in der letzten Zeit nicht viel geändert haben ...»

«Ach ... ich ...» Suga bewegte sich lethargisch und strich über ihre Knie. «Ich kann mich ja über nichts beklagen. Aber Fräulein

Yumi ist so aufgeweckt und lebendig. Sie kann es, glaube ich, nicht länger ertragen, in alle Ewigkeit nur ‹die Frau im Schatten› zu sein.»

Sugas leise Stimme, die bei den Worten ‹die Frau im Schatten› so schwer wie Blei wurde, versetzte Tomo einen heftigen Stich. Sooft Tomo diesen Ausdruck hörte, erinnerte sie sich mit Bitterkeit, wie sie auf Yukitomos Befehl bis nach Tokio gefahren war, um das Mädchen Suga zu finden, das sie dann nach Fukushima, Yukitomos damaligem Dienstort, gebracht hatte. Es war, wie Tomo fühlte, nicht allein die Schuld ihres Mannes, daß aus dem liebreizenden Opfer von damals die Suga von heute geworden war, die so leer war wie der Kokon einer Seidenraupe.

«Es war mir von Anfang an klar, daß wir nur Frauen im Schatten sein würden, aber daß diese Person, die eigentlich nicht für dieses Dasein bestimmt ist, sich genauso verhält, als wäre sie es, und fröhlich in den Tag hineinlebt ... und obendrein: wen verurteilen die Leute? Doch nur mich und Fräulein Yumi ... das alles ist so schrecklich!»

Unter Sugas gesenkten Lidern drang eine dicke Träne hervor und tropfte auf ihr Knie. Suga bedeckte sie mit einer Fingerspitze, ließ den Kopf sinken und schaute nicht mehr auf.

«Du sprichst von Tsunamachi, oder? Ich hatte gehofft, daß auch du ein wenig verstehen würdest ... wie viele Sorgen mir diese Geschichte macht.»

Tomo starrte auf Sugas Fingerspitze, als wären ihr Sugas Tränen zuwider, und seufzte.

Suga hatte ihr erzählt, daß Yukitomo Miya liebte. Bis zur Geburt von Miyas erstem Kind hatten sie alle zusammen im Anwesen der Shirakawas gelebt, und Tomo hatte die ganzen Jahre Qualen ausgestanden bei dem Gedanken, welcher Skandal entstehen würde, wenn Michimasa von dem Verhältnis zwischen seinem Vater und seiner Frau erfahren sollte. Tomo, für Yukitomo zu einer Fremden geworden, war in dieser Situation völlig machtlos und hatte sich deswegen unzählige Male an Suga gewandt.

«Du und Yumi müßt ein Auge auf die beiden haben! So wie die Dinge liegen, kann ich offen überhaupt nichts gegen diese Beziehung unternehmen. Ihr beide müßt dafür sorgen, daß mein Mann nicht zuviel Gefallen an ihr findet!»

Aber Suga hatte nur jedesmal heftig ihren Kopf geschüttelt und verbittert geantwortet:

«Was könnte ich schon tun? Die junge Frau Shirakawa ist wie geboren dafür, Geisha oder Kurtisane zu sein ... Sie weiß haargenau, was sie tun muß, um von ihm geliebt zu werden, und sie weiß, was sie tun muß, damit er sich im siebten Himmel fühlt. Ich und Fräulein Yumi haben da keine Chance.»

Tatsächlich schien Yukitomo nichts mehr zu erregen als die Freuden dieser verbotenen Liebschaft, und die Leidenschaft, mit der er Miya liebte, war genauso heftig wie die Leidenschaft, mit der er in der ersten Zeit mit Suga geschlafen hatte. Auch Miya schien es weitaus mehr zu genießen, von ihrem liebeskundigen Schwiegervater geliebt zu werden als von ihrem unfähigen, nur um sich selbst kreisenden Ehemann, und wurde auffällig verdrossen, wenn Suga oder Yumi bei Yukitomo waren und er kein Interesse an ihr zeigte. Ihren Ärger ließ sie dann an Tomo oder Suga aus.

Allem Anschein nach war schließlich sogar Yukitomo die Entwicklung über den Kopf gewachsen: auf Tomos vorsichtiges Anraten hin hatte er im vergangenen Jahr den Umzug des jungen Paares nach Tsunamachi im Stadtteil Mita veranlaßt, wo er sie von Zeit zu Zeit besuchte. Wenn er zu ihnen ging, nahm er immer Takao, den Sohn von Michimasas erster Frau, und Takaos Amme mit. Traf Yukitomo im Haus seines Sohnes ein, versorgte er Michimasa mit reichlich Taschengeld, der damit dann ins Theater ging oder kürzere Reisen unternahm, von denen er erst am nächsten Tag zurückkehrte. Auch die Amme und die Hausmädchen verließen zusammen mit den Enkeln das Haus und machten sich einen schönen Tag. Und dann waren Yukitomo und Miya allein. Möglich, daß die Hausmädchen bemerkten, was vorging, aber da sie von Yukitomo jedesmal ungewöhnlich hohe Trinkgelder bekamen, konnten sie den Besuch des ‹alten Herrn Shirakawa› immer kaum erwarten. Und Michimasa, der in eine geradezu kindliche Freude geriet, wenn er allein etwas unternehmen konnte, hatte nicht den geringsten Verdacht, was während seiner Abwesenheit zwischen seinem Vater und seiner Frau geschah.

Die meisten dieser Geschichten kamen Suga und Yumi durch Takaos Amme Maki zu Ohren, und Tomo wiederum wurde in erster Linie von Suga unterrichtet.

Anfangs hatte Tomo Sugas weitschweifigen Berichten ernsthaft und voll Mitgefühl zugehört. Seit sie aber den Eindruck hatte, Suga würde alles, was sie sagte, heimlich Yukitomo zutragen, mit dessen unerwarteten Anfällen von schlechter Laune dann wieder sie selbst konfrontiert wurde, konnte Suga erzählen, was sie wollte. Tomo stellte sich taub.

Kurz vor seinem 60. Geburtstag hatte Yukitomo das Verhältnis mit Miya angefangen; Yumi, die nie so hoch in seiner Gunst gestanden hatte wie Suga, bedeutete nun eher eine Last für ihn.

Yukitomo ermunterte Yumi indirekt, den Dienst zu quittieren und eine ehrbare Hausfrau zu werden, und sie war dem auch nicht abgeneigt. Das alles konnte Tomo Sugas undeutlichem Genuschel entnehmen, das sich so anhörte, als wäre etwas zwischen ihren Bakkenzähnen eingeklemmt.

Sollten Yukitomo und Yumi dies tatsächlich wünschen, dann konnte es auf keiner Seite einen Anlaß für bittere Gefühle geben, wenn Yumi ihren Namen aus dem Familienregister streichen ließ und zu ihrer eigenen Familie zurückkehrte. Gab man ihr außer den Kleidern und den persönlichen Dingen, die in ihrer fast zehnjährigen Dienstzeit für sie angefertigt worden waren, noch eine angemessene Geldsumme, dann wäre die Geschichte damit erledigt. Und doch ... An diesem Punkt ihrer Überlegungen geriet Tomo – vorsichtig wie sie war – erneut ins Grübeln.

Angenommen, Yumi kehrte zu ihrer Familie zurück und heiratete später irgendwen, würde sie dann nicht ihrem Ehemann etwas von der unmoralischen Beziehung zwischen Miya und Yukitomo erzählen? Wäre Yumi nichts weiter als eine gewöhnliche Angestellte, dachte Tomo, bedeutete auch das keine Katastrophe. Aber wenn diese Frau, die zumindest dem Namen nach so lange als Adoptivtochter bei ihnen gelebt hatte, auch nur irgend etwas an die Öffentlichkeit dringen ließe, wäre das für die Familie Shirakawa alles andere als erfreulich ...

Wenn man sie also sowieso mit jemandem verheiraten würde, warum dann nicht mit einem Mann, der mit der Familie Shirakawa auf unlösbare Weise verbunden war?

Tomo ließ im Geiste viele Kandidaten Revue passieren und verfiel plötzlich auf jemanden, der sich in ihrer engsten Umgebung befand: ihren Neffen Iwamoto. Iwamoto! Und kein anderer! Er würde vermutlich ihrem Vorschlag zustimmen.

Iwamoto wußte nur zu genau, daß Yumi Yukitomos Mätresse war, und sicher war es ihm auch bekannt, daß die Mätressen in Shirakawas Haus zum Teil auch als Haushälterinnen arbeiteten und nähten und kochten. Es war obendrein anzunehmen, daß er mit Yumis offenem, fast männlichem Wesen vertraut war. Was aber noch mehr ins Gewicht fiel: mit ihrer schlanken, großen Gestalt, ihrem schmalen, schönen Gesicht, den luxuriösen Kleidern und Möbelstücken, die sie im Überfluß besaß, wäre Yumi – bei Iwamotos gegenwärtiger sozialer Stellung – normalerweise niemals als Braut für ihn in Frage gekommen. In der fast sicheren Erwartung, daß Iwamoto einer Ehe mit Yumi zustimmen würde, hatte Tomo das Gespräch auf dieses Thema gebracht. Falls Yumi ablehnte, dann war ihr Plan natürlich geplatzt, aber Tomo wußte aus den langen Jahren ihres Zusammenlebens, in denen sie stets ein Auge auf Yumi gehabt hatte, daß Yumi ihrem Wesen nach schlicht und nicht besonders wählerisch war.

Tomo unterbreitete Iwamoto mit wohlüberlegten Worten den Heiratsvorschlag, und der willigte wie erwartet freudig ein. Iwamoto war als Sohn eines Samurais mit niedrigem Sold in Kumamoto geboren worden und war in einer Welt aufgewachsen, in der es üblich war, daß Pagen die persönlichen Dienerinnen von Daimyōs zur Frau erhielten, nachdem die Daimyōs bereits mit ihnen geschlafen hatten, oder daß kleinere Gefolgsleute die Mätressen von Burgvögten erhielten. Obwohl das Feudalsystem bereits vor dreißig Jahren untergegangen war, kam es ihm darum auch jetzt noch nicht in den Sinn, etwas Unehrenhaftes oder Schmutziges zu finden an einer Heirat mit der Lieblingsmätresse Shirakawas, der zugleich sein Onkel und der Wohltäter war, in dessen tiefer Schuld er stand.

Auch Yumis Familie war erfreut darüber, daß sich das Ehepaar Shirakawa weiterhin um Yumis Schicksal kümmerte; durch die Heirat mit Frau Shirakawas Neffen blieb sie als Verwandte der Familie Shirakawa verbunden, auch wenn sie ihren Status als Adoptivtochter verlor.

Yumi war jung genug, um Yukitomos Tochter sein zu können, und im Hause lebte neben Tomo, der rechtmäßigen Ehefrau, noch eine weitere Mätresse, Suga, die schon viel länger als sie selbst bei den Shirakawas arbeitete: so hatte ihre Stellung in der Familie von Anfang an mehr der einer Kammerjungfer geglichen. Und wegen ihres eleganten Auftretens hätte sie viel eher als Suga die Frau des Hauses sein können. Zugleich waren ihrem Wesen Unterwürfigkeit und Argwohn – Züge, die so typisch für Frauen sind – völlig fremd, so daß ihr nichts von der Düsterkeit einer ‹Frau im Schatten› anhaftete.

Ohne lange zu überlegen, stimmte Yumi der Heirat mit Iwamoto zu. Suga fand es merkwürdig, daß Yumi, die so oft über Iwamotos derben Kyūshū-Dialekt und seine eckigen, ungelenken Bewegungen geredet und gelacht hatte, jetzt von alldem nicht mehr berührt zu sein schien, und fragte Yukitomo:

«Ob das wohl gutgeht, Fräulein Yumi und Herr Iwamoto ...»

«Keine Bange», antwortete Yukitomo sorglos. Über seine Wangen, auf denen kleine Leberflecke zu sehen waren, glitt ein Lächeln, frei von allem Groll. «Yumi kann mit jedem auskommen.»

«Sie lassen sich durch nichts das Herz schwermachen, nicht?» sagte Suga voller Enttäuschung und starrte Yukitomo düster an.

«Möchtest *du* jetzt auch heiraten – du bist es doch sicher leid, einen alten Mann wie mich zu versorgen?»

«Ach, ich habe sowieso zuwenig Mut, etwas anderes zu tun ...» sagte Suga leichthin; aber ihre Unfähigkeit, die Worte der Wut, die in ihrer Seele brannten, auszusprechen, erfüllte sie mit hoffnungsloser Ungeduld. «Es ist aussichtslos! Ich bin nun einmal nicht so wie die junge Frau Shirakawa! Sie haben mir nie gezeigt, Männer so zu betrügen wie diese Frau. Und weil ich diese Fähigkeit nicht besitze, werde ich bis an mein Ende Mätresse bleiben und älter und älter werden, zu Boden gedrückt von der unnahbaren Frau dieses Hauses!» Obwohl Suga zu wissen schien, wie sie Yukitomo behandeln mußte, bedeutete er, der so etwas wie ihr Vater und ihr Herr in einer Person war, ihr zuviel, als daß sie es gewagt hätte, derart verletzende und heftige Worte auszusprechen.

Wenn sich Suga Miyas fröhliche und unbeschwerte Art vor Augen hielt, wenn sie sich vorstellte, wie Miya mit strahlendem Gesicht und von unschuldigen Lachanfällen geschüttelt mit ihrer sanften, nasalen Stimme Yukitomo ‹Papa› nannte, dann empfand sie durchaus einen gewissen Neid. Dieser Neid schien jedoch mit der Eifersucht einer Frau, deren Mann von einer anderen verführt worden ist, nichts gemein zu haben.

Am Vorabend des Tages, an dem Yumi zu ihrer Familie zurückkehren sollte, richteten Suga und Yumi mit Yukitomos Erlaubnis im selben Zimmer ihre Betten her.

Ihre komplizierten Frisuren ruhten auf hölzernen, kopfkissenähnlichen Gestellen. Während sie sich unterhielten, blickten sich die beiden immer wieder sehnsüchtig an, und ihre Gesichter schimmerten weiß im dämmrigen Licht der Bettlampe.

Der März war fast vorüber, Sprühregen fiel lautlos vor dem Fenster, und die Nachtluft war weich und feucht.

«Ich bin sehr traurig, wenn ich daran denke, daß du morgen abend nicht mehr hier sein wirst», sagte Suga bedrückt. Daß Yumi die Shirakawas früher oder später verlassen würde, war ihr zwar klar gewesen, seit Yumis Verheiratung erstmals zur Sprache gekommen war, aber jetzt, da der Abschied unmittelbar bevorstand, kam ihr Yumi wie ein junger Vogel vor, der mit kräftigen Flügelschlägen das Nest verläßt und zum Himmel emporfliegt, und ihr wurde weh bei dem Gedanken, daß sie in ihrer Hilflosigkeit in diesen unglücklichen Verhältnissen zurückgelassen wurde.

«Du hast gar keinen Grund, dich einsam und traurig zu fühlen – schließlich lebst du hier mit vielen Menschen zusammen! Wenn jemand einsam sein wird, dann ich. Allein mit meiner Schwester in ihrem kleinen Haus!»

Yumis Ton war energisch – vielleicht wollte sie Suga Mut zusprechen. Aber Suga starrte Yumi weiter ins Gesicht und sagte wie zu sich selbst:

«Das kann man überhaupt nicht vergleichen, die Einsamkeit, von der du sprichst, und ... Du gehst weg, und ich bleibe ganz allein als Mätresse in diesem Haus zurück ... *das* habe ich gemeint. Du hast eben einen stärkeren Willen als ich, Yumi.»

«Wieso? Mit Willenskraft hat das nichts zu tun», sagte Yumi und hob ein wenig den Kopf. «Daß ich jetzt den Dienst quittiere, liegt doch weniger an mir als an unserem Herrn! Er meinte doch, ich sollte besser heiraten, solange ich noch jung bin. Das hört sich natürlich so an, als ob er sehr besorgt um mich wäre ... aber weißt du, Suga ...»

Yumi befreite ihre Schultern aus dem Kragen ihres seidenen Nacht-Kimonos, der mit einem Pfeilmuster bedeckt war, stützte sich mit einem Ellbogen auf, schmiegte eine Wange in ihre Hand und näherte sich Sugas Gesicht.

«Glaubst du, daß unser Herr so etwas zu mir gesagt hätte, wenn er mich unter keinen Umständen freigeben wollte? Denk doch mal an uns! Dinge, die einem sehr wichtig sind – seien es Kimonos oder Haarschmuck –, die verkauft man doch nicht so einfach oder gibt sie irgend jemand! Und bei Männern ist das sicher auch nicht anders. Nimm mal an, du wärst an meiner Stelle und würdest ihn bitten, dich gehen zu lassen. Glaubst du, er würde es tun? Nie und nimmer! Und warum? Weil du es bist, die er wirklich liebt!»

«Ach, Unsinn! Unser Herr ist nur noch auf eine versessen, und das ist die junge Frau Shirakawa in Tsunamachi ... Das solltest du eigentlich ganz genau wissen.»

Suga richtete sich ebenfalls auf und legte sich auf den Bauch. Ihre Stimme zitterte, als sie von Miya sprach.

«Das stimmt schon, aber schließlich ist sie die legitime Frau des jungen Herrn Shirakawa ... Kann ja sein, daß er viel Spaß mit ihr hat, aber öffentlich und legal wird sie nie die seine werden. Und vergiß nicht, unser Herr wird älter und älter, und seine Frau ist für ihn nichts weiter als der Geschäftsführer der Familie ... Wer bleibt also zu seiner persönlichen Betreuung? Du, nur du! Ich bin's doch, die er nicht mehr braucht, seit er ein Verhältnis mit der jungen Frau Shirakawa hat. Ich bin ‹ein nutzloser Fächer im Herbst; bittere Klagen Hannyos in ihrer Schlafkammer› ...»

Mit gedämpfter Stimme summte Yumi eine Tokiwazu-Melodie und lachte leise. Suga ließ sich von Yumis Lachen, in dem auch ein wenig Selbstironie mitklang, nicht rühren, sondern fing wieder leise, fast murmelnd, zu sprechen an.

«Unser Herr ist mittlerweile ein alter Mann, und seine Aufenthalte in Tsunamachi scheinen ihn ziemlich zu erschöpfen. Ich bereite Suppe mit getrockneten Bonitos für ihn zu, ich gebe ihm fünf, sechs Eier, deren Dotter er dann schlürft ... Es sieht ganz so aus, daß meine Arbeit nur noch aus solchen Tätigkeiten bestehen wird, wenn du nicht mehr hier bist. Eine Dienerin, die bis zu ihrem Tode ihr Gnadenbrot bekommt, das bin ich! Wenn ich daran denke, beneide ich dich wirklich. Du hast hier mit allem abgeschlossen und gehst ... Du wirst wahrscheinlich ein Baby bekommen, sobald du mit Iwamoto verheiratet bist, du wirst dich vor niemand mehr dukken müssen und kannst dich in aller Öffentlichkeit frei bewegen ...»

«Ja, und dafür werde ich, ganz im Gegensatz zu all den Jahren bei den Shirakawas, wieder Geldsorgen haben. Du bist mit fünfzehn zu den Shirakawas gekommen und weißt deswegen noch weniger als ich, wie es in der Welt zugeht. Wenn ich daran denke, welch schreckliche Not in meiner Familie schon geherrscht hat, dann bekomme ich wirklich Angst davor, hier wegzugehen … Aber, na ja, ich hab keine Ansprüche und kann auf vieles verzichten, und dafür, daß ich so schmal gebaut bin, bin ich ziemlich stark … irgendwie wird es schon gehen. Aber bei dir ist es völlig aussichtslos! Was sagt unser Herr immer: Sugas Körper ist so zerbrechlich wie Glas. Und das macht ja auch nichts, solange du hier im Haus so sicher lebst wie in einem Kokon, aber ein Windstoß draußen würde dich schnell erledigen!»

«Das würde mich auch nicht kümmern. Das wirklich Schlimme ist, daß ich mir nicht einmal mehr wünschen kann, von hier wegzugehen!»

«Das kannst du dir auch nicht wünschen … solange nicht, sagen wir, ein Mensch auftaucht, für den du alles auf dich nehmen würdest …»

«Aber bei dir ist's doch auch nicht so, und trotzdem gehst du!»

«Bei mir ist das was anderes. Ich werde hier eher rausgeschmissen, als daß ich von mir aus gehen würde … Schau dir doch mal Herrn Iwamoto an, den ich bald heiraten werde – er soll ja ein grundsolider Mensch sein, aber eine Partie, um die ich zu beneiden wäre, ist er ja nun wirklich nicht!»

«Doch, ich beneide dich! Ich komme fast um vor Neid!» Suga umschlang mit beiden Armen den lackierten unteren Teil des hölzernen Kopfkissens und preßte ihr Gesicht darauf. Die Wildheit, mit der sie das tat, bestürzte Yumi. Und das um so mehr, als Suga sonst unfähig war, ihre Gefühle mitzuteilen, und alles so sehr durch die Blume sagte, daß es einen zur Weißglut treiben konnte.

Suga wußte nicht, wie sie die Gefühle, die in ihr brodelten, ausdrücken sollte. Kleidete sie sie in Worte, so bestand die Gefahr, daß sie sich in etwas Monströses verwandelten: in Flüche, vor deren Häßlichkeit sie selbst zurückschreckte, oder in verworrene, nichtssagende Klagen. Yumi würde das nie verstehen können. Suga hatte das Gefühl, daß dies ihr Karma war, das schwer auf ihrem ganzen Leben lastete.

Warum nur, dachte Suga, haben meine Eltern mich damals an

diese Familie verkauft? Warum nicht an ein Geisha-Haus? Zwar wäre ich dann sehr viel mehr den stürmischen Wogen des Lebens ausgesetzt gewesen, aber wohl oder übel wäre ich auch zu einem Menschen mit zumindest etwas mehr Lebenskraft geworden. Auch wenn ich einen Dienstherrn oder Patron gehabt hätte, hätte es ein bißchen mehr Sonne und weniger schwarze Wolken in meinem Leben gegeben, und ich hätte bestimmt leichter wütend werden oder weinen können, wenn ich gewollt hätte.

Sie war von Yukitomo geliebt worden, der alt genug war, um ihr Vater zu sein, und hatte ein Leben genossen, das viel zu luxuriös war für ihre gesellschaftliche Stellung. Dennoch: als Mann, der im Umgang mit Frauen erfahren war, hatte Yukitomo, indem er das Mädchen Suga zur Frau machte, die Schienen ihrer Lebensbahn genau so verlegt, daß ihm ihre Anwesenheit im Haus keinerlei Schwierigkeiten bereitete. Und Suga war fügsam diese Bahn entlanggeeilt und zu der kraftlosen Frau geworden, die sie jetzt war. Es hatte zwar den Anschein, daß Tomo, soweit es um Liebe und Gefühle ging, in Yukitomos Leben keinerlei Rolle spielte – und tatsächlich war zwischen den beiden nichts von ehelicher Zuneigung und Verständnis zu spüren –, aber die Zähigkeit und die Willenstärke, mit der Tomo, ohne sich auf die Liebe ihres Mannes stützen zu können, ihre Stellung als ‹Frau des Hauses› behauptete, zeigte Suga Tomos Überlegenheit. Und diese Überlegenheit lastete auf Suga von morgens bis abends und von abends bis morgens wie ein schwerer Stein.

In Tomos täglichem Leben gab es keine Sekunde, in der sie in ihrer Wachsamkeit nachgelassen und sich entspannt hätte. Unter den weichen, gelösten Bewegungen ihres Körpers verbarg sich eine geistige Energie, die sie stets mit scharfen Waffen kämpfen ließ. Welche Ungerechtigkeit ihr Mann, zu dem die Bande des Fleisches längst abgerissen waren, ihr auch antat, Tomo fing alle Schläge wortlos und mit der ganzen Kraft ihres Körpers ab. Weil Tomo wußte, daß alles, was sie zu den Frauen sagte, die Yukitomo liebte, in ihm sofort eine unterschwellige Reaktion hervorrief, hielt sie sich mit ihrer Meinung über Suga oder Yumi immer völlig zurück. Aber gerade ihr Schweigen ließ ihre nie nachlassende Achtsamkeit für Suga zu einer unsichtbaren starken Fessel werden. Yukitomo wußte sehr wohl, daß Tomo Suga und den anderen Hausmädchen keine Freiheit ließ, und war es zufrieden.

Manchmal stellte sich Suga vor, wie es wäre, wenn Tomo verschwinden würde. Aber es war undenkbar, daß Yukitomo, selbst wenn sie ihn dazu aufstachelte, seine Frau aus dem Haus treiben würde. Mochte Yukitomo auch keinerlei sexuelles Interesse an Tomo haben, die Position des Geschäftsführers, dem er am meisten vertraute, hatte sie fest inne. Sie war für Yukitomo ein äußerst bequemer, äußerst loyaler Geschäftsführer. Angenommen, er würde Tomo aus dem Haus werfen, so überstieg doch die Verwaltung seiner Besitztümer Sugas Fähigkeiten bei weitem. Es war viel einfacher, weiterhin unter Tomos einschüchterndem Druck die Tage müßig zu verbringen, als an eine derart komplizierte und erschrekkende Sache auch nur zu denken ... Etwas anderes wäre es freilich, wenn Tomo plötzlich sterben würde. Falls dies zufällig geschehen würde, dann könnte sie endlich aufatmen, als würden sich die dichten Wolken, die ständig über ihrem Kopf hingen, auflösen und einem blauen Himmel Platz machen ... Sooft Suga solche Gedanken kamen, fand sie sich selbst abscheulich und versuchte, ihren Gefühlen, die ihr Herz wie klebrige Spinnweben gefangenhielten, zu entkommen. Ein Teufel hat sich in mir eingenistet, dachte Suga. Zugleich hatte sie das deutliche Gefühl, daß dies niemals hätte geschehen können, wenn sie nicht in diese Lebensumstände geraten wäre.

In Suga, die sich in ihrer Kraftlosigkeit weder mit Taten noch mit Worten Ausdruck verschaffen konnte, türmten sich diese ergebnislosen Überlegungen auf, schwarz und kalt wie Schnee in der Nacht.

Suga hatte Yumi, über deren Wesen kein düsterer Schatten lag, obwohl sie sich in derselben Situation befand, mit Neid und Unzufriedenheit betrachtet, und nun entschlüpfte Yumi ohne Bitterkeit über das Geschehene leichtfüßig der Hölle, in der Suga herumirrte, und flog hinauf zum weiten Himmel ... Suga beneidete Yumi nicht darum, daß sie Iwamoto heiratete, sie beneidete Yumi um die Fähigkeit, den Fesseln ihres Schicksals zu entfliehen.

Aber es war sinnlos, dies alles auszusprechen. Yumi würde sie nicht verstehen, das wußte Suga.

«Bitte nicht, Suga! Wenn du weinst, werde ich auch traurig!»

Yumi schüttelte Sugas Schultern. Suga schaute auf: Yumis Gesicht war dicht vor ihrem eigenen, in ihren mandelförmigen Augen standen Tränen. Yumi hat mich mißverstanden, dachte Suga, und fühlte eine brennende Scham. Und dann wurden auch Sugas Augen feucht. Ihre Trauer über den Abschied von Yumi verwandelte sich in Tränen.

«Weißt du, Suga, wenn man einmal nachdenkt, dann muß zwischen dir und mir eine schicksalhafte Beziehung bestehen. Wir haben zehn Jahre lang einem Herrn als – wie die Leute sagen – Mätressen gedient und uns immer gut verstanden. Streit gab es nie zwischen uns – das ist schon sehr merkwürdig! Bestimmt waren wir in einem früheren Leben Schwestern!»

«Mh, ja», sagte Suga. Auch ihre Stimme war jetzt voller Emotionen.

«In Theaterstücken oder Büchern sind Mätressen immer schlechte Frauen. Sie machen der Ehefrau des Geliebten das Leben schwer oder entzweien Familien wegen Erbfolgestreitigkeiten. Wir haben so etwas nie getan, wir waren ziemlich redlich, meinst du nicht?»

«Wir wären also die tugendhaften Mätressen ... aber sie werden's uns nicht glauben, die Leute ...»

«Ach, was gehen uns die Leute an! Du und ich, wir haben uns doch die ganzen zehn Jahre lang gut verstanden. Das allein beweist uns beiden am besten, daß wir nicht schlecht sind, oder ...»

«Wir werden zwar von unserem Herrn geliebt – nicht daß mir das auch nur irgendwie zuwider wäre –, aber die Liebe zu einem ungefähr gleichaltrigen Mann ist zweifellos etwas ganz anderes!»

Plötzlich wurde es Suga klar, daß sie erst so mit Yumi sprechen konnte, seit Yumis Weggang von den Shirakawas beschlossene Sache war. Suga hatte das Gefühl, daß sie in Yumi eine völlig neue Gesprächspartnerin finden könnte, wenn diese nach ihrer Heirat mit Iwamoto als jemand, der nicht mehr zur Familie gehörte, zu Besuch kam, oder wenn sie selbst Yumi besuchte. Es kam ihr vor, als würde sich in ihrem verschlossenen Herzen plötzlich ein helles Fenster öffnen.

«Unser Herr redet in der letzten Zeit doch nur noch über seinen Gesundheitszustand! Ich meine, Yumi, er macht Augenspülungen, er macht Mundspülungen ... er sieht ja vielleicht noch jung aus, aber sag, was du willst, er wird alt. Ganz bestimmt werden wir ihm auch bald so fremd wie Frau Shirakawa sein!»

«Ja, und wegen dieser Sache in Tsunamachi möchte er, immer

wenn er zu ihr geht, wieder jung aussehen. Dieser junge Shirakawa ist schon ein komischer Mensch. Unser Herr ist immer unglaublich gut aufgelegt, wenn er zu ihr geht, und versorgt den jungen Shirakawa mit einer Menge Geld und schickt ihn fort, sich irgendwo zu amüsieren. Meine Güte, jeder normale Mensch würde sich wundern, aber der merkt nichts, nichts! Irgendwie tut er mir ja leid, aber ... er ist eben kein normaler Mann, nicht?»

«Na ja, immerhin hat seine Frau ziemlich schnell Kinder bekommen.»

«Ja, schon, aber wessen Kinder sind das? Weiß niemand ... Für mich sind das eher Tiere!»

Yumis Tonfall war verächtlich. Sie fühlte sich aber von der Unmoral des Geschehens keineswegs so abgestoßen, wie es ihre Worte andeuteten. Suga war es, die sich durch Yumis Worte verletzt fühlte.

«Aber nein! Die Kinder sollen mit Sicherheit vom jungen Herrn Shirakawa sein. Unser Herr kann, wie seine Frau sagte, schon lange keine Kinder mehr bekommen. Ich bin ja nicht besonders kräftig, aber du wirst umgehend Kinder zur Welt bringen, wenn du erst mit Herrn Iwamoto zusammen bist.»

«Ja, ja, mag schon sein. Aber ob er nun Kinder zeugen kann oder nicht, ändert das irgend etwas an seinen Handlungen?»

«Hör auf!» zischte Suga unterdrückt. «Mußt du so unverblümt über Dinge sprechen, an denen ich überhaupt nichts ändern kann! Du wirst dieses Haus verlassen, aber ich, ich muß für immer hierbleiben! Du könntest ruhig ein wenig rücksichtsvoller sein.» Vorwurfsvoll starrte Suga Yumi mit großen, schwarzen Augen an und drückte fest ihre Hand.

Zwei Monate, nachdem Yumi zu ihrer Familie zurückgekehrt war, heiratete sie Iwamoto und zog in sein Haus in Tamurachō.

An einem verregneten Abend in der Regenzeit kam Tomo von dem Hochzeitsempfang, zu dem sie eingeladen worden war, nach 9 Uhr in einer Rikscha wieder zu Hause an.

Als sie Yukitomo, der mit seinem Hausarzt Go spielte, begrüßte, drehte er sich um, ohne den Go-Stein, den er zwischen den Spitzen seiner langgliedrigen Finger hielt, wegzulegen.

«Na, wie war's? Hat sich unsere Braut ordentlich benommen?»

fragte er und setzte den Go-Stein auf das Brett. Er schien gerade am Gewinnen zu sein, und seine Stimme klang aufgeräumt.

«Ja, sie war eine schöne Braut. Nichts Ausgefallenes ... sie trug einen kurzärmligen Kimono und dazu ein Blumenornament als Haarschmuck», sagte Tomo und blickte dabei auf Suga, die neben Yukitomo saß. Yukitomo lächelte und nickte mit dem Kopf. Während Suga Tomo irgendeine vage Antwort gab, starrte sie verstohlen Yukitomo an, dessen Profil mit der eingesunkenen Schläfe deutlich zeigte, wie sehr er in der letzten Zeit gealtert war. Suga suchte nach irgendeiner Veränderung in seinem Gesichtsausdruck. Yukitomo aber blickte so unbeteiligt drein, als würde man ihm von der Heirat einer weitentfernten Verwandten berichten.

Iwamoto besuchte auch nach der Heirat unverändert die Shirakawas, da er wegen der Grundstücke und Mietshäuser immer wieder gebraucht wurde. Wenn sich dann Tomo oder Suga nach Yumis Befinden erkundigten, rieb er sich verlegen die Hände und antwortete mit eingezogenem Kopf:

«Danke der Nachfrage ... Ihr geht es gut.»

Miya hörte bei einem ihrer Besuche, wie glücklich Iwamoto zu sein schien, und rief, geschüttelt von albernem Gelächter:

«Oh, die beiden dürften wirklich ein prächtiges Paar abgeben. Er, der Bauerntölpel, und sie, die Prinzessin ... er hat bestimmt seine helle Freude an ihr!»

Plötzlich schien sie einen Einfall zu haben.

«Papa, wir könnten doch einmal zu diesem Korbmacher gehen!» Mit einem Seitenblick auf Suga fügte sie hinzu: «Fräulein Suga war sicher auch noch nicht bei ihnen, oder?»

Suga wollte tatsächlich einmal Yumis Familie besuchen, aber die Vorstellung, Yumi zu dritt zu überfallen, war ihr zuwider, und so flüchtete sie sich in eine unverbindliche Antwort. Aber Miya schien sich von ihrer Idee nicht wieder trennen zu wollen und bettelte weiter:

«Papa, du hast doch nichts dagegen! Am besten gehen wir gleich noch heute. Da Yumi in Tamurachō wohnt, könnten wir auf dem Rückweg zur Ginza gehen. Ich möchte mir in einem Geschäft Haarschmuck anschauen.»

«Yumis Familie stellt Flechtkörbe her. Was gibt es da schon zu sehen? Außerdem täte es mir leid, wenn wir sie bei der Arbeit stören würden!»

«Sie stören? Weißt du, gegen einen kurzen Besuch hätten sie bestimmt nichts ... Und wenn wir dann zur Ginza gingen ...»

«Ich hab Angst, mit dir zur Ginza zu gehen!»

Yukitomo lachte. Miya, deren Worte und Benehmen so spielerisch waren wie die einer jungen Geisha, die einen Kunden umschmeichelt, verhielt sich, als wäre sie mit Yukitomo allein, und Sugas Herz wurde um so schwerer und bedrückter, je strahlender Miyas Laune wurde.

Schließlich gab Yukitomo nach und verließ mit Miya und Suga das Haus. Es war ein schöner Nachmittag im Herbst. Am blauen, klaren Himmel stieß ein roter Milan einen Schrei aus, der wie ein Flötenton klang.

Iwamotos Laden lag an der Ecke einer Querstraße, die links von der zwischen Tamurachō und Shinbashi verlaufenden Avenue abging. In einem Zimmer, dessen Fußboden neue, saubere Bretter bedeckten, stand eine große Anzahl von neuen schwarz lackierten Schachteln und Flechtkörben. Zwei Gehilfen saßen auf dem Boden und waren mit ihrer Arbeit beschäftigt: sie flochten feine Bambusstreifen zusammen und imprägnierten das auf die neuen Körbe geklebte Papier mit dem Saft von Khaki-Früchten.

Iwamoto war ausgegangen, um einen Auftrag entgegenzunehmen. Als die drei aus der Rikscha stiegen, kam Yumi aus dem Haus und führte sie in ihr bestes Zimmer an der Hinterseite des Ladens. Sie trug ein violettes Tuch um ihren Haarknoten und sah schick aus in ihrem gestreiften Seiden-Kimono.

«Wissen Sie, in diesem Geschäft muß man zur Hälfte Handwerker sein. Für mich ist es ziemlich anstrengend, da ich diese Arbeit nicht gewöhnt bin», sagte Yumi mit einem fröhlichen Lächeln, setzte sich neben das längliche Kohlenbecken und schenkte Tee ein.

«Wohin soll's denn heute gehen?»

«Miya sagte, daß sie deinen Laden sehen will, und so haben wir uns eben auf den Weg gemacht. Für mich alten Mann wird's langsam mühselig, mit den beiden jungen Leuten hier auszugehen ... Wie dem auch sei, dein Geschäft scheint gut zu gehen, und das freut mich.»

«Dank Ihrer Hilfe ...» sagte Yumi und senkte leicht den Kopf.

Yukitomo lud Yumi ein, mit ihnen zur Ginza zu gehen und dort gemeinsam zu essen, aber sie schützte Arbeit vor und lehnte ab; Yukitomo hatte die Einladung nur ausgesprochen, weil er sich gewiß war, daß Yumi ablehnen würde. Sie blieben noch etwa eine Stunde und verabschiedeten sich dann am Ladeneingang von Yumi.

Sie schlugen den Weg nach Tobashi ein, und bald brach Miya das Schweigen.

«Mit Yumi ist *es* also schon passiert!» Sie beschrieb mit den Händen eine Wölbung über ihrem Bauch.

«Ach du! Mir ist das nicht aufgefallen ...» sagte Suga und blinzelte mit den Augen, als blendete sie das Licht. Sie hatte zwar bemerkt, daß Yumi während der ganzen Zeit ihres Besuches ihre gelbe Seidenschürze nicht abgelegt hatte, aber ... Miyas scharfe Beobachtungsgabe, aus der ihre zügellose sexuelle Begierde zu sprechen schien, kam Suga obszön vor. Gleichzeitig streifte sie, wie der Schatten eines Vogels, ein argwöhnischer Gedanke: Konnte das Kind in Yumis Leib nicht von Yukitomo sein? Sie hatte einen ähnlichen Verdacht gehabt, als Miya, die jetzt neben ihr ging, schwanger gewesen war. Und obwohl Suga wußte, daß das kaum der Fall sein konnte, bereitete ihr diese Vorstellung ein Vergnügen, das dem gleicht, wenn man mit aller Kraft auf die Wurzel eines schmerzenden Zahnes drückt. Am liebsten hätte Suga über Michimasa und diesen anderen Ehemann – Iwamoto – gelacht ... In Sugas Phantasie war dieses Lachen – wie das Lachen einer Megäre, die den Leib einer schwangeren Frau aufreißt – von vollkommener Kälte und Schönheit.

Yukitomo schritt zügig aus, wobei er seinen Gehstock kräftig aufsetzte. An der Unterhaltung der beiden Frauen hatte er offensichtlich kein Interesse. Von vorne war ihm anzusehen, wie sehr er gealtert war, sein Gang aber war voll jugendlicher Energie, und er hielt sich kerzengerade.

Im Sommer des folgenden Jahres besuchte Yumi zusammen mit ihrem Baby die Shirakawas. Auch Miya war an diesem Tag mit ihrem Kind auf Besuch da. Miyas Sohn Kazuya war zwei Jahre jünger als Takao und genau ein Jahr älter als Yumis erstgeborener Sohn Naoichi.

Als Miya Naoichis weiches und hübsches Gesicht sah, wurden ihre Augen vor Vergnügen schmal.

«Naoichi ist wirklich ein hübsches Kerlchen!» sagte Miya, während sie ihn liebkoste. «Wenn der mal groß ist, wird er sicher vielen Frauen das Herz brechen.»

Miyas lächelndes Gesicht, so sanft, daß es fast zu schmelzen schien, wirkte schlicht und unschuldig. Sogar Tomo vergaß ihre sonstige Vorsicht und mußte lächeln.

Während sie Takao, der mit seiner Amme im Zimmer herumlief, nicht aus den Augen ließ, betrachtete sie mit Verwunderung die kleinen Jungen in den Armen von Miya und Yumi.

Takao, Kazuya, Naoichi ... jeder von ihnen wird zu einem Mann werden, dachte Tomo bestürzt, als wäre ihr das zum erstenmal klargeworden. Mit ihren wiederkehrenden Träumen, in denen Takao zu einem eindrucksvollen jungen Mann heranwuchs, hatte dieses unheimliche Gefühl nichts gemein. Welch gräßliche Vorstellung: diese kleinen Lebewesen, die hier vor ihren Augen fröhlich lachten, Gesichter schnitten und unschuldig herumtollten, würden irgendwann zu Männern werden wie Yukitomo, wie Michimasa, wie Iwamoto – zu Männern, von denen die Welt übervoll war.

Plötzlich entdeckte Tomo, daß eine der Frauen kein Kind auf dem Schoß hatte: Suga. Ihr Schoß sah merkwürdig leer aus und verriet, viel deutlicher als ihr Gesicht, ihre Einsamkeit.

«Ich frage mich wirklich, ob Suga wegen Yumis Heirat nicht neidisch ist! Falls sich ein passender Bewerber findet, könnte man sie von mir aus verheiraten», hatte Yukitomo vor einigen Tagen zu Tomo gesagt, als er Takao gerade die Karpfen im Teich zeigte. Seine Worte trafen Tomo wie ein Schlag. Seit einiger Zeit war Sugas Blick auch in Gegenwart anderer Menschen leer und abwesend. Und Tomo hatte auch öfter gesehen, daß Sugas Augenränder geschwollen waren. Wahrscheinlich weinte sie in der Einsamkeit ihres Zimmers. Tomo vermutete, daß Suga mit zwei Dingen nicht fertigwurde: Sie kam sich zum einen verlassen vor, seit Yumi geheiratet hatte, und zum anderen erfüllte sie der Anblick Miyas, die in der Liebe Yukitomos immer strahlender wurde, mit Bitterkeit. Wurde Yukitomo ihr Widerstand, den Suga zwar niemals in Worte faßte, der aber aus allen Poren ihres Körpers zu sickern schien, allmählich zuviel?

«Und was würde das nützen?» hatte Tomo zu Yukitomo gesagt. «Suga ist anders als Yumi. Ihre Periode ist nicht regelmäßig, und sie würde wahrscheinlich doch keine Kinder bekommen, auch wenn wir sie verheiraten würden ... Auch mir persönlich wäre es am liebsten, wenn sie dich weiterhin versorgen könnte.»

Als Tomo das endlich herausgebracht hatte, bedeckte sich ihre Stirn mit Schweiß. Sie befürchtete, Yukitomo mit der Kritik, die sich in ihren Worten verbarg, verletzt zu haben; aber Yukitomo nickte nur zweideutig und klatschte, ohne ihr eine Antwort zu geben, über dem Wasser in die Hände. Er klopfte Takao auf die Schulter und rief:

«Schau, da kommen die Karpfen! Da kommen sie!»

Suga war also für Yukitomo bereits völlig bedeutungslos. Tomo empfand tiefes Mitleid mit ihr. Yukitomo hatte zwar auch Yumi verlassen, aber sie hatte jetzt einen Ehemann und konnte Kinder bekommen; und Miya konnte wahrscheinlich jeden Mann dazu bringen, sie zu lieben, ohne daß der ihrer jemals überdrüssig werden würde.

Suga war noch vor ihrer ersten Periode Yukitomos Mätresse geworden, und das hatte vermutlich ihre Fähigkeit, Mutter werden zu können, zerstört. Jetzt war Suga über dreißig, und ihre Schönheit begann zu verwelken: es war kaum damit zu rechnen, daß Suga noch als Geisha arbeiten konnte, falls sie die Shirakawas verließ. Und auch im Fall einer Heirat würde ihrer Kränklichkeit wegen nicht alles so reibungslos gehen wie bei Yumi. Tomo konnte sich nicht der Düsterkeit erwehren, die sie bei dem Gedanken an Sugas unabwendbares Schicksal befiel: obwohl Suga das Leben einer ‹Frau im Schatten› haßte, würde sie weiterhin – täglich konfrontiert mit der Unnahbarkeit der Frau des Hauses – Yukitomo versorgen müssen und älter und älter werden. Aber es war sinnlos, Suga ihr Mitgefühl zu äußern, denn Suga würde nur zynisch denken, daß Tomo nichts im Sinn habe als ihr eigenes Interesse.

Tomo wußte, daß Sugas haßerfüllter Blick sie anklagte: «Wem habe ich denn dieses Schicksal zu verdanken? Doch Ihnen!» Der Gedanke, daß Suga sie viel stärker haßte als Yukitomo, entlockte Tomo ein bitteres Lächeln.

Der seltsame Abscheu, der beim Anblick der drei Jungen plötzlich in Tomo aufgestiegen war, verwandelte sich in Erleichterung, als sie zu Sugas Schoß hinblickte, auf dem kein Kind saß. Am liebsten hätte sie Suga zugeflüstert: «Sei froh, daß du keine Kinder hast! Gebären bedeutet: neues Leid erzeugen!»

Unreife Pflaumen

In der Mitte der nach Westen hinausgehenden Flanke jenes Hügels, auf dem das Haus stand, lag ein ebenes Feld, das von Unkraut überwuchert war. Yukitomo hatte das Anwesen, einst Wohnsitz eines Ausländers, kurz nach dem Ende des Chinesisch-Japanischen Krieges gekauft. Weil er der Meinung war, daß Bäume, die Früchte tragen, einem Anwesen eine lebendigere Atmosphäre verleihen, ließ er nach seinem Einzug das unbebaute Feld mit jungen Bäumen in großer Zahl bepflanzen: mit Pflaumenbäumen, Pfirsichbäumen, Mispelbäumen, Mandelbäumen, Kaikibäumen und anderen mehr. In der vergangenen Dekade waren alle Bäume zu einer beträchtlichen Größe herangewachsen und zu einem prächtigen Spielplatz für die von Jahr zu Jahr zahlreicher werdenden Enkelkinder geworden, die vom Frühsommer bis zum Herbst auf den Bäumen herumkletterten und sich mit Früchten versorgten.

Shirakawa stammte aus einer Familie kleiner Samurai, die dem Hosogawa-Clan dienten und für dessen Wachsbaum-Kulturen zuständig waren. Das aus den Früchten dieser Bäume gewonnene Wachs sicherte zum Teil die Einkünfte des Clans, und Shirakawa hatte von seiner Kindheit an ein großes Interesse an diesen Wachsbaum-Pflanzungen. Was vielleicht erklärt, warum er nicht nur zu Wachsbäumen, sondern zu allen Bäumen – und insbesondere zu früchtereichen Bäumen, die für ihn Symbole des Reichtums und der Vornehmheit waren – eine ganz besondere Beziehung hatte. Auch in der Zeit, als er noch in der Verwaltung der Präfektur Fukushima gearbeitet hatte, hatte er hinter seiner Residenz einen Obstgarten angelegt, europäische Arten von Kirsch- und Apfelbäumen, die damals gerade erst vom landwirtschaftlichen Forschungsinstitut der Präfektur gezüchtet wurden, bestellt und angepflanzt und das Reifen der großen Kirschen und tiefroten Äpfel mit gespanntem Interesse beobachtet. Auch jetzt, da er bereits über sechzig war, bedeutete ihm der Geschmack der Früchte, die er auf seinem mehr als 60 Ar großen Tokioter Anwesen erntete, immer noch viel.

Die meisten der Obstbäume waren Pflaumenbäume, deren Früchte, noch ehe sie reif und gelb werden konnten, herabgeschüttelt und in Fässern eingemacht wurden. Die eingelegten Pflaumen wurden dann in Töpfe, die man Jahr für Jahr sorgfältig etikettierte, umgefüllt und zum Teil auch an Verwandte verteilt. Dennoch blieben immer Pflaumen vom Vorjahr übrig, die mit der Zeit immer reifer und weicher wurden und einen ganz besonderen süß-sauren Geschmack bekamen. Yukitomo achtete jeden Morgen darauf, daß man ihm zum Wohl seiner Gesundheit eine Pflaume auf seinem Frühstückstischchen servierte.

Als an einem Tag im Mai der Regen nachließ und der Himmel sich aufklärte, beschloß man, die grünen Pflaumen herunterzuschütteln.

Es war Samstag, und so war auch Takao da, der jetzt schon zur Volksschule ging; ebenso seine beiden jüngeren Stiefbrüder Kazuya und Tomoya, die zu Besuch gekommen waren. Sonnenstrahlen fielen durch das grüne Blattwerk, die drei Jungen rannten zwischen den auf dem Boden tanzenden Lichtflecken umher und rüttelten gemeinsam mit Suga und den Dienstmädchen an den Bäumen oder schleppten Körbe herbei.

In der Astgabel des größten Pflaumenbaumes sah man die eingespreizten dünnen Beine eines jungen Mannes, dessen Gesicht im Schatten der Blätter lag.

Suga, die in ihrem bläulichen, gestreiften Flanell-Kimono mollig wirkte, blickte zu den schwankenden Ästen hinauf und rief:

«Herr Konno, sind immer noch welche da oben? Der Baum trägt ja ganz schön viele Früchte!»

Zwischen den Blättern lugte ein mageres Gesicht hervor, in dem eine Brille mit einer silbernen Fassung blitzte.

«Ja, es sind noch welche dran, ein Pfund bestimmt noch!»

Konno öffnete seine dünnen Lippen zu einem Lächeln, und seine weißen Zähne leuchteten auf.

«Langsam dürfte es aber genug sein. Was haben wir davon, wenn von Jahr zu Jahr die eingelegten Pflaumen mehr werden!»

«Konno … komm jetzt runter! Spielen wir Ball auf der Wiese vorm Haus!»

«Mmh, ich hab's auch satt, Pflaumen aufzusammeln … Herr Konno, kommen Sie doch runter!»

Sogar die Art, wie die beiden Enkel – Takao, der im Haus seiner Großeltern aufwuchs, und Kazuya, der in Tsunamachi bei seinen Eltern wohnte – den Hausgehilfen riefen, war verschieden.

Konno reagierte jedoch nicht auf ihre Rufe und blieb in der Astgabel stehen.

«Es dauert noch ein bißchen – lauft ihr zwei schon mal voraus. Wenn ich nicht alle herunterschüttele, wird eure Großmutter böse mit mir», sagte Konno und rüttelte wieder wild an den Zweigen.

Takao und Kazuya blieben noch einen Moment zusammen unter dem Baum stehen und lärmten. Bald aber riefen sie Konno zu: «Also, kommen Sie dann bitte nach! Wir sind auf der Wiese!» und stürmten den Hang hinauf.

«Es ist nun wirklich genug, Herr Konno! Lassen Sie es gut sein und kommen Sie herunter. Ruhen Sie sich ein wenig aus. Haben Sie nicht gesagt, daß Sie heute in der Schule eine Prüfung haben?»

«Ja, schon. Aber die beginnt erst um 6 Uhr und …»

«Was heißt hier ‹erst um 6 Uhr›!? Wenn man eine Prüfung hat, sollte man kurz zuvor noch einmal in aller Ruhe in die Bücher schauen.»

«Ist ja schon gut», rief Konno lachend und hangelte sich vom Baum herunter, wobei er an den Astknoten Halt für seine Füße suchte. Den letzten Meter sprang er herunter.

«Nobu und Yoshi, ihr bringt die Pflaumen in die Küche», ordnete Suga an. «Und wascht sie dann bitte gleich.»

Die Dienstmädchen ergriffen mit sichtlicher Anstrengung die Körbe und stiegen gebückt den Hang hinauf.

«Sie haben ja ganz schön viele Blätter heruntergeschüttelt … Der Geruch, der von ihnen ausgeht, raubt einem fast den Atem», sagte Suga, nahm den Besen in die Hand und begann, die verstreut herumliegenden Blätter zusammenzukehren.

«Das mache ich, Frau Shirakawa!»

«Nein, Sie rauchen jetzt in Ruhe eine Zigarette.»

«Das ist keine Arbeit für Sie! Mußten Sie nicht erst vor zwei, drei Tagen wegen stechender Kopfschmerzen das Bett hüten? Wir wollen doch nicht, daß Ihnen schwindlig wird. Also, Frau Shirakawa!»

Konno riß ihr fast den Besen aus der Hand und begann energisch zu kehren.

Suga starrte eine Weile zum Boden, dem unter Konnos kräftigen Kehrbewegungen der Geruch von Gras entströmte, und sagte dann, ohne die Augen zu heben:

«Das dürfen Sie nie wieder tun, Herr Konno – mich ‹Frau Shirakawa› nennen ...»

«Oh!» sagte Konno kaum vernehmbar und hörte zu fegen auf. «Das ... tut mir wirklich leid. Ich hab's mir einfach so angewöhnt ... Aber im Augenblick ist ja niemand hier – was soll's also.»

«‹Niemand hier›! Bald werden Sie's von irgend jemand hören! Und ich bekomme die Schwierigkeiten ...»

«Jetzt soll ich wohl wieder darüber belehrt werden, daß es in diesem Haus nur eine Frau Shirakawa gibt, was! Irgend jemand hat gesagt, daß sie sich wie die Kaiserin von China aufführt. Die Alte ist wirklich fürchterlich!»

«Also nein! Das geht zu weit! Die Herrin des Hauses ‹die Alte› zu nennen ...»

«‹Die Herrin des Hauses› ... Hier gibt es nur einen Herrn, und das ist Herr Shirakawa! Ich finde es einfach widerwärtig, wie die Alte Sie ruft – genau wie ein Dienstmädchen. Ja, gut, alle nennen sie ‹Frau Shirakawa›, aber was hat sie denn noch mit Herrn Shirakawa zu tun! Die wirkliche Frau Shirakawa, das sind doch Sie!»

Suga stützte sich mit einer Hand an den Stamm des Pflaumenbaums und spielte mit ihren weißen Zehenspitzen an ihren Gartensandalen herum, während sie Konnos Wortschwall zuhörte. Die Worte aus dem Mund des jungen Pharmaziestudenten trafen Suga tief, und eine Art schmerzlichen Vergnügens – so, wie wenn sie mit aller Kraft auf eine geschwollene Zahnwurzel gedrückt hätte – breitete sich in ihr aus.

«Sie halten sich besser etwas zurück. In ihrem Kern ist Frau Shirakawa nämlich um einiges härter als Herr Shirakawa. Ganz gleich, wie es nach außen hin aussehen mag: er weiß, daß sie ihm überlegen ist. Und falls Sie noch ein bißchen länger bei uns bleiben wollen, sollten Sie sich besser nicht den Haß von Frau Shirakawa zuziehen!»

«Ich pfeife auf sie!»

Konno fegte mit einem unmutigen Gesicht die restlichen Blätter zusammen und warf dann den Besen zur Seite.

«Sie sind einfach zu brav, Fräulein Suga! Sie sollten mal Herrn Shirakawa zuflüstern, daß er der Alten zeigt, wo sie hingehört!»

«Als ob ich das könnte …» murmelte Suga und sah ihn groß an mit ihren düsteren Augen, in denen hellblaue Flecken zu sehen waren.

Konno war vor einigen Tagen von Tomo mit einem Auftrag zum Bezirksrathaus geschickt worden. Bei seiner Rückkehr sollte er Tomo verschiedene Schriftstücke aushändigen, gab sie aber Suga, denn Tomo war ausgegangen. Als sie wieder zu Hause war, rief Tomo nach Konno, der gerade den Gang entlangging.

«Herr Konno! Haben Sie die Angelegenheit auf dem Rathaus erledigt?»

«Ja, das habe ich. Ich habe die Schriftstücke mitgebracht und sie Frau Shirakawa gegeben, weil Sie nicht hier waren.»

Konno konnte nichts dagegen tun: er wurde immer stocksteif, wenn Tomo ihn anredete. So zog er auch jetzt, wie üblich, die Schultern ein und antwortete Tomo in einem respektvollen Ton.

«Soso … Sie haben sie also Suga gegeben.»

«Ja …»

Konno wollte sich verabschieden, wurde aber von Tomo durch ein leises Hüsteln zurückgehalten.

«Einen Moment noch, Herr Konno. Ich möchte Ihnen etwas ans Herz legen … Hören Sie bitte auf, Suga ‹Frau Shirakawa› zu nennen. In diesem Haus gibt es nur eine Frau Shirakawa, und das bin ich. Achten Sie auf Ihre Worte. Zuerst sagt jeder, was er will – und bald macht jeder, was er will. Also …!»

Tomos Stimme klang ruhig, aber Konno war so fassungslos, als hätte man ihn mit einem Hammer auf den Kopf geschlagen. Unter tiefen, unterwürfigen Verbeugungen entfernte er sich und blickte verstohlen aus den Augenwinkeln zu Tomo: wie üblich waren ihre glatten, gelblichen Wangen ruhig und entspannt und ihre Augenlider leicht geschwollen.

Konno war vor ungefähr einem Jahr unter der Abmachung, daß man ihm sowohl genügend Zeit für die Abendklassen einer Pharmazieschule einräumen als auch die Studiengebühren bezahlen würde, als Hausdiener zu den Shirakawas gekommen. In der ersten Zeit hatte auch er – genau wie die Hausmädchen und die anderen Leute, die bei den Shirakawas ein und aus gingen – Suga ‹Fräulein Suga› genannt. Diese Anrede legte einem nahe, daß Suga die Haushälterin der Shirakawas war. Und tatsächlich hütete Suga das Haus, wenn Tomo, was sich häufig ergab, wegen der Verwaltung der Mietshäuser und Grundstücke unterwegs war, und ging lethargisch zwischen Wohnzimmer und Küche hin und her, um Yukitomo zu versorgen und den Dienstmädchen den Haushalt betreffende Anweisungen zu geben. Hatte sie gerade nichts zu tun, dann setzte sie sich vor das längliche Kohlenbecken im Wohnzimmer, rauchte in ihrer langen Pfeife einen milden Tabak und las Yukitomo zu seiner Unterhaltung aus Büchern oder Zeitungen vor. Nachts richtete sie ihr Bett natürlich in Yukitomos Zimmer her. Was neben all diesen Dingen ihre Stellung in der Familie aber am klarsten zeigte, war die Sitzordnung während der Mahlzeiten.

Yukitomo saß stets auf dem Ehrenplatz, dann kamen Tomo, Takao ... und Michimasa, seine Frau und ihre Kinder, falls sie gerade auf Besuch da waren. Für jeden von ihnen wurde ein lackiertes Eßtischchen gebracht. Das Dienstmädchen, das sie beim Essen bediente, stellte eine große hölzerne Schüssel in die Mitte des Raumes und setzte sich davor. Für Suga war kein eigenes Tischchen vorgesehen. Sie saß immer, mit dem Rücken zum Hausmädchen, Yukitomo gegenüber an seinem Tisch: sie servierte ihm den Reis und zerlegte den Fisch für ihn. Und während sie ihn bediente, aß sie selbst von den Speisen, die auf seinem Tischchen standen.

Yukitomo, der alte Mann, und die vor ihm sitzende junge Suga, die mit ihren Eßstäbchen von einem einzigen Tisch die Speisen nahmen: diese Szene war erfüllt von der Vertrautheit, die in der Beziehung zwischen einem Mann und einer Frau herrschen kann. Und diese Art von Vertrautheit ließ einen nicht an Ehemann und Ehefrau oder Vater und Tochter denken. Jedermann hätte auf den ersten Blick sagen können, was Suga eigentlich war.

Der Anblick der beiden machte auch Konno allmählich klar, welch delikater Unterton mitschwang, wenn sich die Dienstmädchen und die Leute, die ins Haus kamen, der Anrede ‹Fräulein Suga› bedienten. Konno, das drittälteste von neun Kindern, war nach dem Abschluß der Höheren Volksschule zum Arbeiten in eine Apotheke in Chiba geschickt worden, war aber, vom Wunsch besessen, das Apotheker-

Diplom zu erwerben, nach Tokio gekommen und hatte sich bereits von zwei, drei Familien durchfüttern lassen. Eine seiner Stärken war es, mit Geschick einen feinen Riß zu finden, der im Geflecht der Beziehungen zwischen den Mitgliedern einer Familie bestand, und von dort aus zu seinem eigenen Vorteil zu operieren. Er war zwar oberflächlich, mit seiner flinken Auffassungsgabe entdeckte er aber immer schnell, wer in einer Familie das Sagen hatte und an welchen Fäden er ziehen mußte, damit die Puppen tanzten. Nach einer kurzen Eingewöhnungszeit bei den Shirakawas war die Lage für ihn offensichtlich: Yukitomo war die absolute Autoritätsperson im Haus; Tomos Stellung glich der einer Geschäftsführerin, und ihre Beziehung zu ihrem Mann war kaum der Rede wert; die Menschen, denen Yukitomos Liebe wirklich gehörte, waren Suga und Takao.

Yukitomo und Tomo ließen Takao alles durchgehen, und auch Suga, der Yukitomos Wille Gesetz war, verhätschelte ihn wie eine Amme: Es konnte also sicher kein Fehler sein, dem kleinen Takao schönzutun. Aber etwas anderes war für Konno, um den sich jetzt keine Verwandten mehr kümmern konnten, noch wichtiger: Er mußte sich bei den Dienstmädchen beliebt machen, damit sie ihm zum Beispiel eine aufgegangene Naht nähten. Und am schnellsten waren auf diesem Gebiet Erfolge zu erzielen, wenn die Anordnungen von Tomo oder Suga kamen.

Tomos ruhiges, wachsames Wesen war für Konno ein Buch mit sieben Siegeln, und es sollte ihm nie gelingen, zu ihr ein vertrautes Verhältnis herzustellen. Aber hinter Sugas schwerfälliger Sprechweise und ihrer Lethargie entdeckte er einen großen, grauen Schatten, der ihm nur zu deutlich zeigte, wie wenig Erfüllung Sugas Wünsche in diesem Haus gefunden hatten.

«Es wäre doch gut, wenn Fräulein Suga hier ausziehen und in einem eigenen Haus als seine Nebenfrau leben würde», sagte Konno eines Tages zu Takaos Amme Maki. «Sie wäre zwar immer noch seine Mätresse, aber in ihren vier Wänden könnte sie ungeniert die Hausfrau spielen ...»

Aber Maki antwortete nur kopfschüttelnd:

«Nein, nein, dazu hat sie nicht das Zeug! So schwermütig und verschlossen, wie sie ist ... sie mag ja auch Seiten haben, die ich nicht kenne, aber ... Wissen Sie, Suga arbeitet seit ihrem fünfzehnten Lebensjahr bei den Shirakawas und wohnt nun schon seit fast zwanzig Jahren hier. Nein, sie ist völlig unfähig, unseren Herrn nach ihrer Pfeife tanzen zu lassen! Außerdem war unser Herr schon immer ziemlich eigensinnig und würde keine Frau, die ihm gehört, außerhalb wohnen lassen. Und jetzt, da er in die Jahre kommt, ist damit noch weniger zu rechnen als jemals zuvor. Wenn man an die Zukunft denkt, dann kann einem Suga schon leid tun ... keine Kinder ... nichts ...»

Kurz nachdem Konno diese Erklärung gehört hatte, begann er Suga mit ‹Frau Shirakawa› anzureden und sie vor anderen Leuten ‹die junge Frau Shirakawa› zu nennen.

Als er ganz beiläufig Suga zum erstenmal so anredete, schien sie geschockt zu sein. Sie riß die Augen weit auf und öffnete, wie um ihn am Reden zu hindern, halb den Mund. Dann schluckte sie hart und ließ die Angelegenheit auf sich beruhen. Aber Konno entging nicht, daß in Sugas starrem Gesicht blitzartig ein Schimmer der Freude aufgeflackert war.

«Herr Konno, unser Herr ist der Meinung, daß Ihr blauer Baumwoll-Kimono schon ziemlich verschossen ist und alles andere als ein erfreulicher Anblick. Ich habe darum diesen Baumwollstoff hier gekauft. Fräulein Yoshi wird daraus einen Kimono für Sie nähen ... Ziehen Sie ihn dann bitte an, wenn er fertig ist.»

Sugas Ausdruck war unwillig, als sie Konno den Stoff zeigte – als führe sie nur mißvergnügt einen Befehl Yukitomos aus. In Wirklichkeit hatte *sie* Yukitomo den Kauf des Stoffes eingeredet.

«Der kleine Takao geht oft mit Herrn Konno fort ... obwohl ich ja finde, daß er in seinem Baumwoll-Kimono mit den abgewetzten Ärmeln schäbig aussieht. Womit ich natürlich nicht sagen will, daß man sich auch noch in die Kleiderwahl des Hausdieners einmischen sollte ...» hatte Suga mit gerunzelter Stirn bemerkt.

Aber Yukitomo hatte sie heftig angefahren.

«Dummes Geschwätz! Du solltest besser dafür sorgen, daß er anständig aussieht. Er gehört schließlich zum Haus! Sollen sich die Leute über mich den Mund zerreißen ...»

Es war jedoch nicht so, daß die anderen Dienstmädchen und die Leute, die bei den Shirakawas verkehrten, Suga jetzt anders angeredet hätten, nur weil Konno sie ‹Frau Shirakawa› nannte, und Suga wußte genau, daß sie selbst es hätte unterbinden müssen, wenn alle Konnos Beispiel gefolgt wären.

Dennoch bereitete ihr Konnos ‹Frau Shirakawa› ein unbeschreibliches Vergnügen.

Mochte sie auch noch so sehr in Yukitomos Gunst stehen, sie konnte sich niemals frei fühlen, sie konnte sich niemals in den warmen Strahlen der Sonne baden, solange sie mit Yukitomos legitimer Ehefrau unter einem Dach lebte. Ständig mußte sie sich mit eingezogenem Kopf im Schatten Tomos verbergen; ihr Begehren zeigte sich nur in ihrem starren Blick.

Niemand bemerkte etwas von Sugas hilfloser Sehnsucht und Ängstlichkeit – Tomo naturgemäß nicht, aber auch Yukitomo nicht.

Und so fraßen sich Konnos verlogene Schmeicheleien wie eine Zecke in Sugas Herz.

Sobald Suga Konno gegenüber ein freundliches Verhalten an den Tag zu legen begann, begann dieser, unverblümt Tomo schlechtzumachen.

Je hartnäckiger Konnos Attacken wurden, desto mehr versteifte sich Suga auf die Verteidigung Tomos. Und je heftiger ihre Verteidigung wurde, desto mehr freute sie sich über ihre so völlig unmätressenhafte Seelengröße. Es war wie beim Tauziehen: mal zog Konno an einem Ende des Seils, dann Suga am anderen. Suga bemerkte nicht, daß sich der Abstand zu Konno immer schneller verringerte.

Versucht man das weibliche Verhalten gegenüber Männern zu klassifizieren, so ergeben sich zwei Typen: die Kindfrau und die Mutter. Suga, die fast noch ein Kind gewesen war, als sie von Yukitomo zum erstenmal geliebt wurde, gehörte natürlich – auch weil Yukitomo nie aufgehört hatte, sie zu verwöhnen – zum Typ ‹Kindfrau› und war deshalb unfähig, für einen Mann, der wie Konno zehn Jahre jünger war als sie, zärtliche Gefühle zu entwickeln. Für sie, die all die Jahre in Yukitomos engster Nähe verbracht hatte, besaß Konno als Mann kein Gewicht. Ein Windstoß würde genügen, um ihn wegzuwehen. Aber selbst das ist schon zuviel gesagt, da Suga Konno in der ersten Zeit so wenig ernst genommen haben dürfte, daß sie Yukitomo und ihn nicht einmal in Gedanken verglichen hätte. Als Konno aber begann, Tomo schlechtzumachen, bekam er für Suga plötzlich eine Anziehungskraft, die in ihrer Intensität höchst verschieden war von dem Eindruck, den er mit seiner Seichtheit und Unscheinbarkeit sonst auf sie machte.

Konno wußte, daß Suga an chronischen Hämorrhoiden litt, die ihr bei jedem Wechsel der Jahreszeit Schmerzen und Fieber verursachten. Konno wußte auch, daß ihre Pein noch dadurch verstärkt wurde, daß sie ihr Leiden vor allen geheimhalten wollte. Ein glücklicher Zufall wollte es, daß Konno mit einem Apotheker befreundet war. Von dem brachte er eines Tages eine Heilpflanze mit, die Suga nicht kannte, und überreichte sie ihr heimlich. Sooft Suga die Medizin zu bezahlen versuchte, schob er ihr Geld mit den weitgespreizten Fingern seiner bleichen Hände zurück und sagte im Weggehen kurzangebunden:

«Kommt nicht in Frage! Das ist schon in Ordnung. Wichtiger ist, daß die Kaiserin von China nichts davon erfährt; denn sonst gibt's Krach. Also nehmen Sie bitte die Medizin ein, und sagen Sie niemand etwas.»

Bei jedem anderen hätte Suga ein derartiges Verhalten, das anklingen ließ, daß Suga von ihrem Beschützer Yukitomo nicht geliebt wurde, als Beleidigung empfunden; jedoch nicht bei Konno. Sie füllte die Medizin heimlich in eine Dose, und man hätte meinen können, sie wäre etwas Wertvolles, so groß war die Sorgfalt, mit der sie sie abkochte und einnahm.

Manchmal zog Yukitomo Suga ein wenig auf.

«Die Medizin da riecht ja merkwürdig – bist du sicher, daß das kein Stärkungsmittel ist ...»

Aber Suga lächelte dann nur mit leichtem Spott und sagte:

«Die hat mir meine Schwägerin von zu Hause geschickt. Soll gut gegen meine Krankheit sein. Wie hieß diese Medizin doch gleich wieder ...?»

In dem düsteren, feinen Lächeln, das dann über eine ihrer Wangen glitt, lag eine fast gespenstische Koketterie: die einzige Form von Rache an Yukitomo, zu der Suga fähig war, bestand in diesem Lächeln.

In ihrem Haus in Tsunamachi präsentierte Miya Michimasa fast jedes Jahr ein weiteres Kind. Es ließ sich nicht mit Sicherheit sagen, ob nicht eines ihrer fünf Kinder von Yukitomo stammte. In seiner Dummheit, die so groß war, daß sie eine Enterbung gerechtfertigt hätte, ahnte Michimasa nicht einmal im Traum etwas von der Beziehung zwischen seinem Vater und seiner Frau. Er war in den letzten Jahren von seinem Vater, einzig der Notwendigkeit wegen, das Geheimnis zu bewahren, mit einer nie gekannten Herzlichkeit behandelt worden. Yukitomo betrachtete das Haus in Tsunamachi nicht als das Heim seines Sohnes, sondern als die jedermann unbekannte Wohnung seiner Mätresse.

Es war Jahr für Jahr dasselbe und entlockte Suga nur noch ein bitteres Lächeln: in der Zeit zwischen Miyas ersten heftigen Schwangerschaftsbeschwerden, wegen derer sie das Bett hüten mußte, und ihrer Wiedergenesung nach der Geburt eines Kindes war Yukitomo wieder liebevoll und zärtlich zu ihr.

Suga versuchte zwar, sich selbst mit Gewalt davon zu überzeugen, daß Männer eben so waren, aber eine Ungeduld, die einem Herumtasten in der Dunkelheit glich, ließ ihre Gefühle stumpf werden und absterben. Dies war einer der Gründe, warum sie Konno, den sie nicht einmal besonders mochte, nicht wirklich zurückstoßen konnte.

«Ah ...»

Suga, die inmitten des grünen Lichts stand, zog hastig ihre Schultern zusammen und schüttelte wild ihr Genick.

«Was ist los!»

Aufgeschreckt von Sugas Stimme, lief Konno zu ihr hin.

«Ach, ich weiß nicht ... irgend etwas auf meinem Rücken ... ah – es bewegt sich ... Herr Konno, sehen Sie doch bitte nach!»

«Mm ... vielleicht hat sich ein Insekt in Ihren Kimono verirrt ...»

«Widerlich! Fühlt sich schrecklich an ... es kribbelt so ...»

«Moment mal ... entschuldigen Sie», sagte Konno, griff in ihren Kragen und fuhr mit einer Hand Sugas molligen, weißen Rücken hinab.

«Mh ... wo kribbelt's denn? ... hier?»

«Nein, mehr auf der anderen Seite! Es sticht ... ah, hier ...»

«Was haben wir denn da – eine Raupe!»

«Oh, wie widerlich!»

Suga befreite sich wie betäubt von Konnos Hand und schüttelte sich.

Lachend warf Konno die kleine grünschwarze Raupe zu Boden und zertrat sie einfach mit seinen Holzsandalen.

«Sie sind ja ganz weiß im Gesicht! Angsthase! Nur wegen einer Raupe ...»

«Ich finde die nun mal widerlich! Sagt man nicht auch ‹Verhaßt wie eine Raupe sein›?»

Suga hob ihre Hände zum Nacken und strich einige lose Strähnen, die aus ihrem dichten Haarknoten hervorstanden, nach oben – als könnte immer noch eine Raupe auf ihrem Hals herumkriechen. Konno bebte am ganzen Körper: mehr als die kränkliche Schönheit von Sugas Gesicht mit den Augen, deren Winkel gefleckt waren, hatte ihn die Kälte ihrer klammen, schneeweißen Haut erregt, die er soeben mit seiner Hand berührt hatte.

«Es brennt immer noch … Ob sie mich gestochen hat?»

«Lassen Sie mich einmal sehen.»

Konno machte Anstalten, noch einmal hinter Suga zu treten, aber sie zupfte ihren Kimono schon energisch zurecht.

«Lassen Sie nur … Fräulein Yoshi soll sich's ansehen und irgendein Mittel drauftun», sagte Suga und ging rasch an ihm vorbei zum Haus.

In der Halle eines Tempels auf dem Gelände der Tempelanlage Nishi-Honganji in Tsukiji saß Tomo unter vierzig bis fünfzig Mitgläubigen und hörte so eifrig der Predigt zu, als sauge sie jedes einzelne Wort in ihren Körper ein. Der Prediger – ein hochgestellter Mönch und Gelehrter, der vom Haupttempel in Kyoto geschickt worden war – stand mit hartem Gesichtsausdruck auf der Kanzel: er trug kurzgeschorenes Haar, dicke Brillengläser vor seinen kurzsichtigen Augen und eine schmale Stola über seinem schwarzen Reise-Haori aus Seidengaze.

Das Thema der Predigt war: «Der Glaube der Vaidehi». Vaidehi war der erste Mensch, dem Buddha die Lehre des Reinen Landes gepredigt hatte, und eine der zentralen Figuren in den Lehren der Jōdoshinshū-Sekte.

Nach buddhistischer Überlieferung waren Vaidehi und ihr Gemahl, König Bimbisara, kinderlos. Der König betete zu Göttern und Buddha um die Gnade, ein Kind zu bekommen, und wurde erhört. Es wurde ihm kundgetan, daß der heilige Asket, der ihm die göttliche Botschaft überbrachte, als Prinz wiedergeboren werden würde. Dies könnte aber, so hieß es, erst nach dem Tod des Asketen geschehen. Der König wartete mit brennender Ungeduld auf den Tod des Asketen, aber Jahr über Jahr verging, ohne daß es ein Anzeichen dafür gegeben hätte, daß er sterben würde. Schließlich konnte der König seinen Wunsch nach einem Kind nicht länger zügeln und befahl einem Vasallen, den Asketen zu töten. Seiner Gemahlin aber wurde dies verschwiegen. Das Langersehnte trat ein: Vaidehi wurde schwanger und gebar einen Sohn.

Groß war die Freude des Königs, und er liebte den Prinzen, dem er den Namen Ajatasatru gab, von ganzem Herzen. Der Prinz, der von früh an einen gewalttätigen Charakter hatte, haßte den König, als wäre der sein Erzfeind, und versetzte mit zunehmendem Alter alle durch seine barbarischen Kräfte in Angst und Schrecken. Schließlich warf er seinen Vater, den König, ins Gefängnis und versuchte ihn zu töten, indem er ihm die Nahrung verweigerte.

Schrecklich waren die Leiden des Königs, schrecklicher aber noch und mit Worten nicht zu fassen war der Kummer der Königin: hilflos mußte sie mitansehen, wie das Kind, das sie geboren hatte, grausam seinen eigenen Vater, ihren Gemahl, peinigte und zu töten versuchte. Sie war die Gemahlin eines Königs und die Mutter eines mächtigen Tyrannen. Ihr Rang hätte kaum höher, ihr Reichtum kaum größer sein können, aber ihr Herz verzehrte sich Tag und Nacht unaufhörlich in Schmerz und Qual. In ihrem Jammer, daß das Kind, das ihrem Leib entsprungen war, so wenig ihr selbst glich, flehte sie den Himmel an und warf sich zur Erde.

Sie versuchte das Leben ihres Gemahls, dem jegliche Speise verweigert wurde, zu retten, indem sie ihren Körper mit Honig bestrich, sich des Nachts heimlich in das Kellerloch begab, das sein Gefängnis war, und im Dunkel ihren kranken und schwachen Mann ihre Haut ablecken ließ. Mit Mühe gelang es ihr, sein Leben zu erhalten. Aber bald drang auch davon Kunde zu Ajatasatru; er verbannte seine Mutter in den verborgensten Teil des Palasts und stellte sie unter Aufsicht.

Da ihr nun der Zugang zu allem versperrt war, wodurch sie das Böse in ihrem Sohn ein wenig hätte aufhalten können, blieben ihr nur noch hoffnungslose Tränen über ihre Machtlosigkeit.

In dieser Zeit versank der ruhelose Geist und Körper der Königin wirklich in eine Hölle – in eine infernalische Welt, in der jegliche Harmonie und Vernunft zerschlagen worden waren. Auf dem Grunde der Dunkelheit starrte Vaidehi in die unsichtbare Welt, die sie umgab, und fuhr fort zu beten, gestützt auf den Rest von Kraft, der ihr im Innersten ihres erschöpften Körpers geblieben war. Von ganzem Herzen und mit brennender Inbrunst rief sie nach Buddha, der so weit von ihr entfernt war.

«Buddha! Buddha! Verleih meinem hilflosen Leben Kraft! Warum muß ich mich damit abquälen, in dieser häßlichen und entstellten Welt der Menschen weiterzuleben?»

Ihre Gebete drangen an Buddhas Ohr, und er überwand Hunderte von Meilen und zeigte sich Vaidehi in seiner sichtbaren Gestalt, von einem majestätischen Glanz umflossen.

Er erklärte der Königin, die in ihrer Qual halb tot war, das Wirken des Schicksals bei Ajatasatrus Geburt und zeigte ihr den strahlenden Glanz des Reinen Landes, das sich schließlich für jemanden, der wie sie – trotz einer unentrinnbaren Schicksalsgebundenheit – weiterhin bedingungslos an Buddha glaubte, auftun würde. Diese Lehrrede Buddhas ist heute unter dem Namen ‹Amitayur-dhyana-sutra› bekannt.

Die Qualen Vaidehis entsprangen einem düsteren Karma, von dem sich ein Mensch, mag er auch über Weisheit oder Macht verfügen, nicht lösen kann. Obwohl sie selbst voller Klugheit und von tiefer Barmherzigkeit war, hatte ihr Körper einen Teufel beherbergt, der durch das Karma ihres Mannes entstanden war, und es war ihr unmöglich, dem Territorium des Schreckens, das von ihrem teuflischen Sohn beherrscht wurde, zu entfliehen. Das einfachste für sie wäre gewesen, ein Mensch wie Ajatasatru zu werden. Aber dies war ihr in alle Ewigkeit unmöglich. Was bedeutete, daß es ihr in alle Ewigkeit nicht gelingen würde, aus dem Gefängnis ihrer inneren Qualen zu entfliehen.

Die Königin fühlte zu dieser Zeit, daß alles, was Menschen ersehnen, daß Macht, Reichtum und Weisheit in Wirklichkeit unwirksame und flüchtige Dinge sind. Allein diese Erkenntnis verstärkte ihren Wunsch, aus der Hölle, in der sie sich befand, befreit zu werden, und so richtete sie ihr Flehen an Buddha. Anders gesagt: Vaidehi richtete ihr Flehen an Buddha als Vertreterin all jener gewöhnlichen Frauen, denen es versagt ist, aus eigener Kraft zum wahren Glauben zu gelangen. Und Buddha erhörte ihre verzweifelten Bitten und offenbarte ihr die Lehre von der ‹Erlösung durch Gnade›. Es gibt eine berühmte Stelle im Werk des Heiligen Shinran – dem Begründer unserer Kirche – die genau diese Bedeutung beinhaltet: «Sogar die Guten werden im Paradies wiedergeboren, um wieviel eher noch die Sünder!» Auch ein Mensch, der ein gerechtes Leben zu führen versucht, muß nur ein wenig mehr die Augen öffnen, um zu erkennen, daß er bedingt durch sein unentrinnbares Karma unbewußt zahllose böse Taten begeht ... Der Mensch kann sich aus eigener Kraft nicht befreien, seine alleinige Rettung liegt im Licht, das von außen kommt, liegt im Versprechen Buddhas, unseres Herrn. Und es ist der Glaube unserer Kirche, daß dieses Heilige Versprechen in der Anrufung seines ehrwürdigen Namens ‹Namu Amida Butsu› enthalten ist.

Der Prediger führte noch einige konkrete Beispiele an, welche die Wirksamkeit des Glaubens an die ‹Erlösung durch Gnade›, von dem auch Vaidehi erfüllt gewesen war, anschaulich zeigten, und stieg dann von der Kanzel.

Unter den versammelten Frauen gab es einige, die unablässig – auch während des Vortrags – das ‹Namu Amida Butsu› intonierten. Nachdem sich der Prediger zurückgezogen hatte, griffen die Frauen bescheiden zu Tee und Kuchen, welche ihnen serviert worden waren, und begannen sich zu unterhalten – weniger über die eben gehörte Predigt als über das Befinden ihrer Familien. Die Vereinigung dieser Gläubigen trug den Namen ‹Kirche der Frauen›, und ihre Mitglieder stammten aus der Mittel- und Oberschicht. Fester Bestandteil ihrer monatlichen Versammlungen waren die Vorträge jeweils wechselnder Prediger. Manchmal brachte ein Mitglied seine Tochter oder eine junge Frau mit, aber meistens überwogen die vierzig- bis sechzigjährigen Damen aus den begüterten Schichten. Gelegentlich nahm auch eine Verwandte des Gründers des Tempels Honganji an den Versammlungen teil, eine für ihre Bildung berühmte Frau, die mit ihrem langen Hals, der an einen Kranich erinnerte, aufrecht unter ihnen saß und alle Blicke auf sich zog.

Tomo wechselte ein paar Worte mit einigen Frauen von Geschäftsleuten aus ihrer Bekanntschaft, ergriff dann ihre alte Handtasche und verließ als erste die Versammlung. Sie wollte einen ihrer Verwalter aufsuchen, um mit ihm über die Erhöhung der Pacht für ein Grundstück in Kodenmachō zu sprechen.

Vor der Haupthalle faltete sie andächtig ihre Hände, durchschritt die weiträumige Tempelanlage und machte sich auf den Weg nach Shintōmichō. Ihre Gedanken waren bei der tiefgläubigen Vaidehi, von der sie gerade gehört hatte.

Tomo hatte wegen der letzten Worte ihrer Mutter Zugang zu den Lehren der Shinshū-Sekte gesucht.

Tomos Mutter war vor mehr als zehn Jahren in Kumamoto im Haus ihres älteren Bruders gestorben. Zwei, drei Jahre vor ihrem Tod war Tomo zusammen mit der noch jugendlichen Suga den ganzen weiten Weg nach Kyūshū gereist, um den Wunsch ihrer Mutter nach einer letzten Zusammenkunft zu erfüllen.

Ihre Mutter hatte erfahren, daß Suga als Mätresse bei den Shirakawas lebte, und war in großer Sorge; Tomo wollte diese Sorgen zerstreuen, indem sie ihrer Mutter Gelegenheit gab, sich mit eigenen Augen davon zu überzeugen, daß diese Mätresse keineswegs ein schrecklicher Mensch war, sondern in ihrer Mädchenhaftigkeit eher einer gehorsamen Braut glich. Tomos Plan ging auf: ihre Mutter schien sich beim Anblick Sugas sogar noch mehr als erwartet zu beruhigen. Gleichzeitig verstand sie Tomos Kummer offenbar noch besser, wenn sie an die langen Jahre dachte, in denen diese junge, schöne Frau mit Tomo unter einem Dach leben und Yukitomo bedienen würde.

«Wie sehr die Menschen sich auch abquälen, nichts gelingt ihnen nach Wunsch. Auch du solltest das einsehen. Erzwinge nichts, und denke immer daran, dein Schicksal Buddha, unserem Herrn, anzuvertrauen», sagte Tomos Mutter und legte ihr wieder und immer wieder nahe, nach ihrer Rückkehr nach Tokio den Tempel Honganji aufzusuchen, um bei der Shinshū-Sekte Trost und Frieden zu finden.

Tomo aber folgte dem Rat ihrer Mutter erst nach deren Tod. Sie erfüllte ihr Versprechen zwar nicht, solange ihre Mutter noch lebte, konnte sich aber innerlich immer damit verteidigen, daß die viele Arbeit im Haus ihr die Muße dafür einfach nicht ließ. Nachdem aber Etsuko geheiratet hatte und auch für Michimasa, an dessen Verheiratung Tomo schon kaum noch geglaubt hatte, eine Frau – wie unpassend auch immer – gefunden worden war und später dann auch Enkel zur Welt kamen, wurde die Erfüllung des letzten Wunsches ihrer verstorbenen Mutter für Tomo zu einer Pflicht, der sie sich unter keinen Umständen länger entziehen konnte.

Anfangs ging Tomo nur aus bloßem Pflichtgefühl ihrer Mutter

gegenüber zum Tempel, um den Predigten zuzuhören. Die Last ihrer unablässigen Bemühungen, Yukitomos zügelloser Lebensweise entgegenzuwirken und das Fundament ihrer Familie vor dem Zusammenbruch zu bewahren, ließ es ihr undenkbar erscheinen, daß sie durch bloße abstrakte Worte wie dem ‹Versprechen des Buddha› gerettet werden könnte.

Erst als Tomo von der unmoralischen Beziehung zwischen Miya und Yukitomo erfuhr, begannen sich die ersten zarten Keime des Glaubens in ihrem Herzen zu regen.

Wieviel Kummer und Haß mochte sich in Tomo all die Jahre wegen Michimasas extrem selbstsüchtigen, fast schwachsinnigen Wesens aufgestaut haben? Bei all seinem tyrannischen Verhalten war sich Yukitomo zumindest völlig bewußt, daß sein Leben von seinen Mitmenschen und der Gesellschaft abhing. In dieser Hinsicht war er als Mann durchaus respektabel. In Michimasas Wesen aber hatten die Moral und die Liebe, welche das Credo ihres gesamten Lebens bildeten, keinerlei Spuren hinterlassen. So wie Michimasa die Leute, mit denen er etwas zu tun hatte, immer in Wut versetzte, so benutzte er die Frau, die er geheiratet hatte, nur zur Befriedigung seiner sexuellen Begierden. Von Liebe war bei ihm niemals die Rede. Wenn Miya nicht immer wieder von Yukitomo versöhnt worden wäre und durch ihn nicht ein unerwartetes Glück in diesem Haus gefunden hätte, wäre sie wahrscheinlich nicht so lange an Michimasas Seite geblieben.

Als Tomo erstmals von Miyas Beziehung zu Yukitomo erfuhr, war Miya für sie gestorben. Ihr Samurai-Naturell sagte ihr, daß eine Frau, die es genoß, von ihrem Schwiegervater verführt zu werden, verabscheuungswürdig und durch und durch schlecht sein mußte. Tomo, die wegen Yukitomos sexueller Beziehungen auch zu anderen Frauen als Suga und Yumi einen düsteren Hunger nach Liebe verspürte, erlitt erneut einen Schock, als sie mit dem Problem ‹Miya› konfrontiert wurde.

Wenn Michimasa von dieser Sache erfuhr und sein Wahnsinn ihn zu wirklichen Gewalttaten verleiten würde, dann würde der gute Ruf der Familie Shirakawa, über den Tomo so eifersüchtig gewacht hatte, ruiniert werden. Tomo fürchtete weniger um sich selbst. Sie fürchtete sich nicht davor, daß sie unter den Trümmern des Hauses zerquetscht werden würde, sondern vielmehr, daß Takao, der im

Schutz ihrer Fittiche aufgewachsen war, verletzt werden würde. Tomo hatte nicht im mindesten damit gerechnet, daß sie eines Tages ihren Enkel Takao so sehr lieben würde. Das Mitleid mit dem Baby, das bei seiner Geburt die Mutter verloren hatte, hatte sich in Liebe verwandelt. Es stieß Tomo nicht im geringsten ab, daß Takao das Kind des idiotischen, unverträglichen Michimasa war. Im Gegenteil: diese Blutsverbindung verstärkte noch ihr Mitleid und ihre Liebe für den kleinen Takao. Wie kalt und herzlos hatte sie ihre eigenen Kinder Michimasa und Etsuko erzogen, verglichen mit der blinden und grenzenlosen Liebe, die sie für dieses Kind empfand!

Wenn sich Tomo die Tiefe der Liebe zu Takao vor Augen führte, dann fühlte sie in sich eine neue Verpflichtung – nicht nur gegenüber Michimasa, sondern auch gegenüber Miya und Suga. Sowohl Suga, die von Yukitomo in ihrer Mädchenzeit entjungfert worden war, als auch Miya, deren Frustration über ihren idiotischen Ehemann von Yukitomo ausgenützt worden war, schienen ihr nun weniger Haß als Mitleid zu verdienen. Bei dem Gedanken, daß die Gefährten dieser beiden Frauen ihr Mann und ihr Kind waren – Männer, von denen sie sich niemals würde lösen können –, spürte sie in aller Deutlichkeit, daß in ihrem hilflosen Ich, das an das grausame Rad von Geburt und Wiedergeburt geflochten war, die gleiche Hölle wütete, in die Vaidehi gestürzt war. Und plötzlich ging ihr die Anrufung Buddhas, ging ihr das ‹Namu Amida Butsu› wie von selbst über die Lippen. Die Tiefe ihrer Liebe zu Takao und der Abscheu gegenüber den Beziehungen zwischen ihrem Mann, ihrem Sohn, der Mätresse und ihrer Schwiegertochter, in die sie selbst verstrickt war – all das belastete Tomo auf eine fast unerträgliche Weise. Mit Absicht war sie in keine dieser Beziehungen eingetreten, und doch konnte sie aus keiner von ihnen entfliehen.

Tomo wurde in der letzten Zeit noch von einer weiteren Sorge gequält. Als sie in Tsunamachi zu Besuch war, hatte ihr Miya, die seit einiger Zeit merklich zugenommen hatte, in fröhlichem Ton die folgende Geschichte erzählt, während sie ihrem kürzlich geborenen fünften Kind Namiko eine glänzende Brustwarze zwischen die Lippen schob.

«Ich habe gehört, Mutter, daß Suga heiraten will ... Wußtest du das?»

«Völlig ausgeschlossen! Von wem hast du das?» sagte Tomo

leichthin und klopfte ihre kurze Pfeife am Rand des länglichen Kohlenbeckens aus. Ihr Herz jedoch begann schneller zu schlagen.

«Papa hat das gesagt! ‹Suga scheint sich in unseren Konno verliebt zu haben!› hat er gesagt und gemeint, daß es zwischen beiden zwar einen kleinen Altersunterschied gibt, daß Konno aber Suga zur Frau haben kann, sobald er die Pharmazie-Schule abgeschlossen hat. Er will ihnen vielleicht auch eine Apotheke einrichten ...»

«So, das hat er also gesagt ... Wahrscheinlich ein Witz, oder? Was für eine Vorstellung! Konno und Suga sind im Alter fast zehn Jahre auseinander ...»

Tomo lachte gezwungen. Aber Miya, deren Augen schmal wie ein Faden wurden, brach vor Lachen fast zusammen. Ihr schien die Idee unwiderstehlich komisch vorzukommen.

«In der Liebe ist alles anders ... Wenn sie sich mögen, spielt das Alter sicher keine Rolle ... Für Papa wäre es vermutlich schlimm, wenn Fräulein Suga jetzt nach all den Jahren gehen würde ...»

Miyas Ton war so unschuldig, als gäbe es das Geheimnis ihrer Beziehung zu Yukitomo nicht, als hätte die Angelegenheit nichts mit ihr zu tun.

«Ja, es wäre schlimm! Wenn schon nicht für Vater, so doch auf jeden Fall für mich! Eine neue Frau bekommen wir jetzt nicht mehr ins Haus und ... ach was, ich glaube einfach nicht, daß Suga etwas mit Konno hat, auch wenn sie ihm immer wieder unter die Arme greift!»

Krampfhaft wies Tomo Miyas Geschichte ab und ging nach Hause. Aber von jenem Tag an achtete sie ängstlich darauf, ob es zwischen Suga und Konno irgendwelche Vertraulichkeiten gab.

Tomo hatte in den langen Jahren, in denen sie unter Yukitomos Gier nach Frauen gelitten hatte, ein intuitives Gefühl dafür entwikkelt, ob zwischen einem Mann und einer Frau eine sexuelle Beziehung bestand oder nicht. Ihr sechster Sinn verließ sie auch nicht, wenn sie sich unter vielen Menschen befand: der Austausch geheimer, scheinbar belangloser Blicke sagte ihr rasch alles. Und nach ihrer intuitiven Einschätzung war zwischen Suga und Konno ein derartiges Geheimnis noch nicht entstanden.

Verändert hatte sich in den letzten Wochen nur eines: obwohl Suga Konno in auffälliger Weise unterstützte, zeigte sie nicht die geringste Scheu vor Yukitomo, und Yukitomo wiederum schien

Gefallen an der größer werdenden Vertrautheit zwischen Suga und Konno zu finden.

Erst vor wenigen Tagen hatte Konno von seinen Eltern einen Brief bekommen, in dem sie ihm schrieben, daß sie Tokio besichtigen wollten. Der Brief war von Konno zu Suga und von Suga zu Yukitomo gewandert, der dann sofort anordnete, sie in das Anwesen der Shirakawas einzuladen.

Konno zeigte deutlich seine Ablehnung.

«Meine Eltern stammen vom Land, und es wäre mir wirklich peinlich, wenn sie von den Dienstmädchen ausgelacht werden würden, also ...»

Aber Yukitomo hatte ihn in einem Ton, als wolle er ihn ausschelten, gedrängt, seine Eltern einzuladen.

«Und du, Suga, wirst mit ihnen gehen, wenn sie sich die Stadt anschauen. Konnos Eltern würden sich bestimmt unwohl fühlen, wenn er während seiner Arbeitszeit allein mit ihnen herumspaziert», sagte Yukitomo, entnahm einer Schatulle eine beträchtliche Geldsumme und überreichte sie ihr. Suga schien von dem Ausflug angetan zu sein und antwortete in einem ungewöhnlich lebhaften Ton:

«Das ist eine sehr gute Idee ... Und da sie nun schon eigens nach Tokio kommen, könnten wir ihnen auch ein bißchen mehr als nur den zwölfstöckigen Turm in Asakusa und den kaiserlichen Palast zeigen. Sonst haben sie ja zu Hause fast nichts zu erzählen. Das Flußfest am Sumidagawa steht unmittelbar vor der Tür, und wir könnten sie doch an dem Tag zu Frau Kusumi mitnehmen und ihnen das Feuerwerk zeigen ...»

Es kommen doch nur die Eltern des Hausburschen, dachte Tomo bitter. Ein derartiger Aufwand war wirklich nicht nötig. Aber sie schwieg. Hätte sie etwas gesagt, hätte sie ihr Mann zweifellos wegen ihrer ‹primitiven Geschwätzigkeit› heruntergemacht.

Sie begleiteten die Eltern nicht nur zum Flußfest, sondern zeigten ihnen auch die Bon-Tänze und fuhren mit ihnen sogar nach Enoshima und Kamakura. Suga war stets dabei, und man hatte das Gefühl, daß sie wirklich Konnos Frau werden wollte: sie band ihr Haar zu einem jugendlichen Knoten zusammen und kämmte ihre Stirnhaare nach hinten, so daß sie wie eine Welle ihr Gesicht überwölbten; gekleidet war sie in einen dünnen längsgestreiften Sommer-

Kimono aus Akashi-Krepp, der ihre weiße Haut, auf die sie so stolz war, noch besser zur Geltung brachte. Yukitomo hatte an all dem nichts auszusetzen, sondern erkundigte sich nach ihrer Rückkehr stets nach ihren Erlebnissen und amüsierte sich über die Verblüffung der provinzlerischen Eltern.

Yukitomo, der sofort in eine schlechte Laune verfallen war, wenn Suga in ihren jungen Jahren mit einem fremden Mann auch nur ein, zwei Worte gewechselt hatte, war nicht wiederzuerkennen. War Yukitomo wirklich schon so vergreist, daß es ihm Freude machte, zu beobachten, wie gut sich Suga mit diesem jungen, unfähigen Mann verstand? Oder war es möglich, daß er Suga dezent Konno aufdrängen wollte, da er jetzt Miya hatte?

Tomo wurde weder aus Yukitomos noch aus Sugas Gefühlen klug, obwohl sie den beiden täglich so nah war.

Tomo überlegte sich kurz, ob sie Suga nicht eine diskrete Warnung zukommen lassen sollte, aber Suga war in der letzten Zeit in einer merkwürdig aufgeregten Verfassung gewesen, und selbst wenn sie dies nicht gewesen wäre, hätte die Erwähnung von Konnos Namen genügt, sie in helle Aufregung zu versetzen. Tomo behandelte Suga also wie ein rohes Ei und begnügte sich mit der passiven Rolle eines Zuschauers.

Suga war bereits über fünfunddreißig. War es möglich, daß in ihr eine späte Liebe zu keimen begann? Wie dem auch war: sollte sich Suga tatsächlich in einen oberflächlichen, antriebslosen Mann mit so wenigen Talenten wie Konno verliebt haben, dann hielt die Zukunft zweifellos nur Unglück für sie bereit ... Tomo litt unter ihrer Unfähigkeit, die ganze Geschichte Sugas Dummheit zuzuschreiben und es dabei beruhen zu lassen. Nichts ließ sich vergessen. Nicht einmal die Erinnerung an Sugas mittlerweile verstorbene Mutter, die damals, als sie Suga mitnahm, das Schicksal ihrer Tochter in Tomos Hände gelegt hatte.

Als Suga eines Tages das Haus verlassen hatte, um einzukaufen, rief Tomo Konno zu sich und fragte ihn beiläufig, ob er die Absicht habe, Suga zu heiraten.

«Ich? Nie im Leben ... Fräulein Suga ist zehn Jahre älter als ich und außerdem nicht sehr kräftig. Sie könnte mir nie eine normale Frau sein ... Heiraten bedeutet für mich: Kinder und Enkel zu bekommen. Für eine unfruchtbare Frau würde ich mich schönstens bedanken», sagte Konno, und ein oberflächliches Lächeln ließ seine Lippen erbeben.

Sein Ton ließ erkennen, daß er nichts mehr fürchtete, als daß irrtümlich angenommen werden könnte, er hätte Suga Avancen gemacht.

«So ist das also ... Na ja, dann ist es ja gut! Sehen Sie, Sie müssen auch an ihre Zukunft denken ... Wenn irgend etwas zwischen Ihnen und Suga vorfallen würde, dann müßten wir Maßnahmen ergreifen, die mir für Sie beide leid täten. Mein Mann mag ja einen sehr großzügigen Eindruck machen, aber bei solchen Dingen kann er sehr rigoros sein ...»

Tomo ließ Konno, während sie mit ihm sprach, nicht aus den Augen. Yukitomos geheime Absichten, von denen sie durch Miya unterrichtet worden war, erwähnte sie mit keinem Wort. Sie durchschaute, daß Konno Suga nicht liebte, und versuchte darum die Angelegenheit auf eigene Faust zu regeln. Wie erwartet, breitete sich in Konnos bleichem Gesicht mit der silbernen Brille Fassungslosigkeit aus, und unter ihrem Blick wurden seine Züge häßlich und klein.

Konno begann von diesem Tag an, auf sichtliche Distanz zu Suga zu gehen. Von Tomos Warnung sagte er kein Wort zu ihr, obwohl es nahegelegen hätte, sie zuallererst darüber zu informieren.

Wenn sich die Beziehung zu Suga nur ein wenig weiter entwickelt gehabt hätte, wäre vielleicht auch Konno anders zu der Situation gestanden. Aber so hielt Suga Konno, wenn sie allein waren, mit Gewalt von sich fern und ließ nicht die geringsten Vertraulichkeiten zu, obwohl – zu anderen Zeiten – ihr Verhältnis für Außenstehende auf geradezu befremdliche Weise intim wirkte. Für Konno, der während der Zeit, in der er in Pensionen gewohnt hatte, durchaus Verhältnisse mit älteren Frauen gehabt hatte, blieb es unbegreiflich, warum Suga sich ihm gegenüber so passiv verhielt. Da es den Anschein hatte, daß sie ihn kalt zurückstoßen würde, wenn er ihr unvorsichtigerweise zu nahe kommen sollte, ging er ihr aus dem Weg. Unfähig, die Kindfrau zu durchschauen, die in der älteren Frau verborgen war, mußte ihm das Aufhebens, das Suga von ihm vor anderen Leuten machte, noch unbegreiflicher bleiben.

Unmittelbar nach dem Herbstanfang wurde Suga wegen ihrer chronischen Hämorrhoiden bettlägrig. Konno aber machte nicht einmal den Versuch, sich ihrem Zimmer zu nähern. Und auch Yukitomo, dem auf Grund seiner Herkunft aus einer Samurai-Familie aus Kyūshū männliches Überlegenheitsdenken in Fleisch und Blut übergegangen waren, kam nicht an Sugas Bett, um sie freundlich zu pflegen. Derartige Liebesbeweise waren ihm von Kindheit an fremd. Im Gegenteil: voll schlechter Laune machte er Tomo und den Dienstmädchen Vorwürfe wegen der Unannehmlichkeiten, unter denen er zu leiden hatte, weil Suga nicht mehr zu seiner Bedienung zur Verfügung stand. Und Suga konnte seine Stimme sogar noch in dem Zimmer hören, in dem sie lag.

Zu keiner anderen Zeit hatte Suga mehr Sehnsucht nach ihrer verstorbenen Mutter, zu keiner anderen Zeit waren die Stunden ihrer Einsamkeit länger. Sooft sie auf die Toilette ging, verlor sie eine bestürzend große Blutmenge, und allmählich wurde sie so anämisch, daß sie nicht mehr aufrecht stehen konnte.

Tomo kam jeden Tag mehrmals zu Suga und spähte besorgt in ihr papierweißes Gesicht, das gegen das Kopfkissen gepreßt war.

«Du siehst furchtbar schlecht aus ... Sollen wir wirklich keinen Arzt holen?»

«Nein, ich bin ganz in Ordnung ... Es ist ja immer dieselbe Geschichte, und in einer Woche werde ich wieder gesund sein ...»

Suga sah mit ihren matten Augen, die die übliche katzenhafte Schwermut verloren hatten, zu Tomo auf. In ihrer körperlichen Schwäche hatte sie den Eindruck, daß aus Tomos Gesicht, das dicht über ihr schwebte, die normale Wachsamkeit verschwunden und es statt dessen von mütterlicher Liebe erfüllt war.

«Mußt du auf die Toilette? Allein kannst du nicht gehen! Halte dich an mir fest.»

Tomo griff Suga erschrocken unter die Arme, als sie sich mit einem vor Schmerzen schroffen Gesicht und zusammengepreßten Augenbrauen aufrichten wollte.

«Danke, Frau Shirakawa ... Aber lassen Sie nur; ich werde irgendwen darum bitten ...»

«Ist schon gut! Beruhige dich doch ...»

Suga konnte kaum stehen, und Tomo legte ihr die Arme um die Schultern. Schwankend, als wären sie miteinander verflochten, gingen die beiden Frauen den Gang entlang. Nachdem Tomo Suga in die Toilette geschoben hatte, fiel ihr plötzlich etwas auf: der Gang und der Saum ihres Kimonos waren gesprenkelt mit dunkelroten

Blutstropfen. Tomo verzog das Gesicht und sah auf das Blut. Blut, das aus Sugas Körper geflossen war. Sie fühlte sich beschämt und besudelt. Und dann, wie um dieses Gefühl zu überdecken, breitete sich in ihr ein unbeschreibliches Mitleid aus.

Sie zog ein Stück Papier aus ihrem Kimonoausschnitt und wischte das Blut auf. Die Matten auf dem Gang waren mit unzähligen Blutstropfen übersät, die wie kleine rote Blüten wirkten. Gebückt wischte Tomo einen Tropfen nach dem anderen weg. Aus der Toilette hörte sie Sugas leises Stöhnen.

«Was ist los? Alles in Ordnung? Kann ich reinkommen?»

Suga stöhnte weiter, ohne Tomo zu antworten. Kurzentschlossen öffnete Tomo die Tür und betrat die Toilette.

III

Die Stiefgeschwister

Takao Shirakawa lag in einem Korbstuhl, den er auf die Veranda im ersten Stock des Nebengebäudes des Familienanwesens in Gotenyama hinausgestellt hatte. Sein Zimmer, ein Eckzimmer, lag nach Südosten; ständig von einer frischen Brise erfüllt, die vom Meer an der Küste von Shinakawa heraufkam, war es von allen Zimmern des geräumigen Anwesens das kühlste. Tomo, seine Großmutter, hatte das Zimmer fürsorglich für ihn eingerichtet, damit er es in den Sommerferien, wenn er aus dem Internat der Oberschule nach Hause kam, benutzen konnte: Takao hatte nur noch ein Jahr bis zur Universitätsaufnahmeprüfung und sollte es hier beim Lernen so gemütlich wie möglich haben.

Immer wenn Takao in das rein japanisch eingerichtete Zimmer mit seinen wertvollen Hölzern und den eleganten Bambus-Jalousien, die vom Vordach herabhingen, einzog, verwandelte es sich in ein Schlachtfeld: englische und japanische Bücher quollen aus den Büchergestellen und wurden wild durcheinander auf den Bodenmatten aufeinandergestapelt, der Tisch aus Rosenholz überzog sich mit Tuschflecken. Aber auch das bereitete Tomo, die darin ein Zeichen für den Lerneifer ihres ältesten Enkels sah, keine geringe Freude. Tomos eigene Schulbildung war so kümmerlich gewesen, daß sie nur über rudimentäre Lesefähigkeiten verfügte, aber wenn sich Takao Bücher wünschte, dann kaufte sie ihm diese großzügig von ihrem eigenen Geld, ohne zuvor mit Yukitomo, Takaos Großvater, zu sprechen. Wenn sie dann sah, wie Takao – nachdem die Bücher in sein Zimmer gebracht worden waren – mit zufriedenem Gesicht die Seiten der neuen Bücher umblätterte, dann war Tomo so befriedigt wie eine Mutter, die sieht, daß ihre junge Tochter voller Freude schöne Kleider betrachtet.

Für Tomo war Michimasa, der Vater Takaos, der in seiner Unfähigkeit weder mit seinem Vater noch mit ihr selbst Ähnlichkeit zu haben schien und sein ganzes Leben wie ein junger Privatier verbrachte, eine Quelle ständigen Grolls, über den sie mit ihrem unbeugsamen Wesen nicht hinwegkam. Takao, der älteste Sohn Michimasas, besaß von Kindheit an eine scharfe Auffassungsgabe und hatte mühelos die hohe Hürde der Eingangsprüfungen zur Oberschule überwunden. Dies flößte Yukitomo und Tomo, die an ihrem direkten Nachkommen schon fast verzweifelt waren, neue Hoffnungen ein.

Ohne jemals die Gegenwart einer Mutter erlebt zu haben, wuchs Takao im Haus seines Großvaters auf, der unumschränkt wie ein Feudalfürst herrschte, und wurde dabei von einem Arm zum anderen weitergereicht: von der Großmutter zu Suga, der Mätresse, von Suga zu seiner Amme. Eine düstere, fast menschenfeindliche Aura umgab ihn; in seinem Gesicht mit der starken Brille, der langen Nase und den eingefallenen Wangen war keine Spur jugendlicher Natürlichkeit und Frische.

«Der junge Herr mag Bücher viel lieber als Menschen.»

«Was daran nur so interessant sein soll, Tag für Tag ausländische und japanische Bücher zu lesen ... Wenn ihr mich fragt, das ist kein junger Mann, das ist ein Greis!»

Die jungen Dienstmädchen, die aus den Arbeitervierteln stammten, hatten für Takao nichts als Verachtung übrig, wohingegen er kaum ihre Gesichter unterscheiden konnte und sich melancholisch und schweigsam in die Lektüre seiner Bücher vergrub. Trotzdem: Er war keineswegs ein Streber, der nur die Schule im Kopf gehabt hätte. Bei seiner Intelligenz genügte es ihm, sich die während der Stunden gemachten Notizen in groben Zügen einzuprägen: die Erfahrung einer Panik kurz vor einer Prüfung war ihm fast immer erspart geblieben. Obwohl er von allen als fleißiger Schüler anerkannt war, bestand seine Lektüre meist nicht aus Schulbüchern. Er verschlang, wie es ihm gerade Lust und Laune eingab, Romane, Theaterstücke, philosophische oder religiöse Werke.

Das Buch, das jetzt mit dem Rücken nach oben auf seiner Brust lag, während Takao sich in seinem Korbstuhl ausruhte, war eine englische Übersetzung griechischer Tragödien – ein schmales Bändchen, dessen Titel mit goldenen Buchstaben auf dem Rücken stand.

Takao hatte gerade eine dieser Tragödien – den ‹*König Ödipus*› von Sophokles – fertiggelesen.

Noch während sich Ödipus im Leib seiner Mutter, einer Königin, befand, wurde geweissagt, daß dieses Kind als Erwachsener seinen Vater töten und seine Mutter schänden würde, weswegen es eigentlich sofort nach seiner Geburt hätte getötet werden sollen. Wundersamerweise aber blieb Ödipus am Leben, wurde der König eines feindlichen Reiches, griff sein Heimatland an und verwüstete es, ermordete seinen Vater und machte seine Mutter zur Königin. Erst danach erfuhr er von dem entsetzlichen Schicksal, das ihm von Geburt an bestimmt war. Erfüllt von Scham über die Widerwärtigkeit des unwissentlich begangenen Frevels, blendete er sich selbst und begab sich blind auf eine Sühnereise durch das ganze Land. Die Tragödie stimmte in einem Punkt mit der buddhistischen Erzählung vom Prinzen Ajatasatru und den christlichen Legenden des Mittelalters überein: Wie diese erklärte auch ‹*König Ödipus*›, daß es dem Menschen fast unmöglich ist, dem ihm bestimmten Schicksal zu entgehen, und daß der Mensch, ohne es zu wissen, Sünde um Sünde begeht.

Wenn ein Sohn heutzutage tatsächlich mit seiner Mutter schlafen würde, dachte Takao, dann wäre das zweifellos schändlich, auch wenn man sämtliche Übertreibungen der überkommenen Moral und Religion beiseite ließ. Zugleich empfand Takao merkwürdigerweise bei dem Gedanken, daß er niemals seine Mutter gekannt hatte, die zum Objekt einer derart schamlosen Begierde hätte werden können, eine Einsamkeit, die sich wie eine Wüste in ihm ausbreitete.

Sobald Takao die ersten Worte sprechen konnte, hatte man ihm beigebracht, die junge, schöne Miya ‹Mutter› zu nennen. Miya aber war bald aus dem Haus seines Großvaters ausgezogen. Und seine Erziehung durch die Großeltern war sowieso nicht dazu angetan gewesen, ihm Liebe oder Respekt für seinen Vater Michimasa einzuflößen. So gab es zwar Menschen, die er ‹Vater› und ‹Mutter› nannte, in Wirklichkeit aber empfand er für die beiden nicht mehr als für einen fernstehenden Onkel und dessen Frau. Takao war schon als Junge außerordentlich hart gewesen: zu sehr hatten sich die Kälte, mit der seine Großeltern seinen Vater behandelten, und der Haß, mit dem Michimasa die Liebe seiner Eltern für Takao beobachtete, mit Michimasas Einstellung zu Takao vermischt, der jegliche väterliche Wärme fehlte.

Takaos Stiefmutter Miya, die jetzt zum achtenmal schwanger war, lag wegen einer rapiden Verschlechterung ihrer Kehlkopf-Tuberkulose todkrank im Hospital. Takao hatte dies am Tag zuvor bei seiner Rückkehr aus dem Internat von seinen Großeltern erfahren, aber in Wirklichkeit bewegte ihn diese Nachricht kaum.

Miya mit ihrem weichen und weißen Körper, der fast zu zerfließen schien, Miya mit ihrer fröhlichen, nasalen Stimme und ihrem übersprudelndem Lachen, Miya, die immer einen Scherz auf den Lippen hatte – diese Miya hatte Takao nie die bedrückende Boshaftigkeit, die gewöhnlich mit dem Wort ‹Stiefmutter› assoziiert wird, spüren lassen. Andererseits hatte Takao auch nicht den Eindruck, daß sich in seinem Leben viel ändern würde, wenn sie plötzlich vom Antlitz der Erde verschwände. Wenn Miyas Tod in Takao überhaupt die leiseste Reaktion auslösen würde, dann nicht Trauer über Miyas Verlust, sondern Mitgefühl mit seiner Stiefschwester Ruriko, die, wie er wußte, unter dem Tod ihrer Mutter leiden würde.

«Liebe ich vielleicht Ruriko? Und ist meine Liebe so unschuldig wie die eines Bruders?»

Takaos Gedanken schweiften ab: vom Inzest des König Ödipus zu Ruriko. Und plötzlich hatte er das Gefühl, daß sich vor ihm, wie am Ende einer Sackgasse, eine Mauer erhob.

Wie konnte ein Mensch wie er, der nie mit seinem Vater und seiner Stiefmutter gelebt hatte und niemals Liebe empfunden hatte, seinen jüngeren Brüdern und Schwestern, die von dieser Mutter geboren worden waren und in einem anderen Haus als er selbst aufwuchsen, mit herzlicher brüderlicher Liebe begegnen? Tatsächlich war es so, daß er seinen nächstjüngeren Bruder Kazuya, der auf die Keiō-Universität ging, und die noch jüngeren Tomya und Yoshihiko mit fast derselben distanzierten Höflichkeit behandelte wie seine Cousins und Cousinen im Haus seiner Tante Etsuko. Nur bei Ruriko, die jetzt in die fünfte Klasse der Tora-no-Mon-Mädchenschule ging, war es anders: mit *ihr* wollte er ein engeres und vertrauteres Verhältnis. Aber dieser Wunsch war möglicherweise alles andere als unschuldig. Takao war klar, daß es Rurikos außerordentliche Schönheit war, die ihn anzog. Er konnte jedoch nicht entscheiden, ob er von seiner schönen Stiefschwester so angezogen wurde wie durch eine schöne Blume oder schöne Musik, oder ob sie als Frau den Keim einer ersten Liebe in sein einsames Herz gepflanzt hatte.

Eine undefinierbare Unrast ergriff von Takao Besitz: Mit einer ihm unbewußten Wildheit nahm er das Buch von seiner Brust und legte es auf die Lehne des Korbstuhls. Als wolle er etwas Unsichtbares fixieren, sah er zum blauen Firmament empor, an dem die glühend heißen Strahlen der Sonne allmählich den Schatten der Nacht zu weichen begannen, und ließ dann plötzlich seinen Blick zur Wiese auf der Anhöhe, wo sich das Haupthaus befand, schweifen. Unwillkürlich stieß er einen leisen Schrei aus und erhob sich von seinem Stuhl.

«Ruriko? Hier?»

Das war völlig überraschend. Ruriko, die er im Krankenhaus vermutet hatte, stand dort mitten auf der Wiese im Garten.

Ruriko schien Takaos Anwesenheit überhaupt nicht zu bemerken. Sie trug eine europäisch inspirierte Frisur namens ‹Margerite›; ihr Haar, das an den Seiten frei und üppig herabfiel, wurde oben mit einem Band zusammengehalten, so hellblau wie die Flügel von Zikaden. Ihr dünner weißer Sommer-Kimono aus Musselin mit einem Lilienmuster wurde von einem roten Gürtel zusammengehalten. Sie stand allein neben einem Stengel von Stielblütengras, dessen Ähren gerade aufgeblüht waren, und wirkte so geknickt, als würde sie weinen. Zwei große, schwarze Schwalbenschwänze taumelten über den roten Ähren des Stielblütengrases umher wie ein Abbild von Rurikos Kummer.

Das Mädchen würde bald seine Mutter verlieren. Bei dem Gedanken, wie grausam der Kummer ihren dünnen Körper quälen würde, breitete sich in Takao ein überwältigendes Mitleid aus.

«Ruriko!»

Unwillkürlich umklammerte Takao das Geländer der Veranda und rief laut ihren Namen. Seine Stimme besaß eine für ihn ganz ungewöhnliche Festigkeit.

Ruriko schien sich im unklaren darüber zu sein, woher die Stimme kam, die ihren Namen rief: Sie hob ihre schwarzen, feuchten Augen und blickte sich nach allen Seiten um. Als er noch einmal nach ihr rief, bemerkte sie endlich, daß er sie vom ersten Stock des Hauses an der Mitte des Hanges beobachtete, und rief mit ihrer jungen Stimme:

«Hallo, Takao! Du?»

In ihren verweinten Augen blitzte ein fröhliches Lächeln auf, und der Kummer, der ihren jungen Körper umhüllte, glitt wie ein dünnes Kleid von ihr ab.

«Ich hab gehört, daß es Mutter sehr schlechtgehen soll. Seit wann bist du aus dem Krankenhaus zurück?»

«Seit vorhin ... Weißt du, Mama möchte, daß Großvater sie besucht ... Ich wollte hier anrufen, aber sie wollte unbedingt, daß ich es ihm ausrichte, und jetzt bin ich da.»

«Ach so ... Und Großvater, hat er gesagt, daß er gleich zu ihr gehen wird?»

«Er hat gesagt, daß er nach dem Abendessen von Dr. Akiyama eine Injektion gegen seine Neuralgie bekommt. Danach will er dann gehen ... Er meinte, daß ich heute bei euch übernachten soll.»

«Ich werde mit Großvater gehen, wenn er fertig ist. Ich wollte Mutter heute eigentlich schon tagsüber besuchen ... aber ich hab mir die Schulhefte von einem Freund ausgeliehen, der morgen nach Hause fährt, und so ...» log Takao geschickt, während er auf Rurikos weißes, fast durchscheinendes Gesicht, in dem die große Hitze keinerlei Spuren hinterlassen hatte, und auf ihren schmalen Hals, zu dessen beiden Seiten üppig ihr schwarzes Haar herabfiel, hinabsah.

«Ich komm zu dir runter.»

«Nein, ich komm rauf! Oben ist es sicher kühler.»

Sie lächelte ihm freundlich zu, wandte sich im gleichen Moment, flink wie eine Schwalbe, zur Seite ab und verschwand hinter dem Felsgarten. Takao, auf dessen mageren Wangen immer noch ein unbestimmtes schmerzliches Lächeln schwebte, ließ sich wieder in seinem Korbstuhl nieder. Gleich darauf war ein leises Klappern von Schuhen auf der Treppe zu hören, und Rurikos Gestalt tauchte am Ende der abgewinkelten Veranda auf.

«Ah, schön kühl, wie ich's mir gedacht habe. Hier weht ein feiner Wind», sagte Ruriko im Näherkommen. Sie setzte sich ungezwungen auf den Boden neben Takaos Korbstuhl. So wie Rurikos Mutter Miya mit ihrem eleganten Auftreten irgendwie einer Geisha ähnelte, so betonte alles an Ruriko – ihre schön geschnittenen Augen mit den fast zusammengewachsenen Augenbrauen, die mollige, weiche Partie zwischen ihren Wangen und dem kräftigen Kinn, ihre schmalen Schultern, die einen Anflug von Eckigkeit hatten, der kurze Rumpf, der auf ihren festen Hüften saß – die frische kühle Aura, die ihren Körper umgab. Und diese Aura ließ den Betrachter weniger an eine wohlerzogene Tochter aus gutem Hause denken, als vielmehr an eine junge Geisha, die zu ihrer Arbeit unterwegs ist und ihr Haar hochgebunden hat, wie um ein vornehmes Mädchen zu imitieren. Verglichen mit den Töchtern seiner Verwandten oder den Schwestern seiner Freunde wirkte Rurikos niedlicher Reiz auf Takao mit der zerbrechlichen und flüchtigen Attraktivität, die auch eine Blume mit zarten Blütenblättern für ihn ausstrahlte.

«Wann hast du Mama zum letztenmal getroffen, Takao?»

«Mm ... als ich in den Aprilferien nach Hause kam. Das ist also schon an die vier Monate her. Damals ging's ihr doch gut, nicht?»

«Ja. Aber sofort nachdem du wieder weg warst, hat sie diese Schwangerschaftsbeschwerden bekommen ... Die sind ja bei Mama immer besonders schlimm, und darum hat von uns auch niemand bemerkt, daß sie ernstlich krank ist.»

Ruriko stockte, als hätte ihre Trauer sie plötzlich wieder eingeholt. Ihre Stimme klang tränenerstickt.

«Bitte, besuch sie heute, und sieh selbst! Es ist wirklich erschrekkend. Sie war doch so dick, und jetzt ist sie völlig abgemagert und totenbleich. Sie sieht ja hübsch aus, aber es ist so grausam! Und dann kann sie auch fast nicht mehr sprechen. Aber man darf ihr auch nicht zu nahe kommen, so daß man sie besser verstehen könnte, weil ihre Krankheit ansteckend ist, sagt Oma, und alle anderen sagen das auch ...»

«Na ja, sie ist eben krank.»

Takao zog die Augenbrauen zusammen. In seinem Gesicht stand blanke Abscheu.

«Ist sie wirklich so dünn geworden?»

«Ja, sie wiegt nur noch die Hälfte!»

Zwischen ihrem zwanzigsten und dreißigsten Lebensjahr war Miyas schmaler Körper von außerordentlicher Zartheit gewesen. Sie schien sich bis in ihre Knochen fortzusetzen, und ihr Schwiegervater hatte sie oft, zu ihrem Vergnügen, mit einer Forelle verglichen. Sie mochte aber alkoholische Getränke und trank jeden Abend mit ihrem Mann Michimasa wahllos Bier und Sake durcheinander; nach der Geburt Yoshihikos, ihrem vierten Kind, begann sie dicker zu werden. Schließlich wurde sie so füllig, daß man sich nicht mehr vorstellen konnte, wo sich in ihrem Körper die Knochen verbargen. Ihre Haut, die schon immer sehr weiß gewesen war, begann nun wie

Satin zu schimmern und wurde immer sanfter und glatter, so daß man das Gefühl bekam, sie könnte wie teurer Tōfu bei der geringsten Berührung zerfallen. Michimasa nahm dies zum Anlaß, sie in Wut zu versetzen, indem er sie nur noch mit einem weißen Schwein, einer Ente und anderen häßlichen Tieren verglich. Es war Yukitomo, der ihr jenes wollüstige Vergnügen, nach dem sie verlangte, bescherte: Er war es, der ihren üppigen, weichen Körper, der so glatt war wie Öl, überschwenglich pries und ihr sagte, eine Frau wie sie werde in China als der Inbegriff von Schönheit betrachtet; er war es, der ihr gestand, daß er in ihren Armen sein Alter vergaß und das Gefühl hatte, im Land der ewigen Jugend zu sein.

Natürlich wußten weder Takao noch Ruriko etwas von der heiklen Beziehung zwischen ihrem Großvater und ihrer Mutter.

In ihrer Ahnungslosigkeit liebte Ruriko den von ihr bewunderten Großvater, der sie und ihre Mutter oft ins Theater oder in Kaufhäuser mitnahm und ihr alles kaufte, was sie sich wünschte, weitaus mehr als ihren jähzornigen, egozentrischen Vater. Und nach ihrem Großvater schien ihr ältester Bruder Takao am bewunderungswürdigsten zu sein.

Ihr Vater und ihre Mutter sprachen nur mit Verachtung von Takao. Für sie war er ein ‹komischer Kauz› oder ein ‹Stoffel›. In Ruriko aber löste Takaos verschlossenes Gesicht und seine Angewohnheit, urplötzlich in tiefes Schweigen zu versinken, Vertrauen und Sehnsucht aus, weswegen sie Takao auch bei weitem lieber mochte als ihren leiblichen Bruder Kazuya mit seinem umgänglichen Wesen. Nur eines machte sie in Takaos Gegenwart gehemmt: Da er nicht viel sprach und ihr auch nur selten ein Lächeln schenkte, war Ruriko davon überzeugt, daß ihm nichts an ihr lag.

«Sie sagen, daß Mama nie mehr gesund wird, alle sagen das, der Arzt und alle anderen. Aber ich glaub's nicht! Takao, du hast deine wirkliche Mutter nie gesehen, nicht?»

«Nein, nie. Sie ist ja gleich nach meiner Geburt gestorben.»

«Dann bist du glücklicher dran als ich! Es ist viel schlimmer, wenn einem die Mutter stirbt, nachdem man groß geworden ist wie ich.»

«Wie willst du denn das wissen, wer von uns beiden glücklicher oder unglücklicher ist?»

«Trotzdem ...»

Ruriko sah zu Takao auf, als wolle sie ihm widersprechen, und im selben Moment flatterte an seinem Gesicht ein schwarzer Schatten vorbei.

«Ah! Schon wieder diese Schmetterlinge ...» schrie Ruriko mit schriller Stimme und schlug mit ihrem bemalten Rundfächer, der einen lackierten Griff hatte, wild in die Luft.

Es waren tatsächlich – wie zuvor – zwei Schmetterlinge, zwei schwarze Schwalbenschwänze, die verschlungen wie ein Paar einen Pfeiler in der Zimmerecke umflatterten.

«Das sind doch dieselben, die schon vorhin beim Stielblütengras um dich herumgeflattert sind!»

«Genau! Seit ich in den Garten gegangen bin, sind sie mir ständig nachgeflogen ... Takao, die sind schrecklich, wie Teufel ... Sie sehen aus wie schwarz gekleidete Teufel, die mir Unglück bringen ...»

Takao lachte laut und trocken.

«Schau, da sind sie wieder! Fang sie doch!»

«Aussichtslos! Die sind viel schneller als ich!» sagte Takao, nahm Ruriko den Rundfächer aus der Hand und schlug kraftvoll nach einem der herumflatternden Schmetterlinge. Der flog zu Boden, streifte ihn fast und stieg dann wieder hoch zu Rurikos Wangen.

«Ah, widerlich! Tu etwas, Takao!»

Ruriko schrie wie ein kleines Mädchen schrill auf und preßte ihr Gesicht an Takaos Brust. Ihr dichtes Haar fiel in Wellen über ihren Rücken, ihre Schultern bebten wie ein kleiner Vogel. Ihrem Körper, der an ihn gepreßt war, entströmte ein undefinierbar süßer Duft, und Takao streichelte unwillkürlich mit seiner knochigen Hand sanft über ihre zarten Schultern, die aussahen, als könnten sie unter seinem Griff zerbrechen.

Während Ruriko unbeweglich vor Takao stand und ihr Gesicht an seiner Brust vergrub, flatterte ihr hellblaues Haarband im Wind hin und her: Und dieses Band war es auch, was ihre Großmutter von der Rikscha aus sah, als sie vom Tor den Hügelweg zum Haus herauffuhr.

Tomo war ins Krankenhaus gefahren, um die in Lebensgefahr schwebende Miya zu besuchen, und war jetzt gerade auf dem Heimweg, da man ihr gesagt hatte, daß sich Miyas Zustand in den nächsten vierundzwanzig Stunden kaum verschlechtern würde. Miya hatte um Yukitomos Besuch gebeten; vielleicht wollte sie ihm vor ihrem Tod noch irgendein Geheimnis mitteilen. In dieser Situation war es Tomo unpassend erschienen, noch länger im Krankenhaus herumzusitzen, und hatte sich entschlossen, alles Weitere Miyas Verwandten zu überlassen und nach Hause zu fahren.

Auf dem Heimweg vom Krankenhaus in Onarimon war Tomo in ihrer Rikscha, die in der heißen Sonne hin und her schaukelte, unwillkürlich eingedöst. Plötzlich drang der Schrei einer jungen Frau – ein Schrei, in dem Erotik und Koketterie mitschwang – an ihr Ohr und ließ sie aufschrecken. Tomo wußte auf Grund ihres langen ehelichen Zusammenlebens mit Yukitomo nur allzu genau, wann eine Frau einen solchen Schrei ausstößt. Langsam kam Tomo zu sich und bemerkte, daß sie sich bereits hinter der Toreinfahrt auf dem Hügelweg befand, dessen Seiten dicht von Büschen bewachsen waren, über die sich die Kronen der Pinien wie Schirme spannten. Tomo lächelte schmerzlich, als ihr aufging, daß auch Yukitomo schon lange jenseits des Alters war, in dem man einer Frau einen derartigen Schrei entlocken kann. Hatte sie geträumt? Ekel über sich selbst befiel sie: würde sie sich denn nie aus dem Morast sexueller Begierden befreien können, die sie bis in ihre Träume mit obszönen Bildern verfolgten? Sie preßte ihre Augen fest zusammen, öffnete sie wieder und blickte zum ersten Stock des Nebenhauses hinauf. Takao sollte dort sein. Saß er wieder, wie üblich, mit abweisender und erschöpfter Miene über seinen Büchern, oder hielt er ein Mittagsschläfchen? Eigentlich sollte es in seinem Zimmer keine Moskitos geben, aber Tomo sorgte sich – so als wäre Takao noch ein kleines Kind –, er könnte im Schlaf gestochen werden.

Was Tomo auf der Veranda als erstes sah, war Takaos weiß-blau gemusterter Baumwoll-Kimono, über dem sein runder, kurz geschorener Kopf schwebte. Direkt unter seinem gesenkten düsteren Gesicht ragte – wie ein Ohr – ein hellblaues Band hervor. Kein Zweifel: es war das Band, das sie gerade zuvor im Krankenzimmer und auf den Gängen des Hospitals auf Rurikos Kopf hatte flattern sehen. Ihr Haar, das lose herabhing, bedeckte mit seiner Fülle Takaos Brust. Takaos knochige, lange Finger klopften auf Rurikos Schultern, als spiele er Klavier.

Tomo sah diese Szene und wäre im gleichen Moment beinahe im Wagen aufgesprungen. Der Schweiß, der ihr an diesem heißen Tag aus allen Poren sickerte, wurde plötzlich kalt wie Wasser, und Tomo begann am ganzen Körper zu zittern.

«Unsinn ... Das ist unmöglich!» murmelte Tomo wie im Delirium.

«Und doch ... ganz ausgeschlossen ist es nicht ... schließlich ist Ruriko die Tochter Miyas ... ein Kind dieser völlig schamlosen Person ...»

Nachdem Tomo zu ihrer völligen Überraschung erfahren hatte, daß Miya an einer tödlichen Krankheit litt, bemühte sie sich, den Haß und die Verachtung in sich zu löschen – all die klebrigen Gefühle, die sie die ganzen Jahre Miya gegenüber empfunden hatte. Es mochte ja sein, daß sie mit Michimasa, ihrem idiotischen Ehemann, nicht auskam. Das entschuldigte aber noch lange nicht die Schamlosigkeit dieser Frau, die sich – nachdem ihr Schwiegervater ihr Avancen gemacht hatte – völlig ihrer Lust und Laune überlassen und triumphierend all die Jahre gleichsam als Lieblingsmätresse verbracht hatte. Alles wäre verständlicher gewesen, wenn Miya aus einem Gewerbe gekommen wäre, in dem Frauen ihren Körper verkaufen; sie hatte aber als unschuldiges Mädchen in die Shirakawa-Familie eingeheiratet und dann die eheliche Treue ignoriert. Eine Frau, die in solchen Umständen leben konnte, war für Tomo ein schamloses Tier – kaum besser als eine Hündin oder Katze. Eigentlich hätte Tomo sehen müssen, daß Yukitomo sich ebenso schamlos verhielt, aber nach ihrer überkommenen Moralauffassung hatte sich ein Mann nur der Öffentlichkeit gegenüber moralisch zu verhalten, die Moral einer Frau hingegen wurde danach beurteilt, wie sie sich Männern gegenüber benahm. Von diesem ungerechten Standpunkt aus betrachtet war Miyas Verhalten natürlich bei weitem gemeiner als Yukitomos Verhalten. Aus Miyas Ehe mit Michimasa waren bereits sieben Kinder hervorgegangen: Kazuya, Ruriko, Tomoya, Yoshihiko, Namiko, Toyoko und Katsumi. Es schien Gerüchte zu geben, daß Yoshihiko, Miyas viertes Kind, von Yukitomo stammte, und Tomo hatte mit einem kalten Lächeln beobachtet, wie auffallend zärtlich Yukitomos Gefühle für dieses Kind waren. Tomo war sich seit vielen Jahren sicher, daß Yukitomo keine Kinder mehr zeugen konnte; daher waren in ihrer Familie auch nie lästige Erbstreitigkeiten entstanden. Glaubte Yukitomo wirklich, daß Miya ihm, der damals schon über sechzig gewesen war, ein Kind geboren hatte? Falls ja, dann schienen Männer von einer bodenlosen Dummheit befallen zu werden, sobald eine Frau ins Spiel kam. Andererseits konnte es jetzt, da Miya für ihn viel faszinierender war als Suga, natürlich auch sein, daß ihm die Vorstellung, er könnte mit Miya ein Kind haben, ihre geheime Verbindung noch enger und wertvoller erscheinen ließ. Daß Yoshihiko, der noch zur Volksschule ging, im Frühjahr zu den Shirakawas gebracht worden war, hing unausgesprochen mit all dem zusammen, auch wenn dies mit der offiziellen Begründung geschehen war, es sei so einsam im Haus, da Takao die meiste Zeit im Internat verbrachte. Erneut wurde Tomo von der Frage gequält, ob nicht Yoshihiko irgendwann einmal zum Ausgangspunkt von Erbstreitigkeiten werden könnte. Alles in allem hatte Tomo das Gefühl, daß man sich im Hinblick auf Takaos Zukunft über Miyas unerwartet frühen Tod eher freuen mußte.

Yukitomo, der in seinem Eigensinn fast die Macht zu haben schien, die untergehende Sonne abermals zum Aufgehen zu bewegen, konnte nichts tun, um Miyas verlöschendes Leben zu retten. Er hatte Arzt um Arzt konsultiert, er hatte Miya von einem Krankenhaus zum anderen gebracht, er hatte alles getan, was in seiner Macht stand. Die Erfolglosigkeit seiner Bemühungen vor Augen, erschien Tomo der Gedanke, daß Miyas unglückliches Schicksal eine Fügung des Himmels sein könnte, manchmal nicht abwegig.

Obwohl Miya – im Schutz von Yukitomos Zuneigung – ihr oft ihre Verachtung gezeigt hatte, war Tomos Charakter die Grausamkeit fremd, dem einsamen Sterben eines Menschen mit schadenfrohem Lachen zuzusehen. Je näher Miyas Lebensende rückte, desto mehr bemitleidete Tomo Miyas Unwissenheit. Unzählige Male saß sie an Miyas Bett und pflegte sie mit so viel Hingabe, als wäre sie ihre Tochter. Vielleicht bewirkte das auch in Miya, die in den letzten Wochen bleich und dünn geworden war und jetzt so schmal wirkte wie ein kleines Mädchen, einen Wandel: auf jeden Fall ergriff sie oft Tomos Hand und sagte:

«Ach, Mutter, ich weiß wirklich nicht, wie ich dir danken soll. Ich mache dir nichts als Sorgen ...»

Tomo hatte das Gefühl, daß sich in Miyas Worten eine Entschuldigung für alle möglichen Vorfälle verbarg, die niemals zur Sprache gebracht werden konnten, und neigte jedesmal tief den Kopf.

Und trotzdem: war es möglich, daß Ruriko – die Tochter der im Sterben liegenden Miya – jetzt die Rolle ihrer Mutter übernahm und

Takao verführte? Tomo versuchte sich selbst von der Absurdität ihrer Vorstellung zu überzeugen, aber gleichzeitig schien ihr in dem koketten Schrei, den sie zuvor in der Rikscha gehört hatte, und in Rurikos schwarzem Haar, das wie eine Welle über Takaos Brust geflossen war, eine unvorstellbar große Gefahr zu liegen – eine Gefahr, die ihren Ursprung hatte in der Vermischung des Blutes eines Abkömmlings von Shirakawa, der sich in seiner Schamlosigkeit dreist über eine unüberschreitbare Grenze hinweggesetzt hatte, und des Blutes der wollüstigen Miya.

«Ruriko, warst du vorhin in Takaos Zimmer?» fragte Tomo nebenbei, als sie alle – Yukitomo, Takao, Ruriko, Yoshihiko und Suga – beim Abendessen saßen.

«Mm, ich hab mich gefürchtet!» sagte Ruriko und blickte, mit der Reisschale in der Hand, zu Takao.

«Und wovor hast du dich gefürchtet?» fragte Yukitomo vom oberen Tischende her.

«Da waren schwarze Schmetterlinge, weißt du ... und die haben mich verfolgt und sind nicht mehr weggegangen ... und dann waren es auch noch zwei!»

«Oh! Schwarze Schmetterlinge ...» rief Suga mit großen Augen und zog ihre Brauen zusammen. Sie liebte gespenstische Geschichten.

«Was meinst du damit, daß sie dich verfolgten?»

«Na, zuerst sind sie um das Stielblütengras unterm Felsgarten herumgeflattert, und ich hab wirklich versucht, sie zu verscheuchen, aber sie flogen nicht weg! Ja, und Takao war im ersten Stock vom Nebenhaus, und da bin ich zu ihm geflüchtet ... und dann sind mir wieder zwei gefolgt ...»

«Bis in den ersten Stock vom Nebenhaus? Das ist aber vom Felsgarten ein ganz schön weiter Weg ...»

«Ruriko hat wie wahnsinnig geschrien ... Mir ist der Schreck in alle Glieder gefahren», sagte Takao.

«Ich hab mich doch so gefürchtet! Als Takao sie dann mit dem Fächer vertreiben wollte, sind sie mir fast ins Gesicht geflogen ...»

«Die Schmetterlinge standen vielleicht in deinem Bann! Weil du doch so schön bist», sagte Suga ganz ernsthaft und tat Reis in die Schale, die ihr Yukitomo hinhielt.

«Nein, bestimmt nicht – ich hatte eher das Gefühl, sie wollten mir sagen, daß Mama stirbt … Ich hab dann auch gleich im Krankenhaus angerufen, aber ihr Zustand hatte sich eigentlich nicht geändert …»

Aus Rurikos Blick sprach die Sehnsucht eines jungen Mädchens nach geheimnisvollen Dingen. Beim Anblick von Rurikos starren Pupillen, die voller Entzücken leuchteten, spürte Tomo, wie die Furcht, die sie in der Rikscha befallen hatte, allmählich aus ihrem Körper wich.

Unzählige große Moskitos tanzten um die Lampen an der weißen Decke im Korridor des Krankenhauses und hüllten das Licht in einen Schimmer gelber Flügel. Einige saßen, erschöpft von ihrem Tanz, mit ausgebreiteten Flügeln bewegungslos auf den Glastüren. Man hatte das Gefühl, daß in dieser windstillen, schwülen Sommernacht sogar die Desinfektionsmittel in der Krankenstation ihren stechenden Geruch verloren hatten.

Yukitomo, der eine dunkel getönte Brille trug und mit einem seidenen Haori bekleidet war, ging zügig den Gang entlang, wobei er versuchte, seinen leicht gebeugten Rücken aufrecht zu halten. Der dumpfe neuralgische Schmerz in seiner linken Hüfte wollte nicht nachlassen, aber es war nicht dieser Schmerz, der ihm seine Beine auf dem Weg zu dem Bett, in dem Miya mit dem Tod rang, schwer werden ließ: Es waren die diffusen, von seinem Eigensinn verursachten Schmerzen darüber, daß er Miya verlieren würde. Solange noch ein Funke Hoffnung bestanden hatte, Miyas Leben retten zu können, hatte sich Yukitomo mit Gewalt zu dem Glauben gezwungen, man könnte unter Ausschöpfung aller nur möglichen ärztlichen Behandlungen Miyas wollüstigem Körper noch einmal zur Gesundheit verhelfen. Aber nun, da sich all seine Hoffnungen als leer und nichtig erwiesen, hallte das Geheimnis, das er und Miya die ganzen Jahre über gehütet hatten, wie ein hohles, höhnisches Gelächter unablässig in seinen Ohren wider. Von der Mutter, die ihn zur Welt gebracht hatte, abgesehen, hatte Yukitomo niemals vor irgendeiner Frau Ehrfurcht gehabt, aber der konfuzianische Sittenkodex, der ihm in seiner Jugend als absolutes Credo eingehämmert worden war, erlaubte es ihm nicht, die sexuelle Beziehung zu der Frau seines Sohnes für eine einwandfreie Sache zu halten. Und doch – Yukitomo verfiel in Gedanken: Michimasa war ein arbeitsscheuer

Müßiggänger, der völlig unfähig war, auf eigenen Füßen zu stehen und ein selbständiges Leben zu führen. Dessenungeachtet wurde er reichlich mit Kleidung und Nahrung versehen und besaß in Miya eine attraktive Ehefrau: Dieses Leben im Überfluß verdankte er ausschließlich der unverdienten Gnade, als Yukitomos Sohn geboren worden zu sein. Sein idiotischer Sohn wußte weder den Wert seiner eigenen Frau zu schätzen, noch liebte er sie. Er schlief nur mit ihr und schwängerte sie. Es war nicht sehr wahrscheinlich, daß Miya fast zwanzig Jahre als Michimasas Ehefrau bei den Shirakawas geblieben wäre, wenn nicht Yukitomo sie geliebt hätte. Und es wäre auch nicht damit zu rechnen gewesen, daß Miya, falls sie sich von Michimasa hätte scheiden lassen, als eine Frau, hinter der bereits eine zerbrochene Ehe lag, ein glücklicheres Schicksal zu erwarten gehabt hätte. Liebe und die Erfüllung ihrer sexuellen Leidenschaft, die sie bei ihrem Mann nie gefunden hatte, hatte sie Tag für Tag durch Yukitomo erfahren, und in ihrer Beziehung zu ihm war sie zu einer Frau herangereift, deren wollüstiger Körper selbst unter Prostituierten seinesgleichen suchte.

Es war für Yukitomo bitter, jetzt aus dem Mund der sterbenden Miya vielleicht Worte der Reue hören zu müssen. Er wollte sie als Hure sterben sehen, die das Dunkel der Nacht mit zügellosen Berührungen und Gerüchen erfüllte. Aus einer vagen Furcht vor dem Blick, den sie bei ihrem Tod auf ihn richten würde, hatte es Yukitomo mit Absicht vermieden, in den sieben Tagen, die er nun schon ins Krankenhaus kam, mit ihr allein zusammenzutreffen.

Vor Miyas Krankenzimmer hockten einige Verwandte auf dem Boden, andere saßen auf Stühlen herum. Matt fächelten sich alle aus reiner Gewohnheit mit Fächern und Rundfächern Luft zu, aber die Hitze und ihre Erschöpfung ließ kein Gespräch zwischen ihnen aufkommen. Es war schon spät in der Nacht, und so waren bereits alle Kinder nach Hause gegangen.

«Und Michimasa?» fragte Yukitomo und ließ seinen Blick über Miyas Mutter und ihre Geschwister schweifen, die sich zu seiner Begrüßung erhoben.

«Der junge Herr ist heute abend nicht anwesend», sagte Yukitomos bevorzugter Vorarbeiter Tomoshichi, der Tag und Nacht im Krankenhaus ausgeharrt hatte. Yukitomo atmete insgeheim auf, sah seinen Vorarbeiter aber absichtlich verstimmt und wortlos an. Tomoshichi fuhr begütigend fort:

«Die Pflege der Kranken hat ihn erschöpft ... Es ist, mit Verlaub, sicher besser, wenn er sich ein wenig Ruhe gönnt.»

In Wirklichkeit war Michimasa keineswegs nach Hause zurückgekehrt, sondern ins Kino gegangen, um sich die neue Folge eines amerikanischen Films anzusehen, dessen Vorführung er sich keine Woche entgehen ließ. Trotz seiner fast fünfzig Jahre war Michimasas Vergnügen an Kino und Theater ungemindert, und das Sterben seiner Frau war für ihn kein Anlaß, auf dieses Vergnügen zu verzichten.

Miyas Zustand an diesem Morgen war so bedenklich gewesen, daß es fraglich war, ob sie die Nacht überstehen würde; nach dem Urteil des Chefarztes aber, der sie kurz zuvor noch einmal untersucht hatte, war eine plötzliche Verschlechterung des Krankheitsverlaufs in den nächsten zwei, drei Tagen nicht wahrscheinlich. Dies alles erfuhr Yukitomo nach und nach von Miyas Geschwistern und ihrer Mutter, die plötzlich Takao sah, der in seiner melierten baumwollenen Schuluniform hinter Yukitomo stand und ihn freundlich ansprach:

«Ah, Takao! Du bist aber groß geworden. Ich habe dich zuerst gar nicht wiedererkannt!»

Für Takao hatte es den Anschein, daß Miyas Verwandte, die sich hier versammelt hatten, angestrengt die Stirn runzelten und falsche Tränen vergossen, als fühlten sie sich verpflichtet, zu trauern und sorgenvolle Mienen zur Schau zu tragen. Ihre Gesichter kamen ihm so verlogen vor wie das Spiel drittklassiger Schauspieler.

«Schläft sie jetzt?» fragte Yukitomo.

«Nein, sie ist wach. Sie wird sich bestimmt freuen, da sie ja auch Takao schon so lange nicht mehr gesehen hat», sagte Miyas Mutter und führte die beiden ins Krankenzimmer.

Miyas Zimmer hatte zwei Fenster, seine Wände waren weiß. Ihr hohes eisernes Bett war mit einem Bettuch aus hauchdünner Seide bedeckt, aber Miya war so schmal geworden, daß man es sich kaum vorstellen konnte, es könne ein Mensch unter diesem Bettuch liegen.

Zwei Krankenschwestern saßen in weißen, hochgeschlossenen Trachten am Kopf- und Fußende von Miyas Bett und fächelten ihr mit Rundfächern ruhig Luft zu.

«Miya, Takao ist da», sagte Yukitomo, während er sich zu ihr ans Bett setzte, seinen Kimono öffnete und sich Luft zuzufächeln begann. Seine Stimme klang jung und kraftvoll.

Miya schlug matt ihre halb geschlossenen Augen auf und starrte Yukitomo unverwandt an. Es schien sie zuviel Kraft zu kosten, ihren Blick auf Takao zu richten.

«Takao?» fragte sie völlig tonlos.

Takao schaute hinter dem Rücken seines Großvaters hervor und sagte:

«Wie geht's dir?»

«Meine Kehle ist ganz ausgetrocknet ... Ich kann überhaupt nicht mehr sprechen ...»

Sie hob ihre dünnen Hände und tastete nach ihrer Kehle. Miyas Augen, die sonst so schmal wie Fäden gewesen waren, zeichneten sich schwarz und klar in ihrem abgemagerten Gesicht ab, das jetzt wieder jung und schön wirkte und eine große Ähnlichkeit mit Ruriko aufwies.

«Hast du keine Schule mehr?»

«Nein, er ist gestern aus dem Internat zurückgekommen», antwortete Yukitomo an Takaos Stelle, während er sich wieder mit seinem großen, schwarzen chinesischen Fächer Luft zufächelte.

Takao, der bei seinem Großvater stand, bemerkte, wie dieser ihn mit seinem Fächer zur Tür wies, und froh über die Gelegenheit, das Krankenzimmer verlassen zu können, trat er auf den Gang hinaus. Als Yukitomo den Krankenschwestern mit den Augen einen Wink gab, standen auch diese auf und verließen ruhig das Zimmer.

Miya sah den weißen Trachten der Krankenschwestern, die sich in Richtung Tür bewegten, mit einem wachsamen Blick nach.

«So, jetzt sind alle draußen!» sagte Yukitomo und beugte sich über sie, während er mit der einen Hand weiterfächelte und mit der anderen die losen Haare, die sich leicht über Miyas Stirn hin und her bewegten, zurückstrich.

«Du wolltest mit mir sprechen, oder ...»

«Ach, es geht um nichts Besonderes ...»

Miya versuchte ein Lächeln auf ihre eingefallenen Wangen zu zaubern. Für einen kurzen Augenblick schien die sexuelle Leidenschaft einer Hündin wieder in ihre Wangen zurückzukehren, die weiß waren wie Wachs, flackerte dort schwach und erlosch dann sofort wieder. Yukitomo beobachtete dies mit einem Gefühl, als würde er den dünnen, leuchtenden Flügeln einer Eintagsfliege nachsehen.

Miya zog scharf ihre Augenbrauen zusammen, als schmerze sie ihre Kehle.

«Du hast mich überhaupt nicht besucht!»

«Wir hätten ja doch nicht allein sein können!» Yukitomos Ton war mit Absicht grausam.

«Außerdem hat sich der Doktor dafür verbürgt, daß du in ein, zwei Wochen das Krankenhaus verlassen kannst. Also, nichts als raus aus dieser trostlosen Umgebung, und dann machst du eine Kur in den Thermalbädern von Hakone, oder wo auch immer du hinwillst ...»

«Schön, wenn es so wäre ... Ich fühle mich irgendwie so hilflos ... Was machst du, Papa, wenn ich sterbe? Wirst du traurig sein?»

«Red doch keinen Blödsinn ... Ich werde sicher vor dir sterben ...»

«Ganz bestimmt nicht!»

Miyas heisere Stimme war voller Ernst. Yukitomo, gewöhnt an das Vergnügen, das ihm Miyas unbeschwertes, ausgelassenes Wesen und ihr Schmollen bereitet hatten, mit dem sie irgend etwas von ihm erzwingen wollte, waren Miyas starre Augen und ihr beherrschtes Gesicht unheimlich. Ich hatte keine Lust, sie zu besuchen, dachte Yukitomo, weil ich dieses Gesicht nicht sehen wollte.

«Weißt du, Papa, ich mache mir Sorgen um Yoshihiko. Es ist schon komisch – wegen Kazuya, Ruriko, Tomya und den anderen Kindern bin ich nicht besonders beunruhigt, aber, ich kann mir nicht helfen, Yoshihikos Zukunft beschäftigt mich ständig ... Ich weiß selbst nicht, warum eigentlich ...»

«Yoshihiko hat noch weniger zu befürchten als deine anderen Kinder. Er ist zwar klein, aber ziemlich klug und intelligent. Wenn du dir wirklich Sorgen um ihn machst, dann werde ich ihn auf der Stelle, unabhängig von seinen anderen Geschwistern, noch einmal zusätzlich in meinem Testament bedenken.»

Yukitomo näherte seinen Mund Miyas Ohr, das im Kopfkissen vergraben lag, und flüsterte:

«Mach dir keine Sorgen ... Yoshihiko ist doch schließlich *unser* Kind, nicht?»

Irgend etwas an seiner Stimme schien Miya erschreckt zu haben:

Sie verkroch sich förmlich in sich selbst und stöhnte leise. Eine Welle der Trauer oder physischen Schmerzes überspülte ihr Gesicht. Miya wußte selbst nicht, ob Yoshihiko Michimasas oder Yukitomos Kind war. Ihr Versuch, Yukitomo mit Gewalt davon zu überzeugen, daß das Kind von ihm war, war nur ein Schwindel, der ihn dazu zwingen sollte, sie mehr als Suga zu lieben. Sie war sich auch jetzt noch nicht bewußt, daß sie sterben würde. Aber unbewußt und unerwartet begann ihre Seele von ihrem todkranken Körper, aus dem die materiellen und sexuellen Begierden gewichen waren, Besitz zu ergreifen. Daß sie Yukitomo Yoshihiko als sein Kind aufgedrängt hatte, reizte sie wie ein schwärender Fremdkörper unter ihrer Haut. Sie hätte Yukitomo gern die Wahrheit gesagt, aber als sie nun allein waren, wurde ihr klar, daß diese Geschichte nicht von der Sorte war, die sie hätte gestehen können. Die Qual, die sich in Miyas Gesicht spiegelte, entsprang dem schmerzlichen Bewußtsein, daß sie dieses Geheimnis in alle Ewigkeit in sich verschließen mußte.

Am Abend des fünften Tages nach Yukitomos Besuch verschied Miya im Krankenhaus. Ihr Leichnam wurde zum Stammsitz der Familie in Gotenyama überführt, dessen sämtliche weite Räume für eine zwei Nächte dauernde aufwendige Totenwache genutzt wurden. Die prunkvolle Beerdigungsfeier, die sich daran anschloß, wurde in einem Tempel in Asabu abgehalten.

Enge Freunde der Familie und Leute, die bei den Shirakawas aus und ein gingen, unterhielten sich über die Feier.

«Es ist ja nicht so, daß seine Frau oder sein Stammhalter gestorben wäre. Die ganze Angelegenheit ist für die Beerdigung einer Schwiegertochter einfach zu aufwendig. Sieht ganz so aus, als hätte Herr Shirakawa die Absicht gehabt, noch zu Lebzeiten seine eigene Beerdigung zu veranstalten.»

Michimasa, dem Miya hintereinander sieben Kinder geboren hatte, schien seine Frau nicht zu vermissen und ging unverändert seinen Vergnügungen nach. Sooft seine Wiederverheiratung zur Sprache kam, pflegte er zu sagen:

«Miya mit ihrem Widerspruchsgeist war unerträglich ... Das nächste Mal will ich eine brave Frau – eine, die weiß, wie man sich höflich verbeugt.»

Michimasa war auf keinen Fall in der Lage, seine vielen Kinder aufzuziehen, auch wenn ihm noch so viele Ammen und Dienstmädchen zur Seite standen. Seit Miyas Tod war noch kein halbes Jahr vergangen, als Tomo abermals vor der mühseligen Aufgabe stand, für Michimasa eine neue Frau zu finden. Es war noch vor Michimasas erster Ehe gewesen, daß Tomo einen Wahrsager aufgesucht und ihn gefragt hatte, wie sich ihr Sohn mit Frauen verstünde. «Es sieht so aus, als ob Ihr Sohn Schwierigkeiten mit Frauen bekommen würde», wurde Tomo gesagt, und sie mußte bitter lächeln: Michimasa war nicht der Mann, der wegen einer Frau litt. Aber wenn man sich vor Augen hält, dachte Tomo, daß Michimasa bereits zwei Frauen gestorben sind, dann kann man in einem gewissen Sinn tatsächlich von ‹Schwierigkeiten mit Frauen› sprechen.

Durch Miyas Tod fand die unmoralische Beziehung zwischen ihr und ihrem Schwiegervater, deren angstvoller Zeuge Tomo all die Jahre gewesen war, ein natürliches Ende, und von Tomo fiel eine schwere Last ab. Um so entschlossener ging sie jetzt bei der Wahl von Michimasas dritter Braut vor: Es kam nur eine Frau in Frage, die über ein ernstes Wesen verfügte. Nur eine Frau, der die hurenhaften Qualitäten Miyas fehlten.

Michimasa mochte als Mann kaum begehrenswert sein, um so mehr war es der Besitz der Familie Shirakawa. Und den hatten dann auch die zahlreichen Heiratsvermittler im Auge, die mit ihren Heiratsvorschlägen ins Haus kamen. Tomo entschied sich für eine ledige Frau in mittleren Jahren, die an einer Mädchenschule Hauswirtschaft unterrichtete. Diese Frau, die Tomoe hieß, hatte breite Schultern und eine schmale Stirn, aber zumindest hatte sie einen hellen Teint. Michimasa, dem der Name Tomoe nicht gefiel, taufte sie kurz nach ihrem Einzug um und gab ihr den eleganten Namen ‹Fujie›. Fujie war streng in der Erziehung der Kinder; Michimasa diente sie mit dem Respekt, der ihm als ihrem Ehemann zukam.

Als Fujie nach der Hochzeit zum erstenmal zu Besuch in den Stammsitz der Shirakawas in Gotenyama kam, wurde sie von Yukitomo zuvorkommend und freundlich behandelt, aber nicht nur Tomo, sondern auch Suga war es auf den ersten Blick klar, daß Fujie nicht die Frau war, die Miya ersetzen konnte.

«Die neue Ehefrau macht ja einen sehr soliden Eindruck», sagte

Suga beiläufig, als sie gegenüber von Tomo vor dem länglichen Kohlenbecken im Wohnzimmer saß. Ohne daß es ihr bewußt wurde, huschte ein feines Lächeln über eine ihrer Wangen.

«Mm, sieht so aus.» Auch Tomos Stimme klang beiläufig, während sie gemächlich ihre lange Pfeife entzündete.

Würde sie sich von Sugas Gerede verführen und ihren Worten freien Lauf lassen, dann würde ihr Yukitomo – wie Tomo aus bitterer Erfahrung zur Genüge wußte – ihre eigenen Worte, nun aber mit einer Bedeutungsschwere versehen, die ursprünglich nicht existiert hatte, an den Kopf werfen.

«Wenn sie als Hauswirtschaftslehrerin gearbeitet hat, wird das Haushaltsgeld bei ihr in guten Händen sein. So einfach wie bisher dürften sie es jetzt nicht mehr haben», sagte Suga und klopfte ihre lange Pfeife, die der von Tomo glich, am Rand des Kohlenbeckens aus. Tomo schloß aus Sugas umständlichen Worten auf deren eigentlichen Sinn: Es ging um die nicht unbeträchtliche Geldsumme, die Yukitomo insgeheim Miya hatte zukommen lassen. Michimasa hätte nicht im Traum daran gedacht, daß all die Ausgaben für sein luxuriöses Leben, die nicht aus der Haushaltskasse bestritten wurden, mit den Summen beglichen wurden, die für Miyas Körper gezahlt worden waren. Jetzt, da Fujie an Miyas Platz saß, war kaum damit zu rechnen, daß das Geld aus Yukitomos Kasse weiterhin so reichlich fließen würde.

Yukitomo beschloß, daß neben Yoshihiko auch Ruriko bei ihm im Haus wohnen sollte. Möglicherweise versuchte er durch den Anblick von Rurikos mädchenhafter Gestalt, die von Tag zu Tag schöner und anmutiger wurde, die vergangenen Zeiten mit Miya heraufzubeschwören, aber Ruriko tat im Gegensatz zu ihrer Mutter mit ihrem Großvater nie so vertraulich, daß sie ihn um irgend etwas angebettelt hätte, und von der Schönheit ihres Gesichts, die sogar die Aufmerksamkeit fremder Leute auf sich zog, schien sie selbst überhaupt keine Notiz zu nehmen.

«Ruriko ist noch ein unreifes Mädchen», sagte Suga manchmal bewundernd zu Tomo. Womit sie andeuten wollte, daß Rurikos Naturell keinerlei Ähnlichkeit mit dem ihrer Mutter aufwies.

Tomo machte sich wegen Yukitomo – mochte der Ruriko auch noch so sehr zugetan sein – keine Sorgen; aber wenn sie an Takao dachte, fühlte sie sich doch erleichtert, daß Ruriko – so ganz anders als ihre Mutter – von Natur aus nicht sehr liebenswürdig war.

Takao, der im Sommer dieses Jahres mit Erfolg die Aufnahmeprüfung für die Historische Abteilung der Kaiserlichen Universität hinter sich gebracht hatte, war in das Haus in Gotenyama zurückgekehrt. Das Zimmer im ersten Stock des Nebengebäudes war als Studierzimmer für ihn eingerichtet worden, und er fuhr jeden Tag von Gotenyama zur Universität in Hongo. Ruriko, die die Mädchenschule bereits beendet hatte und jetzt Stunden in der Teezeremonie, Ikebana und Klavierspielen nahm, begleitete Takao manchmal auf seinem Weg zur oder von der Universität. Eines Abends entdeckte Takao, als er durch die hintere Tür der Straßenbahn ausstieg, daß Ruriko denselben Wagen durch die vordere Tür verließ: Sie trug zu ihrem seidenen Kimono mit dem Pfeilmuster einen schwarz-weißen Gürtel; in der Hand hielt sie in Ölpapier eingewickelte Blumen. Ohne sich bemerkbar zu machen, ging Takao in einem Abstand von zwei Metern hinter ihr her.

«Fräulein Shirakawa, wer geht denn da hinter Ihnen! Ist das nicht unser junger Herr?»

Die Stimme, die auf dem Hügelweg zum Anwesen an Rurikos Ohr drang, gehörte dem Vorarbeiter Tomoshichi, der einen Arbeitskittel trug, auf dessen Revers deutlich der Name ‹Shirakawa› hervorstach.

«Was? Wirklich?» rief Ruriko, drehte sich um und erkannte Takao, der mit den Augen zwinkerte, als würde ihn das Licht blenden.

«Unser junger Herr ist wirklich ein Schlimmer!» lachte der Vorarbeiter meckernd. «Gut, daß das Fräulein seine Schwester ist, sonst würde sie sicher wütend werden ... Einfach einem jungen Mädchen nachzugehen, ohne etwas zu sagen ...»

Tomoshichi schien bei den Shirakawas gerade etwas zu trinken bekommen zu haben; die Ränder seiner Augen, die sie aus seinem feinen Gesicht anschauten, waren leicht gerötet. Wie angenehm wäre es doch, dachte er, wenn Takao einen Scherz verstehen könnte; aber Takao sah ihn mißmutig an, ohne ihn auch nur zu grüßen, und so eilte Tomoshichi mit gelangweiltem Gesicht an ihnen vorbei.

«Unmöglich, dieser Vorarbeiter ... Großvater hält ja große Stücke auf ihn, aber ich hasse ihn ... Er ärgert oft die Dienstmädchen in der Küche», murmelte Ruriko, als wäre ihr sein Anblick unangenehm gewesen. Sogar im Verhalten zu Dienstboten gab es große Unterschiede zwischen Miya, die es auf ihre kleinbürgerliche Art mit allen gut gekonnt hatte, und Ruriko.

Ohne etwas zu erwidern, ging Takao schnell den Hügel hinauf, jetzt aber Schulter an Schulter mit Ruriko.

Die Wartejahre

Oben auf dem Hügel Kagurazaka spielten zwei Kinder-Geishas, die mit langärmeligen, bunt bedruckten Seiden-Kimonos bekleidet waren, Federball – ein Spiel, das sich an Neujahr großer Beliebtheit erfreute. Eine ältere Geisha, die dabeistand und ihnen zusah, trug trotz der frühen Tageszeit einen ungewöhnlich farbenprächtigen Abend-Kimono, dessen Saum sie leicht angehoben hatte, wie um demonstrativ auf ihr fein gemustertes Untergewand hinzuweisen. Sowohl ihr Kimono als auch ihr Gürtel waren für eine Geisha aus diesem Viertel von erstaunlich guter Qualität; der Federballschläger, der von ihrer Hand herabhing, war mit dem Bild des Kabuki-Schauspielers Kichiemon in einer seiner Glanzrollen geschmückt und dürfte auf dem Markt in Yagenbori mindestens 20 Yen gekostet haben. Dank des Krieges in Europa, der bereits seit drei, vier Jahren im Gange war, hatten die Preise für Kriegsgüter und die Kurse der Aktien von Schiffsgesellschaften fast astronomische Höhen erreicht. Infolge dieses kriegsbedingten Konjunkturaufschwungs blühte auch in den Geisha-Vierteln das Geschäft, und es gab sogar ein Gerücht, dem zufolge ein berühmter Schiffsmagnat einer Geisha aus Ōsaka einen Kimono geschenkt hatte, in dessen gemusterten Saum Diamanten eingesetzt waren. Wenn schon Geishas aus den zweit- oder drittklassigen Vierteln dieser Gegend sich eine derart kostspielige Aufmachung leisten können, in welchem Luxus mußten dann die Geishas aus erstklassigen Häusern leben? Während Tomo im Vorbeigehen das Profil der Geisha musterte, deren Schläfenhaare elegant nach hinten gekämmt waren, tauchten in ihrer Erinnerung verschiedene Gesichter aus der Vergangenheit auf – Gesichter von Geishas aus Shinbashi, mit denen sie nun seit fast zwanzig Jahren nicht mehr in Berührung gekommen war. Als hochrangiger Beamter im Polizeipräsidium hatte Yukitomo, ihr Mann, bei Banketten in seiner Dienstresidenz zur Bewirtung der Gäste immer Geishas aus Shinbashi kommen lassen. Einige von ihnen standen mit Yukitomo auf vertrautem Fuß und kamen oft auch untertags – in solide, gestreifte Kimonos gekleidet – in Begleitung der Besitzerin und der Haushälterin eines Teehauses zu Besuch, wobei sie stets niedliche Geschenke mitbrachten, die wie Spielzeug aussahen. Tomo wurde plötzlich klar, daß die meisten dieser Geishas kaum älter als zwanzig gewesen sein konnten, obwohl sie mit ihren unauffälligen Kleidern, in deren Mustern die Farbe ‹Rot› peinlichst vermieden war, eher wie Frauen in mittleren Jahren gewirkt hatten.

Suga und Yumi, die damals noch jugendliche Frisuren getragen hatten, hatten nun auch schon längst die Vierzig überschritten; Takao und Kazuya, die damals noch nicht einmal auf der Welt gewesen waren, waren nun alt genug, um die Kaiserliche Universität beziehungsweise die Keiō-Universität zu besuchen. Und selbst Naoichi, der Sohn Yumis, die Iwamoto geheiratet hatte, ging mittlerweile auf die Wirtschafts-Hochschule in Hitotsunobashi. Iwamoto war, als seine Kinder noch klein gewesen waren, unerwartet früh an Typhus gestorben, und Yumi hatte danach, obwohl sie schon nicht mehr die Jüngste war, Ikebana-Stunden genommen und war Lehrerin geworden. Finanziell von Yukitomo und Tomo unterstützt, konnte sie Naoichi zur Schule schicken. Tomo war momentan unterwegs zu Yumi, die in einem kleinen Haus in einer Seitenstraße am Fuße des Kagurazaka wohnte. Ziel ihres Besuches war nicht Yumi selbst, die jetzt nach dem Ende der Neujahrs-Feiertage wahrscheinlich unterwegs war, um zu unterrichten, sondern Kayo, ein Mädchen, das in einem kleinen Zimmer im ersten Stock von Yumis Haus zur Miete wohnte.

Als Tomo die schlecht schließende Gittertür des Zwei-Familien-Reihenhauses aufschob und sich bemerkbar machte, tauchte eine alte Frau mit schneeweißen Haaren und klaren Augen, die sich die Hände abwischte, als hätte sie gerade gewaschen, aus dem Halbdunkel auf und spähte verstohlen nach draußen. Als sie Tomo erkannte, kniete sie nieder und verbeugte sich tief.

«Oh, Frau Shirakawa ... Das ist eine Überraschung ... Und

Yumi hat Ihnen noch nicht einmal den Neujahrsbesuch abgestattet, da seit dem Jahresende die Kinder eins nach dem anderen Erkältung bekommen haben ... Ich wünsche Ihnen ein frohes neues Jahr.»

Ohne Tomo Gelegenheit zu geben, den Glückwunsch zu erwidern, führte sie sie respektvoll ins Innere. Die Frau war Yumis verwitwete Schwester Shin, deren Anwesenheit im Haus es Yumi ermöglichte, ihre jüngste Tochter, die noch zur Volksschule ging, in ihrer Obhut zu lassen und auswärts zu unterrichten.

«Ich muß mich noch einmal dafür entschuldigen, daß ich Ihnen neulich soviel Mühe bereitet habe. Aber immerhin soll es, soweit ich gehört habe, eine leichte Geburt gewesen sein.»

«Ja, das war es. Sie können sich nicht vorstellen, welche Sorgen wir uns gemacht haben. Yumi war so aufgeregt, als hätte sie nie selbst ein Kind zur Welt gebracht. Aber dann war es doch eine leichte Geburt. Und das Baby ist so ein dicker, hübscher Bub mit Kulleraugen. Ich persönlich habe Kazuya nie gesehen, aber Yumi sagt, daß ihm das Baby wie aus dem Gesicht geschnitten ist.»

«Man muß sich richtig schämen, daß das passiert ist, wo Kazuya doch noch Student ist ... Aber wenn man keine richtige Mutter hat, dann scheint das auf die Kinder in vielerlei Hinsicht abzufärben ...»

«Aber Frau Shirakawa, so etwas passiert ja oft bei jungen Herren. Fräulein Kayo sagt, wenn sie vier Hände hätte, dann könnte sie soviel arbeiten, daß es mit dem Kind schon irgendwie gehen würde.»

«Ja schon, aber auch das ist bereits geregelt ... Der Verwalter unseres Grundstücks in Kiyojimachō hat das freundlicherweise erledigt. Die Abmachung, daß das Baby zu einem sehr respektablen Angestellten kommt, der sich ein Kind gewünscht hat, ist mehr oder minder perfekt. Es ist nicht erwähnt worden, daß das Kind von Kazuya stammt, aber er scheint es zu wissen und freut sich angeblich darüber. Er dürfte in etwa einem Monat kommen und das Kind abholen.»

«Kazuya hat wirklich Glück, daß seine Großmutter sich so sehr um alles sorgt. Es ist zwar nur der zweitälteste Sohn Ihres Sohnes, aber doch immerhin Ihr Enkel. Sie werden sicher auch in Zukunft auf ihn achten.»

Shin blickte Tomo eindringlich an, während sie Tee zubereitete.

Yumi und Naoichi schienen es gar nicht so richtig zu bemerken, aber in Wirklichkeit war es nicht Yukitomo, der Yumi und ihren Kindern, seit die ihren Vater verloren hatten, in allen Lebenslagen direkte und indirekte Hilfe zukommen ließ, sondern Tomo. Mochte der verstorbene Iwamoto auch Tomos Neffe gewesen sein, so war es doch keineswegs selbstverständlich, daß sich Tomo so sehr um Yumi – um die Frau, die Yukitomo als Mätresse gedient hatte – kümmerte. Shin, die wußte, daß der Wohlstand der Shirakawas weniger auf irgendeiner von Yukitomos Fähigkeiten beruhte als vielmehr auf Tomos unablässigen Anstrengungen, für die ihr niemand dankte, hielt sich seufzend vor Augen, wie wenig sich ihre eigenen Verwandten um sie kümmerten. Kayo, die im ersten Stock untergebracht war, arbeitete im Haushalt Michimasas als Dienstmädchen und war erst achtzehn Jahre alt. Das Mädchen war von Kazuya, der die Abteilung für Wirtschaft der Keiō-Universität besuchte, geschwängert worden, und hatte mit Hilfe Tomos ihr Kind in Yumis Haus entbinden können.

Von Shin geführt, zog sich Tomo am Stiegengeländer die enge, steile Treppe hinauf, die von einer Wohnzimmerecke in den ersten Stock führte.

Während Shin die Schiebetür berührte, die ihnen am obersten Treppenabsatz den Weg versperrte, rief sie:

«Du hast Besuch! Die gnädige Frau Shirakawa ist da!»

«Wirklich?» rief eine jugendliche Stimme, und Kayo kam in Sicht. Sie richtete sich auf dem Futon auf.

«Schon gut, bleib bitte liegen», sagte Tomo, als sie hinter Shin ins Zimmer trat. Aber Kayo hatte bereits den Kimono über ihrem fülligen, weißen Busen geschlossen und sah Tomo mit ebensoviel Ehrfurcht entgegen wie in Michimasas Haus in Tsunamachi.

«Zuerst einmal herzlichen Glückwunsch. Schön, daß die Geburt ohne Komplikationen verlaufen ist. Ich wollte dich ja schon früher besuchen, aber dann kam Neujahr dazwischen und ...»

«Ja, in dieser Zeit», fuhr Kayo fort, «hat jeder alle Hände voll zu tun.»

Sehnsucht und Anteilnahme für das Geschehen in Tsunamachi und Gotenyama klang aus ihrer Stimme. Ihre zierlichen Schultern, die immer so rundlich gewesen waren, und ihre hellhäutigen Wangen, über denen stets ein Aprikosenschimmer geschwebt hatte, wirkte irgendwie dünner, was ihrer mädchenhaften Gestalt etwas

Bezauberndes und Rührendes verlieh, zusammen mit der Erschöpfung, die sich um ihre gesenkten Augenlider herum abzeichnete.

«Ich bin Ihnen sehr zu Dank verpflichtet, daß ich hier in Ruhe mein Kind zur Welt bringen konnte.»

«Ja, das war wirklich ein Glück für dich», warf Shin ein. «Kayo hat nämlich auch eine Stiefmutter, und mit der hätte sie nur schlecht über diese Sache reden können, und die Dame in Tsunamachi und Kazuya sind ja auch nicht blutsverwandt ... Kayo sagt, daß sie tief in Ihrer Schuld steht ...»

«Und das Baby ... schläft es?»

Tomo rutschte auf ihren Knien näher zu dem Baby, das Kayo auf eine Ecke des karierten seidenen Bettzeugs gelegt hatte.

«Er hat gerade eine Menge Milch getrunken und ...» sagte Kayo in einem halb entschuldigenden Ton und zog sanft das Tuch aus Gaze weg, in dem das Kinn des Säuglings vergraben lag, um Tomo das kleine Gesicht zu zeigen.

«Sachte, sachte ... sonst wacht er noch auf», sagte Tomo tadelnd, als sie sich vorsichtig über das Kind beugte.

Das Kind, das noch nicht zwanzig Tage auf der Welt war und noch keine Augenbrauen hatte, war eine weiche, unschuldige Masse: man hatte das Gefühl, es könnte beim geringsten Druck zerbrechen. Auf seiner Stirn und den Wangen verliefen undeutliche Falten, die bald verschwinden würden: Sie verliehen dem Kind etwas Animalisches. Trotzdem war in diesem formlosen kleinen Fleischklumpen Kazuya zu erkennen: In der Partie zwischen Stirn und Nasenrücken war die Ähnlichkeit mit seinem Vater offensichtlich. In der tiefen Furche der geschlossenen Augenlider, die große Kulleraugen zu bedecken schienen, lag sogar etwas, das an Takaos Kindergesicht erinnerte. Es gab keinen Zweifel: Dieses Kind würde das Blut der Shirakawas weitertragen. Bei diesem Gedanken lief es Tomo kalt über den Rücken. Ihr war nämlich klar, daß sie – vorausgesetzt, Takao und nicht Kazuya hätte das Kind mit Kayo gezeugt – dieses Baby niemals aus der Wiege reißen und an fremde Leute geben würde. Beide waren zwar ihre Enkelsöhne, aber Tomo wußte, auch ohne ihre Gefühle gegeneinander abzuwägen, nur zu gut, mit welch unterschiedlicher Intensität sie Takao, den sie selbst aufgezogen hatte, und Kazuya, der dem Leib Miyas entsprungen war, liebte.

«Es besteht doch eine Ähnlichkeit, oder?» Shin vermied absichtlich den Namen Kazuyas und sah Tomo an. Die nickte schweigend und sagte dann:

«Lieb sieht es aus, das Baby ... und seine Gesichtsfarbe ist wirklich schön.»

Es tat Tomo leid für Kayo, jetzt über die Adoption sprechen zu müssen, aber sie wußte, daß sie keine Zeit haben würde, immer wieder hierherzukommen. Wenn sie das Thema kurz, bündig und emotionslos behandelte, würde es Kayo, die ja immerhin noch sehr jung war, nicht so schwerfallen, über den Verlust des Kindes hinwegzukommen.

«Ich habe noch soviel Milch ... Ich weiß gar nicht, was ich tun soll, wenn das Baby nicht mehr da ist», sagte Kayo in einem Ton, der frei von Trauer war, und Tomo empfand noch größeres Mitleid mit ihr.

Als Tomo schließlich aufbrach, schlief das Baby immer noch. Sie tastete sich wieder die dunkle, enge Treppe hinab und wollte eben aus dem Haus treten, da fragte sie Kayo, die sie zusammen mit Shin bis zur Tür begleitet hatte und ihr in den Mantel half:

«Fühlen Sie sich nicht besonders gut, Frau Shirakawa?»

«Warum? Mache ich den Eindruck?» entgegnete Tomo.

«Das nicht gerade; aber ich habe das Gefühl, daß Sie ein bißchen dünner geworden sind ... Vielleicht täusche ich mich auch», sagte Kayo und lächelte mädchenhaft.

«Ich hatte Ende letzten Jahres eine Erkältung, und die hängt mir noch immer nach.»

Tomo machte eine kleine Pause.

«Alles nicht so schlimm! Ich bin bald wieder gesund. Und da wir schon Januar haben, wird es auch nicht mehr lange so kalt bleiben», sagte Tomo und ging durch das Tor hinaus.

Eine Hand an der Gittertür, blickte Shin zum trüben wolkenverhangenen Himmel hinauf, von dem ein schmaler Streifen zwischen den Dächern zu sehen war.

«Die Wolken hängen schrecklich tief. Hoffentlich fängt es nicht zu schneien an, ehe Sie wieder zu Hause sind», rief sie Tomo nach.

Tomo haßte es, längere Strecken mit einer Rikscha zurückzulegen. Sie, die in einer Zeit ohne Züge und Straßenbahnen aufgewachsen war, war stolz darauf, gut zu Fuß zu sein. Außerdem war ihr der

Gedanke zuwider, daß sie jetzt in ihrem Alter nicht mehr das tun können sollte, wozu sie in ihrer Jugend imstande gewesen war. Für Tomo, die die Verwaltung der Grundstücke der Shirakawas auf sich genommen hatte und die Hälfte jedes Monats in Geschäften unterwegs war, stellten kräftige Beine ein Zeichen von Gesundheit dar. Und ihre Gesundheit hatte für sie auch in ihrer Beziehung zu Yukitomo und seiner Mätresse Suga eine erstaunlich große Bedeutung, weil sie es ihr erlaubte, ihre Psyche in einer vibrierenden Abwehrbereitschaft zu halten. In ihrem großen Haushalt, der neben Yukitomo und ihrem Enkel Takao aus Yoshihiko, Suga und drei weiteren Dienstmädchen bestand, mußte sich Tomo ständig um die Angelegenheiten anderer kümmern. Sorgen um Tomos Gesundheit machte sich niemand – als wären alle von ihrer Unsterblichkeit überzeugt.

Yukitomo war ihre Gesundheit nur ein oberflächliches «Großmutter gehört zu den Frauen, die niemals krank werden» wert, und von den jungen Enkeln war auch keine größere Fürsorge zu erwarten. Und Suga, von der man als Frau noch am ehesten eine gewisse Anteilnahme hätte erwarten können, jammerte stets nur über ihre eigene kränkliche Konstitution. Manchmal bemerkte sie in einem halb ärgerlichen Ton:

«Wirklich beneidenswert, wie gesund Frau Shirakawa ist!»

Nun war die Konstitution der willenstarken Hausfrau tatsächlich nicht schwach, und sie war die ganzen Jahre hindurch nicht ein einziges Mal ernstlich krank gewesen. Dies war aber mehr als zur Hälfte der Härte ihrer Psyche zuzuschreiben, die sie den geringsten Anflug von Unwohlsein mit Gewalt unterdrücken ließ und sie zum Weitermachen zwang, als wäre sie gesund. Tomo litt genaugenommen unter Schwindelgefühlen, und auch für eine Neuralgie gab es Anzeichen. Die letzten fünf, sechs Jahre hatte sie in der heißesten Sommerzeit Wasser in den Beinen gehabt, und auch das Atmen fiel ihr in der letzten Zeit schwer. Aber sooft wieder kühlere Winde aufkamen, ging die Schwellung zurück, und ihre bleischwere Müdigkeit war ebenfalls bald vergessen. Und deswegen hatte Tomo auch nie einen Arzt aufgesucht, obwohl ihr ihre verheiratete Tochter Etsuko immer wieder geraten hatte, sich von einem vertrauenswürdigen Arzt untersuchen zu lassen. Die Vorstellung, man könnte ihr sagen, sie leide an einer chronischen Krankheit, war ihr zuwider. Sie hatte Angst, eine derartige Diagnose könnte in ihrer wachsamen

Psyche Risse entstehen lassen und sie an Geist und Körper stumpf machen. Bei dem bloßen Gedanken, sie könnte durch eine Krankheit zur Invalidin werden, die ständig in einem Zimmer dieses kalten Hauses liegen mußte, spürte Tomo einen unerträglichen Zorn.

Yukitomo saß jeden Tag von morgens bis abends in seinem Stuhl, maß seine Temperatur, machte Mundspülungen und träufelte sich Tropfen in die Augen. Sein Bemühen, seine Gesundheit so gut wie möglich zu schützen, so lange wie möglich zu leben, und seine Lebensgier unterschied sich in nichts von dem Verhalten jener chinesischen Kaiser, die Männer auf die Suche nach einem Lebenselexier schickten. Bei seinem Anblick erinnerte sich Tomo manchmal daran, daß Yukitomo zwölf Jahre älter war als sie selbst. Falls er mit achtzig noch am Leben war, würde sie noch nicht einmal siebzig sein. Bis dahin mußte sie durchhalten. Bis dahin durfte sie sich von ihm nicht besiegen lassen. Mein Leben muß den Sieg über ihn davontragen, dachte Tomo. Und spürte gleichzeitig, wie sich eine eisige Einsamkeit in ihr ausbreitete: Wie unendlich weit war dieser Gedanke von den üblichen Vorstellungen über die Beziehung zwischen einem Ehemann und seiner Frau entfernt; wie entsetzlich groß mußte die Kälte sein, in der sie einen derartigen Gedanken hegen konnte!

«Fühlen Sie sich nicht besonders gut, Frau Shirakawa?» Diese sanfte, beiläufige Frage, die Kayo zuvor an der Haustür gestellt hatte, hallte in Tomos Ohren mit einem unheilvollen Echo wider. Tatsächlich hatte sie Neujahr inmitten des Trubels, den die vielen Besucher mit sich gebracht hatten, verlebt, ohne ihre Erkältung vom Ende des letzten Jahres loszuwerden; in der letzten Zeit aber war die Müdigkeit in ihren Beinen, die sie während des Winters gewöhnlich nie gespürt hatte, bis zu ihrem Magen hochgekrochen. Und dann war der 3. Januar gekommen, und sie hatte an der Festtafel keine Lust verspürt, sich von der Suppe mit den Reisklößen, die sie sonst gerne aß, eine zweite Portion geben zu lassen.

Eines der Mädchen, das beim Essen bediente, fragte:

«Ach, Frau Shirakawa, möchten Sie wirklich nichts mehr essen?»

Und Tomo vertuschte ihre Appetitlosigkeit mit beiläufigen Worten:

«Meine Zähne wollen heute irgendwie nicht so recht ...»

Alle aßen weiter, ohne sich anscheinend über den Wortwechsel

Gedanken zu machen. Tomo war erleichtert über das Desinteresse, weil es ihr lieber war, daß sich niemand um ihre Appetitlosigkeit kümmerte, als Yukitomos Aufmerksamkeit auf sich zu ziehen. Gleichzeitig erzeugte die Tatsache, daß keiner der versammelten Familienmitglieder soviel Sensibilität und Liebe für sie besaß, um ihr einen Blick zuzuwerfen, ein Gefühl der Isoliertheit in ihr. Ein Gefühl, das taube Menschen in ihrer Welt empfinden, und das für Tomo auch dadurch nicht erträglicher wurde, daß dieses Verhalten ihrer Familie ihr gegenüber an der Tagesordnung war.

Es hatte Tomo traurig gemacht, daß sich Takao, den sie als Baby in den Armen gehalten hatte und den sie, während er aufwuchs, von ganzem Herzen geliebt hatte, zusehends von ihr entfernte. Ihre Entfremdung war vielleicht dadurch entstanden, daß Tomo seine Stiefschwester Ruriko – das Mädchen, das vielleicht Takaos erste Liebe hätte sein können – umsichtig sofort nach dem Abschluß der Mädchenschule mit einem Bankangestellten aus Kansai verheiratet und Takao damit eine Wunde zugefügt hatte, über die er nicht sprechen konnte. Ihm selbst war zwar klar, daß diese Liebe zu nichts führen konnte, aber die unnötige Hast, mit der seine Großmutter Ruriko verheiratet hatte, hatte ihn vor der Schärfe ihres Urteils, vor dem seine geheimsten Gefühle offenlagen, zurückschrecken lassen, und der Schock über die Überrumpelung ließ allmählich sein kindliches Zutrauen zu Tomo verschwinden. Er begann Tomos Scharfblick zu hassen. Er hörte auf, wie bisher bei Tomo seine Launen durchzusetzen; statt dessen fing er an, Tomos liebevolles Entgegenkommen, mit dem sie ihm all seine Wünsche von den Augen ablas, lästig zu finden, und schließlich ließ er sie links liegen.

Tomo wußte, daß der Preis für ihren Erfolg, Ruriko mit Gewalt Takao zu entreißen, darin bestand, daß Takao seine Gefühle zu verbergen begann, die er ihr gegenüber stets rückhaltlos gezeigt hatte. Das war traurig, aber nicht zu ändern. Auch wenn sie Takao noch so sehr liebte, lag es auf der Hand, daß die einzige Frau, die sie ihm nicht geben konnte, Ruriko war. Tomo, die in Yukitomos Leben zuviel Unmoral und Herzlosigkeit gesehen hatte, würde bei dem Enkel, den sie liebte, unter keinen Umständen dasselbe unsittliche Verhalten dulden. Sie war bereit, dafür Takaos Kälte ihr gegenüber zu ertragen.

Und doch ... Tomo fragte sich, warum sie immer wieder in derartige Liebesaffären, die alles andere als unschuldig waren, verstrickt werden mußte. Zwischen den Menschen, die ihr am nächsten standen, die sie am meisten liebte, geschahen Dinge – oder waren, wie in Takaos Fall, im Entstehen –, die ihren eigenen Wünschen völlig widersprachen. Und dieses Problem ließ sich mit keiner Theorie, an die Tomo denken konnte, lösen. Irgendeine Macht hatte ihr Leben entstehen lassen und seinen Lauf bestimmt. Ergriffen von der Idee, daß diese Macht das Karma sein könnte, wurde für Tomo schließlich das Gefühl, daß es etwas geben mußte, das mächtiger und bindender war als das von ihr bis dahin hartnäckig verteidigte sittliche Verhalten gegenüber ihren Mitmenschen, zu einer unabweisbaren Realität.

«Namu Amida Butsu, Namu Amida Butsu ...» Die leise monotone Anrufung Buddhas, die wie von selbst in Tomos Mund entstand, erklang manchmal mit einer solchen Heftigkeit, daß ihre Lippen zu glühen begannen.

Kurz nachdem Tomo an einer Haltestelle in der Nähe ihres Hauses aus der Straßenbahn gestiegen war, zerriß die aschfarbene undurchdringliche Membran des Himmels, und Schnee, fein wie Baumwollfäden, begann zu fallen.

«Ah, also doch noch!» sagte Tomo zu sich selbst und überquerte die Schienen. Ihre Beine fühlten sich so schwer an, als würden sich die Absätze ihrer Holzsandalen bei jedem Schritt an der Straße festsaugen, und ihre Lungen rangen keuchend nach Luft. Ich muß wirklich erschöpft sein, dachte Tomo. Sie nahm sonst nur ungern eine Rikscha, aber jetzt erschien es ihr völlig unmöglich, den langen, flachen Hügelweg bis zum Haus hinauf zu Fuß zurückzulegen. In der Nähe wartete stets eine große Anzahl von Rikschas auf Kunden, und Tomo machte sich auf den Weg dorthin. Wegen des Schneefalls aber schienen die Fahrer schnell Kunden gefunden zu haben: Es war weder eine Rikscha noch einer der Fahrer zu sehen, die sich sonst immer, in Wolldecken gehüllt, an einem kleinen Feuer wärmten.

Mochte das auch ärgerlich sein, es war niemand da, bei dem sich Tomo beschweren konnte. Resigniert und langsam begann Tomo ihre schweren Beine in Bewegung zu setzen und ging den sanft ansteigenden Hügelweg hinauf. Es hatte seit einigen Tagen nicht geregnet, und der frisch gefallene Pulverschnee färbte zusehends den

Weg weiß und machte den Boden schwer; die Zweige der Bäume, die sich über der Steinmauer auf der einen Seite des Hügels erhoben, und die grauen Dachziegel der Reihe kleiner Läden, die auf der anderen Seite lagen, bekamen einen weißen Anstrich. Die kurz zuvor angezündeten Lampen warfen einen aprikosenfarbenen Schein auf den Schnee, und der Geruch von Fischen, die für das Abendessen zubereitet wurden, vermischte sich mit dem Rauch, der hier und da aus den Häusern aufstieg.

Tomos Hand, in der sie den Schirm hielt, war vom Schnee taub und schwer; der Weg, auf dem sie sich Schritt für Schritt vorwärtskämpfte, war so anstrengend, daß sie immer wieder anhalten und tief Luft holen mußte. Sooft sie stehenblieb, sah sie die kleinen Häuser, die vor ihr lagen: Privathäuser, Gemüsehandlungen, Läden mit Haushaltswaren. Die grenzenlose Helligkeit, die die aprikosenfarbenen elektrischen Lichter in allen diesen Häusern verbreiteten, und die Kochgerüche, die in Tomo ein unbeschreibliches Gefühl von Geborgenheit und Wärme auslösten, erschütterten sie tief. Glück ... Tomo war fest davon überzeugt, daß unter den schwachen elektrischen Birnen in diesen Zimmern ein kleines, bezauberndes Glück voller Harmonie existierte. Ein bißchen Glück ... eine bescheidene Harmonie ...: Nichts anderes als dieses Glück hat das Rufen des Menschen, sein Toben, seine Klagen und seine Suche zum Ziel.

Als Tomo zögernd, ob sie weitergehen sollte, und einsam inmitten des Schneefalls auf dem Weg stand, ihren grauen Schal fest um den Hals geschlungen, den schweren Schirm in ihrer eiskalten, steifen Hand, kroch die Verzweiflung über die Sinnlosigkeit ihres Lebens in ihr hoch. Alles, wofür sie in dem eingegrenzten Bereich ihres Lebens, dessen Schlüssel sie schon vor Jahrzehnten ihrem übermächtigen Ehemann anvertraut hatte, gelitten und gekämpft hatte, alles, was sie errungen hatte ... lag innerhalb der gnadenlosen, harten Welt, lag innerhalb der unübersteigbaren Mauer, die sich mit dem Begriff ‹Familie› auf den Nenner bringen läßt. Ihr Leben war ohne Zweifel ein einziges Bemühen geworden, in dieser Welt auszuharren. Und anscheinend hatte sie dafür ihre ganze Kraft aufgewandt. Aber nun erblickte Tomo plötzlich in den Lichtern der Häuser, die eine Seite der Straße säumten, die Leere ihres letztlich artifiziellen Lebens, für das sie soviel Energie und Weisheit geopfert hatte.

Konnte es sein, daß alles, wofür sie gelebt hatte, vergebens und wertlos war? Nein! Nein! Tomo schüttelte wild den Kopf. Ihre Welt war ein Ort der Unsicherheit, durch den sie sich wie durch das Dunkel vorwärtstastete. Und alles, was ihre suchenden Hände berührten, war farblos, hart und kalt. Endlos breitete sich vor ihr die Finsternis aus. Am Ende dieser Finsternis aber würde zweifellos – wie am Ende eines Tunnels – eine hellere Welt auf sie warten ... Wenn nicht, dann war alles sinnlos ... Sie durfte nicht verzweifeln, sie mußte weitergehen. Wenn sie nicht weiterging, wenn sie ihren Aufstieg nicht fortsetzte, dann würde sie niemals die Spitze des Hügels erreichen ...

Tomo holte tief Atem und nahm den schweren Schirm in die andere Hand. Mit der rechten Hand hielt sie ihre Stoffhandtasche, in der sich verschiedene Schriftstücke befanden, fest umklammert. Sie hob den Blick, und vor ihr erstreckte sich endlos der Hügelweg. Sie hatte gedacht, bereits Dreiviertel des Weges zurückgelegt zu haben, aber es war kaum die Hälfte.

Tomo klappte ihren Schirm zusammen, um ihn als Gehstock zu benützen, zog sich den grauen Schal über den Kopf und schleppte sich weiter durch den Schnee.

Am folgenden Samstag kam Etsuko mit ihrer jüngsten Tochter Kuniko, um den ersten Besuch im neuen Jahr zu machen. Sie wollte über Nacht bleiben. Tomo war wie üblich aufgestanden, konnte aber kaum etwas essen, da ihr vom Morgen an übel war. Sie hatte an jenem Abend, an dem sie vom Schnee überrascht worden war, nach fast jedem Schritt pausieren müssen und nur mit Mühe das Haus erreicht. Als sie die Gittertür des Nebeneingangs öffnete und sich auf dem erhöhten Fußboden im Flur niederließ, war sie so benommen, daß sie nicht sprechen konnte.

«Schön, daß Sie wieder zu Hause sind.»

Suga kam heraus, um sie zu begrüßen. Tomo machte, ohne zu Suga hinzusehen, eine Bewegung mit ihrer Hand und keuchte:

«Heißes Wasser ...»

Tomo saß in sich zusammengesunken da, den schneebedeckten Schal immer noch auf dem Kopf. Bestürzt über den Anblick, brachte Suga eine Tasse und spähte Tomo ins Gesicht.

«Fehlt Ihnen etwas, Frau Shirakawa?»

«Nein, gar nichts. Ich bin nur ein wenig erschöpft ... Sag meinem Mann nichts davon!» sagte Tomo mit geschlossenen Augen.

Sie ging an diesem Abend früh ins Bett, stand aber am nächsten Tag schon wieder auf. Etsuko würde am Samstag kommen, und sie mußte bis dahin unter allen Umständen durchhalten. Die Angst, sie könnte nicht wieder aufstehen, wenn sie sich erst einmal ins Bett gelegt hatte, verlieh ihren müden Gliedern noch einmal Kraft.

Etsukos Mann Shinohara war mittlerweile in juristischen Kreisen als erstklassiger Rechtsanwalt bekannt. Sein Verhältnis zu Etsuko war gut, und auch sein Verhalten gegenüber seinen Schwiegereltern ließ nichts zu wünschen übrig, so daß auch Yukitomo, der seinen eigenen Sohn Michimasa wie Luft behandelte, Shinohara Respekt zollte. Es kam nur selten vor, daß Yukitomo einen Vorschlag, der von Shinohara kam, ablehnte, zum Teil auch deswegen, um sich vor diesem Mann keine Blöße zu geben. Geschah etwas, mit dem Tomo allein nicht zurechtkam, ließ sie durch Etsuko Shinohara informieren, der dann Yukitomo die entsprechenden Vorschläge unterbreitete.

Etsuko, die ein anmutiges, aber nicht sehr liebenswürdiges Kind gewesen war, blieben in ihrer Ehe die Sorgen, die Tomo gehabt hatte, erspart. Was zur Folge hatte, daß sie auch jetzt als Frau in mittleren Jahren ebenso naiv und unschuldig war wie ein wohlbehütetes Mädchen. Manchmal erfüllte das Tomo mit Freude, da sie darin ein Symbol des Glücks sah, das ihr als Entschädigung für ihr eigenes Unglück gewährt wurde. Zu anderen Zeiten aber, wenn sie sich bei Etsuko über Familienangelegenheiten im Zusammenhang mit Yukitomo oder Suga beklagte, war sie enttäuscht, daß sich Etsuko mit ihrem einfachen, unsensiblen Wesen nicht in ihre Lage einfühlen konnte. Tomo verspürte gewöhnlich nicht den Wunsch, die Last, die auf ihren Schultern ruhte, ihrer Tochter aufzubürden. Aber Etsukos heutigen Besuch erwartete sie mit außergewöhnlicher Ungeduld.

Als sie das Zimmer betraten, in dem Yukitomo in seinem Stuhl saß – Etsuko in einem Kimono aus Kreppseide mit dem Familienwappen, um den sich ein prächtiger Gürtel schlang, bestickt mit einem Muster aus Bambus und Sperlingen auf rotbraunem Grund, an ihrer Hand Kuniko, die einen auffälligen langärmligen Festtagskimono aus farbenfroh bedruckter Kreppseide trug –, da begann Tomos Herz vor Freude so heftig zu klopfen, daß sie über sich selbst bestürzt war.

«Schön, daß ihr da seid! Alles Gute zum neuen Jahr!» sagte Yukitomo. «Wie alt ist denn Kuniko jetzt schon? Wenn die Enkelkinder so zahlreich werden, kann man sich nicht mehr den Namen eines jeden einzelnen merken!» Yukitomo lachte schallend. «Da habt ihr nun euren alten Großvater. Kann gut sein, daß ich mich noch in diesem Jahr von der Welt verabschiede ... Was ist mit Shinohara? ... Ist er nicht zusammen mit euch gekommen? Wo ich doch das Go-Brett herrichten ließ ... Die Vereinigung der Rechtsanwälte hat heute ihre Neujahrsfeier? Ach so ... Als deren Vorsitzender kann er wohl nur schlecht wegbleiben ...»

Etsuko saß ruhig da und hielt ihren kranichähnlichen Hals kerzengerade. Der Anblick ihres Gesichts, das seinem eigenen so sehr ähnelte, schien Yukitomo mit Freude zu erfüllen, und munter erzählte er – fast wie um seiner Tochter zu schmeicheln – eine Geschichte nach der anderen. Suga und die Dienstmädchen, die sahen, wie gutgelaunt ihr greiser Herr war, bewirteten fröhlich die Gäste und lobten abwechselnd Etsukos Frisur und das Muster von Kunikos Kimono.

Als Kuniko am Nachmittag zusammen mit der gleichaltrigen Namiko, die aus Tsunamachi eingeladen worden war, und den Dienstmädchen ins Freie ging, um Federball zu spielen, sagte Tomo zu Etsuko:

«Gestern hatte man vom ersten Stock aus einen wunderbaren Blick auf den Fuji. Komm doch mal und sieh selbst!»

So beiläufig wie möglich führte sie Etsuko in den ersten Stock. Von der Veranda an der Vorderfront des Hauses aus waren die blaßblauen Umrisse des Fujiyama im Westen zu sehen, aber Etsuko warf nur einen flüchtigen Blick auf den Berg, setzte sich in die Nähe der Veranda und sagte:

«Also, Mutter, was ist? Möchtest du mit mir über etwas sprechen?» Sie kannte die langjährige Angewohnheit ihrer Mutter, sie immer möglichst beiläufig beiseitezunehmen, wenn sie mit ihr etwas Vertrauliches besprechen wollte.

«Ich fühle mich nicht gut.»

«Ja, das dachte ich mir. Ich habe mir schon Sorgen gemacht, weil du so erschöpft aussiehst. Was fehlt dir denn? Hast du dich schon von einem Arzt untersuchen lassen?»

«Nein!» Tomo schüttelte heftig den Kopf. «Herr Suzuki kommt

zwar mindestens jeden dritten Tag, um Großvater zu untersuchen, aber zu dem Possenreißer habe ich kein Vertrauen! ... Nein, ich habe auf deinen Besuch gewartet. Ich möchte, daß mich wenigstens dieses Mal ein guter Arzt untersucht ...»

«Also nein, Mutter ... Du hast auf mich gewartet! Das ist doch wirklich keine Art, wenn man krank ist! Warum hast du mich denn nicht sofort angerufen?»

«Nun reg dich doch nicht so auf!» Tomo lachte leise, als wollte sie Etsuko für ihren Übereifer tadeln.

Es hätte übertrieben gewirkt, wenn sie nur wegen dieser Sache zum Telefon gegriffen hätte, und eigens deswegen einen Brief zu schreiben, hätte nur die Leute beunruhigt. Da es ja abgemacht gewesen sei, daß Etsuko heute kommen würde, habe ihr das Warten nichts ausgemacht, sagte Tomo, und schilderte dann nach und nach die Symptome, die zum erstenmal gegen Ende des vergangenen Jahres aufgetreten waren.

«Schau mal, wie sehr meine Beine angeschwollen sind ...»

Tomo streckte ihre Beine aus, raffte den Saum ihres Kimonos hoch und drückte mit einem Finger auf ihr Schienbein. Die gelbliche Haut ihres Beines sank unter ihrem Finger ein, und die bleiche Druckstelle, die dabei entstand, verschwand auch nicht, nachdem sie ihren Finger wieder weggezogen hatte.

«Siehst du?» Tomo sah Etsuko eindringlich aus ihren ein wenig blutunterlaufenen Augen an.

«Ja, es ist geschwollen!»

Etsuko blickte mit zusammengezogenen Augenbrauen auf die weiße Druckstelle. Bestimmt eine Nierengeschichte, dachte sie, und war zugleich bestürzt über Tomos ungewöhnliches Verhalten: noch niemals hatte sie vor ihrer Tochter die Beine ausgestreckt. Anscheinend hatte ihre Mutter alles, worauf sie stets geachtet hatte, von sich geworfen.

«Es dürfte besser sein, wenn wir möglichst schnell einen Arzt kommen lassen. Soll *ich* es Vater sagen?»

«Ja, es wird nichts schaden, wenn du es ihm sagst ...» Tomo senkte behutsam die Augen und fuhr fort:

«Aber paß auf, daß er nicht den Eindruck bekommt, ich hätte etwas gesagt.»

«Darüber mußt du dir nun wirklich keine Sorgen machen.»

«Doch! Du siehst alles immer so logisch, aber in diesem Haus kommt man mit Logik nicht weit ...»

«Mag sein. Aber das dürfte doch von der jeweiligen Situation abhängen. Ich bin sicher, daß nicht einmal Vater irgend etwas Unvernünftiges tun würde. Oder soll ich meinen Mann bitten, daß er mit Vater spricht?»

«Wenn das möglich wäre ... Ich glaube, das wäre am besten! Aber dein Mann ist wahrscheinlich sehr beschäftigt? Wann, glaubst du, könnte er denn kommen?»

«Morgen. Dann kann er einem seiner Freunde, einem Internisten von der Universitätsklinik, sagen, daß es dir nicht gutgeht, und ihn hierher bringen.»

«Es ist nicht nötig, ihn zu uns zu rufen. Ich kann ihn wohl selbst aufsuchen ...»

«Nichts da! Sei doch nicht immer so rücksichtsvoll, Mutter! Du hast schon öfter erwähnt, daß du so schwere Beine hast. Also mach dir keine Sorgen, laß dich einmal von einem guten Arzt untersuchen, und dann kurierst du deine Krankheit aus!»

«Ach, so schlecht geht's mir nun auch wieder nicht ...»

Fast schien es Tomo leid zu tun, das Thema überhaupt zur Sprache gebracht zu haben. Plötzlich aber änderte sich ihr Gesichtsausdruck, als blickte sie in einen tiefen Abgrund.

«Hör mal, Etsuko! Da ist noch etwas, worum ich dich bitten will. Und dieses Mal mußt du mir wirklich versprechen, daß du ...»

«Worum geht's?» Erschreckt von Tomos angstvollem Blick, krümmte Etsuko ihre Schultern zusammen.

«Also, jetzt hör mal zu. Es mag ja komisch für dich klingen, aber wenn mich dieser Arzt untersucht und zu dem Schluß kommt, daß meine Krankheit unheilbar ist ...»

«Was redest du da, Mutter! Das ist doch abwegig!»

«Ich sage ja nicht, daß es passieren wird, aber für den Fall der Fälle ... Schließlich muß jeder Mensch einmal sterben! Es kann also kaum unvernünftig sein, darüber nachzudenken. Also, falls sich die Krankheit als unheilbar herausstellt, wird es mir der Doktor bestimmt nicht sagen, und auch die Leute hier im Haus werden kaum Lust haben, mir die Nachricht zu überbringen. Und das macht mir ziemlich zu schaffen ... Wenn es feststeht, daß meine Krankheit tödlich ist, dann will ich das klar und deutlich gesagt bekommen.

Wenn ich nämlich wirklich sterben muß, dann gibt es für mich vorher noch eine ganze Menge zu erledigen ... Wenn du und die anderen zuviel Mitleid mit mir habt, um mich das wissen zu lassen, und mich mit irgendwelchen Nettigkeiten zu beruhigen versucht und ich unterdessen sterbe, dann wirst du das nie wieder gutmachen können! Wirklich, es wäre entsetzlich für mich! Etsuko, du bist mein Kind und verstehst mich wahrscheinlich am besten. Ich habe das Gefühl, daß ich zumindest mit dir und deinem Mann ruhig über alles reden kann, und darum, Etsuko, ich verlasse mich auf dich.»

Tomos Stimme war leise und so gelassen, als würde sie über irgend etwas Belangloses plaudern, aber ihre Worte begannen auf Etsuko mit wachsendem, undefinierbarem Druck zu lasten. Die Klarsicht, mit der ihre Mutter den Tod vorauszuahnen schien, erfüllte sie mit Furcht.

«Du kannst dich auf mich verlassen. Aber ich glaube nicht, daß so etwas geschehen wird», sagte Etsuko und lachte gezwungen. Tomos dicke Augenlider runzelten sich, als sie in das falsche Lachen ihrer Tochter einstimmte.

«Gut! Wenn wir damit also fertig sind, dann laß uns nach unten gehen. Wenn wir zu lange wegbleiben, dann wird sich diese Suga wieder weiß der Himmel was ausmalen. Und das will ich nicht», sagte Tomo, legte die Hände auf die Knie und erhob sich langsam.

«Er hat mich also doch besiegt! Großvater hat mich besiegt!» murmelte Tomo. Etsuko konnte nicht gleich verstehen, was diese Worte bedeuten sollten.

Nachdem Etsuko und Kuniko an diesem Abend nach Hause zurückgekehrt waren, klagte Tomo über Schüttelfrost und legte sich zu Bett. Am nächsten Morgen war sie nicht mehr in der Lage, noch einmal aufzustehen. Etsukos Mann Shinohara kam, um seinen ersten Besuch im neuen Jahr abzustatten, und sah auch nach Tomo.

«Vater», sagte er zu Yukitomo. «Mutter kommt mir verändert vor. Wie wäre es, wenn wir meinen Freund Inazawa kommen ließen, damit er sie sich ansieht? Wenn es erst einmal zu spät ist, dann hilft alles Reden nichts mehr.»

Shinoharas Ton war frei und unbefangen, als sich die beiden rauchend am Go-Brett gegenübersaßen. Yukitomo nickte zustimmend.

«Du weißt ja, daß Tomo so stolz auf ihre unverwüstliche Gesundheit ist und Ärzte wie Ungeziefer verabscheut. Also, schlage du es ihr bitte vor. Mir liegt wirklich viel daran, daß Dr. Inazawa kommt...»

Das war genau die Antwort, die Shinohara Yukitomo in den Mund legen wollte. Auch Yukitomo selbst ging Tomos plötzliche Bettlägrigkeit und die Szene nahe – er hatte sie zwar nicht selbst gesehen, aber Suga hatte sie ihm beschrieben –, wie Tomo an jenem verschneiten Abend zusammengekrümmt und mit Schnee bedeckt im Nebeneingang gesessen hatte.

Dr. Inazawa war ein enger Freund und früherer Mitschüler Shinoharas und genoß als Internist einen außerordentlich guten Ruf. Nachdem Tomos Untersuchung durch diesen Arzt beschlossene Sache war, wurde ihr Lager in das schönste Zimmer an der Vorderfront des Hauses verlegt, und Yukitomo ließ mit seiner Vorliebe für prunkvolle Dinge aus einem bekannten Geschäft in Nihonbashi neue Futons bringen, auf deren Seidenbezug das Familienwappen prangte.

«Jemandem, der an Vorzeichen glaubt, könnte bei all den neuen Sachen angst und bange werden», sagten die Dienstmädchen und Shichitomo, der Vorarbeiter, heimlich zueinander. Und Dr. Inazawas Diagnose stimmte mit dieser Prophezeiung überein: Er stellte bei Tomo eine Schrumpfniere fest. Die Krankheit war bereits so weit fortgeschritten, daß sich eine Urämie eingestellt hatte, und Tomo – bei dem Stand, auf dem sich die Medizin befand – nicht mehr zu retten war. Sie hatte höchstens noch einen Monat zu leben.

«Mutter hatte also doch recht. Sie wußte, wie krank sie war!» sagte Etsuko stöhnend, als sie von ihrem Mann die Nachricht hörte. Daran gewöhnt, daß ihre Mutter niemals bettlägrig gewesen war, war Etsuko kürzlich über die Worte ihrer Mutter so erschrocken, als wäre sie belogen worden. Um so mehr bedrückte sie es nun, daß das, was sie nach mehrfacher Überlegung als unmöglich abgetan hatte, zu einer unabweislichen Tatsache geworden war.

«Wenn wir Vater Bescheid geben, daß Mutter sterben wird, müssen wir ihm wohl auch das sagen, worum Mutter mich vor einigen Tagen gebeten hat.»

«Ja, das wird sicher der geeignetste Moment sein. Dein Vater dürfte in *dieser* Situation kaum weghören können.»

«Wenn ich daran denke, daß Mutter zehn Jahre jünger ist als Vater ... Sie sollte es sein, die weiterlebt», sagte Etsuko, und Tränen überströmten ihr Gesicht. Obwohl ihre Mutter, die ihr ganzes Leben hinter einem gepanzerten Schutz verbracht hatte, es sich nicht gestattet hatte, zu ihrer Tochter eine zärtliche Beziehung herzustellen, gab Etsuko allein die Tatsache, daß ihre Mutter am Leben war, ein Gefühl der Sicherheit – als wohne sie geborgen in einem Haus mit starken Mauern. Der plötzliche Gedanke an den Verlust dieser Sicherheit erfüllte Etsuko mit unerträglicher Trauer.

Als die Shinoharas Yukitomo mitteilten, daß Tomos Wiedergenesung fraglich sei, und ihm auch gleichzeitig sagten, daß sie den Wunsch geäußert hatte, über ihre Krankheit informiert zu werden, nickte er und sagte in einem Ton, als wollte er sich selbst ermahnen:

«In Ordnung. Ich werde es ihr sagen.»

Etsuko hielt den Kopf gesenkt und weinte. Shinohara versuchte, seine Frau mit einer Handbewegung zum Schweigen zu bringen, und dann traten die beiden gemeinsam auf den Gang. Nach ihnen kam Suga lautlos ins Zimmer.

«Herrn Shinoharas Frau hat geweint. Wie geht es denn Frau Shirakawa?»

«Sehr schlecht, wie es scheint.»

Suga kam auf ihren Knien im halbdunklen Zimmer nähergerutscht und starrte von der Seite Yukitomos Gesicht an. Er drehte seinen Kopf, sah sie an und wandte dann den Blick ab, als hätte er etwas Erschreckendes gesehen.

«Aber das kann doch nicht ... ein Mensch, der immer so rüstig war wie Frau Shirakawa ... das kann doch nicht sein ...»

Yukitomo schüttelte den Kopf und gab ihr keine Antwort mehr.

Eine ungewöhnlich helle Wintersonne ließ die Knospen des Pflaumenbaums im Garten anschwellen. Tomo lag in ihrem Zimmer, das nach Süden hinausging, und konnte von ihrem Kopfkissen aus die schwarze Silhouette des alten Baumes sehen, die von der Sonne – wie eine Tuschezeichnung – auf das weiße Papier der Schiebetür geworfen wurde. Tomo konnte nichts mehr bei sich behalten: weder Suppe noch Milch. Schon der Geruch war ihr seit einigen Tagen zuwider. Und obwohl sie nichts aß, spürte sie in ihrem Magen ein unaufhörliches dumpfes Brennen.

Yukitomo öffnete mit einem Ruck die Schiebetür und betrat, was er nur selten tat, allein Tomos Zimmer.

«Wie geht's? Fühlst du dich heute morgen ein wenig besser?»

Tomo hob ihre schweren Augenlider und sah zu Yukitomo auf, als betrachtete sie ein seltsames Wesen.

«Ich weiß nicht recht ... Was hat denn dieser Dr. Inazawa gemeint?»

«Deine Nieren sollen in einem ziemlich schlechten Zustand sein ... Aber es gibt nichts, was man nicht mit ein wenig Schonung auskurieren könnte. Und da du schließlich eine kräftige Konstitution hast ...»

«Nein!»

Tomo versuchte ihren Kopf vom Kissen zu heben, als wolle sie sich aufsetzen und ihrem Mann etwas sagen. Yukitomo drückte ihre Schultern nieder. Als er seine Hände auf ihre abgemagerten Schultern legte, die er seit Jahrzehnten nicht mehr berührt hatte, knackte der Knochen unter ihrem Nacht-Kimono hörbar.

«Bleib ruhig liegen. Ich weiß, was du zu Etsuko gesagt hast ... Du wirst zwar zweifellos wieder gesund werden, aber wir alle sind Menschen, und man weiß nie genau ... Wenn es irgend etwas gibt, was du sagen möchtest, dann tue es doch jetzt. Ich werde dir zuhören und es mir merken.»

«Ja, das ist gut. Nett von dir, daß du das sagst. Ich dachte, daß immer einmal etwas Unvorhergesehenes passieren kann, und habe darum vor langer Zeit mein Testament geschrieben. Wenn du im Zimmer mit dem Hausaltar in der unteren Schublade meiner Kommode nachsiehst, wirst du es finden. Es steht ‹Testament› darauf. Lies es bitte durch ... Ich möchte unbedingt, daß du noch vor meinem Tod seinen Inhalt kennenlernst.»

Tomo tastete unter ihrem Kopfkissen nach ihrem Schlüsseltäschchen, überreichte es Yukitomo und beobachtete ihn scharf, während er es entgegennahm. In all den zurückliegenden Jahrzehnten hatte Tomo ihren Mann nie mit einem derart direkten und offenen Blick angesehen. Der herannahende Tod hatte Tomo befreit.

Yukitomo verließ den Raum und ging ohne Begleitung zu dem Zimmer mit dem Hausaltar. Es war viele Jahre her, daß er selbst den Schlüssel zu einer Kommode in der Hand gehalten hatte. Er steckte den Schlüssel in das kleine Schlüsselloch, drehte ihn nach rechts und nach links, und schließlich öffnete sich die Tür. Der Inhalt der Schublade war peinlich genau geordnet: Auf einem Stapel von Sparbüchern und anderen Schriftstücken lag zuoberst ein Briefumschlag, auf dem mit ungeschickter Handschrift ‹Testament› geschrieben stand. Yukitomo nahm den Umschlag, trug ihn zum Fenster, durch das hell das Licht hereinströmte, und riß ihn auf. Die Zeilen des Schreibens, in einem steifen weiblichen Briefstil verfaßt, bestanden aus denselben kindlichen Schriftzeichen, mit denen auch der Umschlag beschriftet war.

Tomo, des Schreibens ungewohnt, berichtete unbeholfen von dem Vermögen, das sie ohne Yukitomos Wissen angehäuft hatte. Der Grundstock dieses Vermögens, das sich auf eine beträchtliche Summe belief, war die Restsumme jenes Geldes gewesen, das sie von Yukitomo vor dreißig Jahren erhalten hatte, als sie auf seinen Befehl hin nach Tokio gefahren und mit dem Mädchen Suga zurückgekommen war. Yukitomo hatte ihr damals 2000 Yen gegeben, die sie nach Belieben verwenden sollte. Nachdem Tomo die Kosten für Sugas Kleidung und ihren eigenen Aufenthalt beglichen hatte, waren ihr davon noch mehr als 1000 Yen geblieben. Tomo hatte vorgehabt, nach ihrer Rückkehr über ihre Ausgaben abzurechnen und das restliche Geld Yukitomo zurückzugeben; als sie aber sah, daß Yukitomo das junge Mädchen Suga liebte, begann sie sich um ihre eigene Zukunft zu sorgen und beschloß – weniger für sich selbst als für Michimasa und Etsuko –, sich ein eigenes Vermögen zu schaffen, um für den schlimmsten Fall gewappnet zu sein. Aus diesem Grund verwandte sie das Geld als Grundstock für ihre Ersparnisse und erduldete allein den Kummer, den ihr das Geheimnis, das sie vor ihrem Mann hatte, bereitete. Für sich selbst hatte sie keinen Yen von dem Geld verschwendet. Nach ihrem Tod sollte es unter ihre Enkel, Suga, Yumi und andere enge Verwandte aufgeteilt werden ...

Während Yukitomo das Testament las, hatte er wieder und wieder das Gefühl, von einer stählernen Faust niedergestoßen zu werden. Kein Wort der Klage über all die Ungerechtigkeit und Unterdrükkung, die Tomo durch ihn erlitten hatte. Nur eine Abbitte dafür, daß sie ihrem Mann nicht vertraut und all die Jahre hindurch ein schmerzliches Geheimnis vor ihm gehütet hatte. Aber diese Abbitte legte sich schwerer auf Yukitomos Brust als jeder heftige Protest.

Yukitomo erhob sich rasch, als wollte er dieses Gefühl wegwischen. Er ging mit großen Schritten den Gang zurück und betrat abermals Tomos Schlafzimmer.

Tomo lag mit weit offenen Augen noch immer in derselben Stellung, in der er sie verlassen hatte.

«Mach dir keine Sorgen, Tomo … Glaub mir, ich verstehe gut, was du geschrieben hast.»

Yukitomos Stimme klang so kräftig und klar wie die eines jungen Mannes. Er, der in einer Samurai-Familie in Kyūshū aufgewachsen war, kannte keine Worte, mit denen er sich bei seiner Frau hätte entschuldigen können, und die Versicherung seines Verständnisses kam einer Entschuldigung noch am nächsten. Tomo sah ihn prüfend an.

«Du vergibst mir also? Ich danke dir.»

An diesem Abend versank Tomo in einen tiefen Schlaf, aus dem sie nur noch selten erwachte. Wenn sie nicht schlief, war ihr Blick leer, und sie sprach kaum noch.

Yukitomo sorgte sich um die bewußtlose Kranke, als wäre sie tatsächlich die Ehefrau, die er sein ganzes Leben lang geliebt hatte. Und auch die anderen Hausangehörigen und Verwandten, denen das Wort ihres greisen Herrn Befehl war, brachten ihr zum erstenmal jenen Respekt entgegen, der ihr als Yukitomos legitimer Ehefrau zugestanden hätte, und pflegten sie hingebungsvoll.

Eines Nachts gegen Ende Februar rückte Tomos letzte Stunde näher. Michimasas Ehefrau Fujie und Yukitomos Nichte Toyoko waren da, um während der Nacht bei der Kranken zu wachen. Sie hatten die Krankenschwestern weggeschickt und waren allein mit Tomo im Zimmer. Es war so eiskalt in dieser Nacht, daß man den Eindruck bekam, die Holzkohle wäre, kaum daß man sie in das Kohlenbecken gefüllt hatte, schon wieder zu Asche verbrannt.

«Toyoko!»

Tomo, die bis jetzt geschlummert zu haben schien, drehte mit weit aufgerissenen Augen ihren Kopf auf dem Kissen zu den beiden Frauen hin. Toyoko antwortete und kam näher, und Fujie hielt bestürzt den Kopf ihrer Schwiegermutter fest. Sie fürchtete, Tomo könnte wegen der Heftigkeit, mit der sie sich bewegt hatte, übel werden. Aber Tomo schüttelte ihren Kopf, als wäre ihr die Berührung lästig, und befreite sich von den Händen, die sie stützten. Erschrocken über die wilde Bewegung Tomos, die fast nie ihre Emotionen offen gezeigt hatte, starrten die beiden Frauen mit einem unheimlichen Gefühl auf Tomos von weißen Strähnen durchzogenes Schläfenhaar, das wirr über ihre eingesunkenen Schläfen hing. Tomo hob ihren Kopf nicht, aber als sie in einem Zug weitersprach, klang ihre Stimme erstaunlich kräftig.

«Toyoko, geh bitte zu Großvater und richte ihm folgendes aus. Sag ihm, daß ich, wenn ich tot bin, auf keinen Fall eine Beerdigung haben will. Sag ihm, daß ich damit zufrieden bin, wenn er meine Leiche aufs Meer von Shinakawa hinausbringt und sie dort ins Wasser wirft ...»

Tomos Augen leuchteten erregt und voller Leben. Ihr klarer Blick war derart emotionsgeladen, daß die Erinnerung an ihre aschfarbenen, ruhigen Augen, die sonst von ihren schweren Augenlidern halb bedeckt waren, fast verschwand.

«Aber Tante, was redest du denn da!» riefen Toyoko und Fujie verzweifelt, aber Tomo, die sich in einem Traum zu befinden schien, hörte sie nicht.

«Also, geht bitte gleich! Sonst reicht die Zeit nicht mehr ... Und ihr müßt es ihm wirklich sagen! Sag ihm, er soll meinen Körper ins Meer werfen ... einfach hineinwerfen ...»

Tomo wurde von dem Klang des Wortes ‹werfen› mitgerissen, und ihre Stimme klang froh, als sie es aussprach.

Gedrängt von der Kranken, blieb den beiden nichts übrig, als das Zimmer zu verlassen. In den Blicken, die sie austauschten, als sie sich auf dem Gang gegenüberstanden, lag das vielschichtige Verständnis verborgen, über das nur Frauen verfügen, die selbst einen Ehemann haben und Mühe und Sorge kennen.

«Wie ist's? Sollen wir es ihm sagen?»

«Sagen wir's ihm! Da sie es sich so sehr wünscht ...»

Den beiden Frauen war die Vorstellung furchtbar, all die Gefühle, die sich in Tomo aufgestaut hatten, all die Gefühle, die Tomo so lange verborgen hatte, in sich selbst begraben zu müssen.

«Großvater, du bist noch nicht zu Bett gegangen?» sagte Fujie und trat hinter Toyoko in Yukitomos Zimmer.

Yukitomo saß wie immer in seinem Stuhl und badete seine Augen in Borwasser. Weder Suga noch die Enkel waren bei ihm. Er dämpfte den scharfen Blick seiner Augen, wie um seiner Schwiegertochter und Nichte für die Krankenpflege zu danken, und sagte:

«Danke für eure Hilfe.»

Kaum daß sie sich gesetzt hatte, gab Toyoko hastig Tomos Worte wieder. Sie wollte sie wie die Fieberphantasien einer Kranken klingen lassen, aber als sie zu sprechen begann, wurde ihre Stimme so schrill und ernsthaft, als spräche der Geist Tomos aus ihr.

Der Schleier über Yukitomos Augen verschwand blitzschnell. Der alte Mann starrte mit halb geöffnetem Mund vor sich hin. In seine frisch gebadeten Augen trat eine Furcht, als hätte er ein Gespenst entdeckt. Im nächsten Moment versuchte er, seinem Gesicht wieder den gewohnten Ausdruck zu verleihen; die unnatürliche Muskelanstrengung verzerrte seine fein geschnittenen Züge zu einer häßlichen Grimasse.

«Etwas derart Idiotisches werde ich nie zulassen! Sie wird von uns eine Beerdigung in Glanz und Ehren bekommen. Sag ihr das!» sagte Yukitomo hastig und zurechtweisend.

Dann wandte er sich zur Seite und schneuzte sich kräftig. Der Schrei, der aus dem Innersten seiner Frau kam, der Schrei, den Tomo vierzig Jahre lang wieder und wieder unterdrückt hatte, traf Yukitomos Körper mit voller Wucht und hallte in ihm wider, und Risse und Sprünge begannen sein arrogantes Ich zu durchziehen.

neue frau

Eine Auswahl

Simone de Beauvoir
Marcelle, Chantal, Lisa . . .
Ein Roman in Erzählungen (4755)

Toni Bentley
Tanzen ist beinahe alles
Selbstporträt einer Tänzerin des New York City Ballet (5177)

Marie Cardinal
Schattenmund (4333)
Der Schlüssel liegt unter der Matte (4557)
Die Irlandreise
Roman einer Ehe (4806)
Selbstgespräch mit Klytämnestra
Roman (5322)

Phyllis Chesler
Mutter werden
Die Geschichte einer Verwandlung (4655)

Judy Chicago
Durch die Blume
Meine Kämpfe als Künstlerin. Mit einem Vorwort von Anaîs Nin (5310)

Kate Chopin
Das Erwachen
Roman (4507)

Laurie Colwin
Eine altmodische Liebesgeschichte und andere sentimentale Stories (5282)

Liza Dalby
Geisha
Eine Amerikanerin erlernt den ältesten japanischen Frauenberuf (5557)

ro
ro
ro

C 912/8